데이비드 보위의 삶을 바꾼
100권의 책

BOWIE'S BOOKS

▪ 일러두기

– 이 책은 John O'Connell의 《Bowie's Books》(Bloomsbury Publishing, 2019)를 우리말로 옮긴 것이다.
– 본문에 나오는 도서·영화의 제목은 원제목을 번역 표기하되, 국내에 소개된 작품은 그 제목을 따랐다.
– 단행본은 《 》, 단편·장시·앨범은 〈 〉, 개별 곡·시는 " "로 표기했다.
– 옮긴이의 주는 괄호 안에 (─옮긴이)로 표기했다.

Bowie's Books

데이비드 보위의 삶을 바꾼
100권의 책

존 오코넬 | 장호연 옮김

mu∫intree
뮤진트리

차례

캐시, 스칼렛, 몰리를 위하여

들어가며

1975년 7월, 깡마른 체구에 코카인 중독에서 헤어나지 못했던 데이비드 보위가 영화 〈지구에 떨어진 사나이〉 촬영을 위해 미국 뉴멕시코에 도착했다. 당시 스물여덟 살이던 그는 영화의 주인공인 외계에서 온 토머스 제롬 뉴턴 역을 맡을 예정이었다. 감독인 니콜라스 뢰그Nicolas Roeg가 BBC 다큐멘터리 〈망가진 배우〉에서 보위를 보고 이 세상 사람 같지 않은 독특한 분위기에 매료되어 그를 이번 영화에 캐스팅한 것이었다.

촬영장에서 보위는 성실하고 집중력 있는 모습을 보여 모두를 놀라게 했다. 스태프들과 장난을 치며 잘 어울렸고, 공동 주연을 맡은 캔디 클라크Candy Clark와의 호흡도 좋았다. 그로서는 야심적이게도 촬영 기간에는 절대로 약물에 손대지 않겠다고 약속한 터였다. 그래서 촬영이 없을 때는 자신의 트레일러에 가서 전적으로 무해한 취미에 몰두했다. 그것은 바로 책을 읽는 것이었다.

다행히도 그에게는 선택할 것이 많았다. 〈선데이 타임스〉의 현장 취재 기사는 이렇게 전했다. "보위는 비행기 여행을 싫어해서 미국에서 대부분을 기차로 이동하면서 특별한 여행 가방에 책들을 넣어갔다. 가방을 열면 모든 책이 선반 위에 말끔하게 꽂혀있는 이동식 도서관이 되었다. 뉴멕시코에서 그 도서관을 주로 채운 것은 당시 그의 관심사였던 오컬트 책들이었다." 이런 이동식 도서관은 1500권까지 담을 수 있었다고 하니, 나중에 클라크가 한 기자에게 보위가 〈지구에 떨어진 사나이〉를 찍으면서 정말로 책을 많이 읽었다고 말한 것은 얕잡아 말한 것이었다.

2013년 3월로 넘어가면… 런던의 빅토리아 앨버트 박물관에서 〈데이비드 보위 이즈David Bowie Is〉 전시회가 열려 대대적인 호평을 받으며 기록적인 관람객들을 불러 모았다. 무대 의상, 그림, 손으로 쓴 노랫말, 영상 스토리보드를 포함하여 개인 물품 500점으로 그의 가수 경력을 돌아보는 이 회고전은 5년 동안 전 세계를 돈 후 뉴욕의 브루클린 박물관에서 대장정을 마칠 예정이었다. 런던을 떠나 처음으로 들른 캐나다 온타리오에서 전시회가 열리는 것에 때맞춰, 빅토리아 앨버트 박물관은 이 책의 바탕이 된 목록을 발표했다. 보위가 평생 읽었던 수많은 책 가운데 가장 중요하고 영향력 있다고 생각한―그가 '개인적으로 가장 좋아하는 책'이 아니다―100권의 목록이었다.

이 책들은 사실 런던에서 열린 오리지널 전시회에서 천장에 매달려 한 코너로 소개되었다. 그럼에도 목록은 발표되자마자 재빠르게 입소문을 탔고, 믿기지 않는다는 사람들 반응이 이어졌다. 와우, 데이비드 보위가 그렇게 책을 많이 읽었을 줄 누가 알았겠어? 하는 식이었다. 이상한 일이었다. 왜냐하면 보위는 자신의 독서 취미를 오랫동안 떠들고 다녔기 때문이다. 인터뷰에서 대놓고 밝혔을 뿐만 아니라 그가 대중에게 선보인 작업들, 그가 쓰고 다닌 여러 가면에서도 독서 취미가 은연중에 드러났다.

이동식 도서관 이야기는 보위가 세계적인 유명인이 되겠다는 목표를 달성한 즈음에는 독서가 강박적인 충동으로 굳어졌음을 보여준다. 그는 매사에 그런 식이었다. 조증 환자처럼 열정적으로 달려들어 끝을 보는 성격이었다. 하지만 수수한 독서 습관은 그가 유년기와 사춘기를 보낸 런던 근교 브롬리의 플레이스토 그로브 4번지, 작은 테라스하우스의 침실에서 시작되었다.

상상하기 어렵겠지만, 당시에는 책이란 게 오늘날보다 훨씬 멋지고 근사한 존재였다. 앨런 레인Allen Lane이 1935년 펭귄 출판사를 설립했을 때 '페이퍼백(문고판)'을 발명하지는 않았지만, 그는 뛰어난 마케팅 능력과 기획력을 발휘하여 담배 한 갑의 가격으로 세계 최고의 글을 손에 넣도록 함으로써 독서의 민주화에 기여했다. 보위가 속한 전후戰後 세대는 이런 현상을 당연하게 받아들인 첫 세대였다. 그리하여 비틀스가 부른 "Paperback Writer"가 1위를 기록한 1966년이면 그 용어는 지방이나 노동계층의 사람들이 영국의 창조적 산업을 장악했음을 의미했다.

보위는 학업 성적이 좋지 않았고 결국 1963년에 학교를 중퇴했다. 그의 이름값에 어울리게 딱 한 과목, 예술에서만 대학 입학이 가능한 O 레벨을 받았다. 그가 이후에 다방면으로 관심을 넓힌 것으로 보건대, 게으르거나 정보 습득력이 부족했다기보다 그에게는 정규 교육이 맞지 않았던 듯하다. 많은 독학자가 그렇듯이 보위는 가르침을 받는 것보다 스스로 알아가는 것이 훨씬 더 즐겁다는 것을 일찌감치 깨달았다. 그리고 자신이 배운 것들을 남에게 전하는 데서 크나큰 즐거움을 얻었다. 가령 어떤 책이 마음에 들면 친구들에게 열성적으로 알렸다.

1998년에 그가 미국의 서점 체인인 반스앤노블을 위해 책 리뷰를 쓰기 시작한 것도 이런 이유로 보인다. "그들은 내가 사이트(그의 초창기 웹사이트 '보위넷BowieNet')에 많은 책 리뷰를 올린 것을 보고는 내게 자신들을 위해 리뷰를 쓰도록 맡겨보는 것도 좋겠다고 생각했습니다." 그가 〈타임아웃〉과의 인터뷰에서 말했다. "내가 리뷰에 관심이 있는 다섯 개 범주, 그러니까 예술에서 픽션, 음악에 이르는 범주를 그들에게 주었습니다. 첫 번째로 쓴 리뷰는 바니 호스킨스의 《글램!》이었습니다. 아주 즐거웠어요."

보위의 창작 방식은 유별났고 팝 뮤지션 치고는 이례적이었다. 그를 따라잡으려는 모방자들까지 나타났을 정도였다. 그는 가능한 모든 영향에 자신을 활짝 열어놓았다. 다른 음악은 물론, 자신의 시야를 넓히는 데 도움이 된다면 어떤 매체로 된 어떤 것도 받아들였고, 결국 그것이 그를 돋보이게 만든 요소였다. 그렇게 해서 나온 노래, 스타일, 비디오, 앨범 표지는 불가피하게도 출처를 드러냈지만, 다양한 우회로를 거치고 보위의 카리스마를 통해 증류되어 때로는 어디서 나온 것인지 분간하기 어려워지기도 했다. 보위는 책 읽기를 좋아했으니 당연히 이 과정에서 책이 맡은 역할도 있었다.

보위는 게임도 즐겼다. 그러니까 책 목록은 그가 각별하게 즐긴 게임의 한 요소였을 뿐이다. 자신의 신화를 구성하는 게임 말이다. 여기에는 유명한 선례가 있으며 보위도 틀림없이 알았을 것이다. 1985년에 한 출판업자가 아르헨티나의 대문호이자 도서관과 미로의 작가 호르헤 루이스 보르헤스에게 가장 좋아하는 책 100권을 골라 각각을 소개하는 글을 써달라고 부탁했다. 보르헤스는 74권까지 쓰고 세상을 떠났지만, 보위의 목록과 비슷하게 그가 꼽은 책들도 다방면에 걸쳐 있고, 시사하는 바가 있으며, 의외의 놀라움이 있다. 당연히 보위도 좋아했으리라 짐작되는 작가들(오스카 와일드, 프란츠 카프카, 토머스 드 퀸시)이 포함되며, 다만 신기하게도 서로 겹치는 책은 한 권도 없다.

나는 보위가 자신의 목록을 보르헤스에게 바치는 오마주로, (보르헤스의 가장 유명한 단편의 제목을 빌리자면) 갈라지는 길들이 나오는 정원으로 만들었다고 생각하고 싶다. 에드워드 불워-리튼의 《마법사 자노니》에서 장미십자회 로맨스를 만나고 왼쪽으로 돌면 앤젤라 카터의 《서커스의 밤》에 마주치게 되고, 《플로베르의 앵무새》를 만난 다음 '진짜' 데이비드 보위의 정체를 찾고자 마음먹고 힘차게 길을 따라가면, 술책과 진정성이 그야말로 한 끗 차이임을 말하는 《윌슨 씨의 경이로운 캐비닛》에 이르게 된다고 상상한다.

그렇다고 보위의 목록이 진실하지 않다거나 흥미로운 뭔가를 보여주지 못한다고 책잡는 것은 아니다. 오히려 반대다. 목록을 한참 들여다보고 있으면 두 가지 주요 패턴이 드러난다. 먼저 보위의 예술적 감수성을 형성한 여러 문화적 요소들이 있다. 다른 하나는 살짝 모호한데 그의 성장과 연관되는 것들이다. 책들을 올바른 순서로 정렬해놓고 보면, 아이에서 사춘기 소년으로, 약에 취한 슈퍼스타에서 사색적이고 은둔적인 가정적 남자로 넘어가는 보위의 생애가 그려진다. "12년 혹은 15년 전까지도 나는 방황했습니다." 2002년 그가 토크쇼 진행자 마이클 파킨슨Michael Parkinson에게 한 말이다. "나 자신을 찾느라고 참으로 많은 세월을 허비했지요. (…) 내가 무엇을 위해 존재하는지, 사는 동안 나를 행복하게 만드는 것이 무엇인지, 내가 정확하게 어떤 사람인지, 내가 도망치려고 했던 게 나 자신의 어떤 부분인지 이해하려고 했습니다."

이 같은 탐색에서 독서가 행한 역할을 얕잡아봐서는 안 된다. 독서는 뭐니 뭐니 해도 도피이기 때문이다. 우리는 책을 읽는 동안 자신에게서 벗어나 다른 사람으로, 다른 관점으로, 다른 의식으로 도피한다. 그러고 나면 한없이 풍요로워진 모습으로 다시 돌아오게 된다.

데이비드 존스는 1947년 1월 8일, 런던 남부 브릭스톤에서 태어났다. 그러니 그가 가장 중요하게 여겼던 책들이

1960년대와 1970년대에 나온 (혹은 유행하게 된) 책들이라는 점은 전혀 놀랄 일이 아니다.

다른 것도 마찬가지지만 문화적 습관은 어린 시절에 형성된다. 우리가 어디서 어떻게 자랐는지가 중요하고 시대정신도 여기에 영향을 미친다. 보위는 자신의 삶에서 가장 중요한 사건은 이부형제인 테리 번스Terry Burns가 비트 문학의 고전인 잭 케루악의 《길 위에서》를 소개해준 것이라고 여러 차례 밝힌 바 있다. 보위는 비트족Beat을 접하기에는 나이가 너무 어렸지만, 1960년대 초가 되면 비트 운동은 핵심적인 미학은 유지하면서 이탈리아제 정장을 걸친 모드족Mod 문화로 변형되었다. 한 모드족의 표현에 따르면 "암페타민, 장-폴 사르트르, 존 리 후커"를 결합한 낭만적 실존주의 운동이었다.

오늘날 우리는 모드족을 생각할 때면 스쿠터, 파카, 그리고 더 후의 콘셉트 앨범 〈Quadrophenia〉를 원작으로 만든 1979년의 동명 영화를 떠올린다. 그러나 이것은 한참 나중에 더 조잡하게 유행이 반복된 것이었다. 1965년 11월, 더 후의 "My Generation"이 영국 싱글차트 2위에 올랐을 때, 원래의 모드족 지지자들은 운동이 이미 정점을 지났다고 이해했다. 훗날 〈타임아웃〉과 ITN에서 일하게 되는 플리머스 출신의 모드족 데이비드 메이David May는 조너선 그린의 책

《삶의 나날들: 영국 언더그라운드의 목소리 1961~1971》에서 이런 말을 했다. "모드족은 항상 지적이었다. 그리고 항상 게이적인 요소가 있었다. (…) 우리는 로커족과 싸우지 않았다. 그보다는 그들의 멋진 신발, 가죽 코트에 훨씬 더 관심이 갔다. 하지만 이렇게 겉으로 보이는 것 말고도 우리는 카뮈를 읽었다. 《이방인》에는 정말 많은 것이 설명되어 있었다. 장 주네의 범죄를 일삼는 하층민의 삶 역시도 중요했다."

보위는 친구이자 때로는 라이벌이었던 마크 볼란Marc Bolan과 똑같이 1964년에 모드족이 되었다. 하지만 '제대로 된' 모드족들은 볼란을 인정하지 않았다. 의상과 약물이 다가 아니라는 것을 이해하지 못했다는 이유에서였다. 이와 달리 보위는 그의 이부형과 비트 취향을 공유했고, 모드가 '모더니스트'의 줄임말이라는 사실을 누구보다 잘 알았다.

보위의 목록에 있는 많은 책은 이런 점에서 모드 관련 책이다. 《길 위에서》와 《이방인》뿐만 아니라 T. S. 엘리엇의 〈황무지〉도 있고, 비트족을 매료시켰던 다다와 초현실주의를 다룬 책들도 여러 권이다. 《시계태엽 오렌지》에 나오는 알렉스와 일당들은 보위에게 낯설지 않았을 것이다. 피터 셔처Peter Shertser와 그가 속한 모드족 패거리 '더 펌The Firm'이 벌인 기이한 행동에 대해 그도 알았을 터이기 때문이다. 일퍼드 출신의 이 악동들은 파티장에 나타나서 난동을 피웠고, 자신들의 파괴 행각을 르네 마그리트, 만 레이, 루이스 부뉴엘의 작품과 비교하는 예술 테러리스트 선언문을 내기도 했다. 당시 런던의 예술학교는 지적인 모드족들로 가득했다. 피트 타운젠드Pete Townshend는 1961년 여름에 일링 예술학교에 입학했다. 그곳에서 예술가 구스타프 메츠거Gustav Metzger를 만나 '자기파괴적' 예술 이론을 배웠고, 몇 년 뒤에 그의 밴드 더 후는 그럴싸한 구실을 대고 무대에서 악기들을 파괴했다.

1967년까지 데이비드 존스는 더 후의 영향을 받은 매니시 보이스Manish Boys, 킹 비스The King Bees, 로어 서드The Lower Third를 포함하여 가망 없는 여러 밴드를 전전했다. 그러고 나서는 솔로로 전향했다. 몽키스의 데이비 존스Davy Jones와 헷갈리는 것을 막고자 이름을 데이비드 보위로 바꾸고는 해프닝, 축제, 밀교密敎, 오컬트에 관한 관심을 담은 히피 앨범을 내놓았다. 늘 그렇듯 보위는 자기 방식대로 이 모든 것을 했다. 자신은 "결코 꽃의 아이(히피족)가 아니었다"고 나중에 밝히기도 했다.

그는 티베트불교를 탐구하면서 그 교리를 과학소설(올라프 스태플든의 《이상한 존》에 나오는 초인류는 "Oh! You Pretty Things"에서 '호모 수페리어homo superior'라는 구절로 활용되었다),

니체, 신지학神智學에서 찾아낸 설익은 아이디어들과 뒤섞였다. 예컨대 스승에서 제자로 전수되는 신비로운 지식을 소유한 위대한 요가수행자를 가리키는 '숙련자' 개념을, 지구의 운명을 감독하고 사회 하류계층에 지식을 전파하는 뛰어난 능력의 엘리트 계층이 역사 내내 존재해왔다는 아이디어와 결합했다.

이런 식의 사고는 1960년대 말 지적인 팝 뮤지션 집단에서 유행했으며 사실은 **어디서든** 볼 수 있었다. 콜린 윌슨에도, 히피들이 사랑했던 헤르만 헤세와 H. P. 러브크래프트에도, 당시 베스트셀러 소설가였던 존 파울즈가 1964년에 펴낸 철학적 잠언 모음집 《아리스토스》에도 있었다(마지막 책은 그저 존재하는 것에 만족하며 사는 우둔하고 천한 대중에 맞서 사회를 발전시키려면 초인이라는 특권 집단을 받아들여야 한다는 헤라클리투스의 주장에 기대고 있다). 또한 루이 포벨스와 자크 베르지에가 터무니없는 음모론들을 모아놓은 책 《마술사의 아침》에도 있었다(1963년에 영어로 번역되었고 《Hunky Dory》 앨범의 수록곡 "Quicksand"에 명백한 영향을 미쳤다).

보위에게는 어쩌면 개인적인 동기가 있었을 수도 있다. 그가 어렸을 때 따랐던 이부형이 20대에 조현병이 발병하여 삶의 대부분을 병원에서 보냈다. 심리학자 올리버 제임스Oliver James는 〈데일리 텔레그래프〉에 쓴 글에서 보위가

"왜 자신은 위대함에 선택되고 테리는 광기에 선택되었는지 자주 고민했다"고 했다. 나는 보위가 이 무렵에 자신을 꼭 위대하거나 재능 있는 사람으로 생각했다고는 보지 않는다. 그러나 그는 자신이 기민하고 총명하다는 것을, 또래들 대부분보다 더 매력적이고 야망 있고 성적 카리스마가 있다는 것을 알아차렸을 것이다.

이런 특징들이 그를 어디로 이끌었는지는 누구도 모른다. 다만 보위의 타고난 자기중심적 성격은 1960년대 말의 시대 분위기인 유토피아적 좌파와 반대되는 방향으로 나아갔다. "언더그라운드의 이상과 창작 과정"을 지원하기 위해 베케넘에 "아츠 랩Arts Lab"을 설립하기는 했지만 말이다. 그린의 책《삶의 나날들》에 소개된 흥미로운 또 하나의 순간은 존 레논과 오노 요코가 처음 만난 장소였던 런던의 명소 인디카 서점 갤러리의 공동 설립자 배리 마일스Barry Miles의 부인 수 마일스Sue Miles가 친구들과 함께 그곳에서 알프레드 자리Alfred Jarry(극작가이자 비틀스의 "Maxwell's Silver Hammer"에서 조앤이 공부했다는 신비로운 학문 '파타피직스pataphysics'의 창시자), 앙드레 브르통, 마르셀 뒤샹―그녀는 이들을 "저 현대적인 아방가르드 나부랭이"라고 불렀다―과 어울리는 것을 얼마나 좋아했는지, 그리고 그런 만남이 당시의 정치적 이슈(가령 핵무기 반대 캠페인)와 얼마나 무리 없이 섞였는지 회고하는 대목이다.

흥미로운 것은 보위가 세계 평화를 지키거나 자본주의를 무너뜨리기 위함이 아니라 마음 내킬 때 자신의 기분을 나타내는 수단으로 "저 현대적인 아방가르드 나부랭이"에 어떻게 매료되었는가 하는 것이다. 그는 몇 년 뒤에 모트 더 후플을 위해 써준 글램의 송가 "All the Young Dudes"에서 밝혔듯이 혁명 정치에 결코 관여한 적이 없었다. 그는 그저 대담하고 화려한 스펙터클의 감각을 높이 샀던 주로 모더니스트 계열의 이런 인물들, 예술가들, 작가들을 새로운 과시적 유형의 팝 공연으로 끌어들이고 싶었을 뿐이다.

이것은 보위가 조지 엘리엇의 《미들마치》에서 모든 신화를 여는 열쇠를 찾는 캐소본처럼 탐색에 진심으로 임하지 않았다는 말은 아니다. 그는 초기 매니저였던 케네스 피트Kenneth Pitt 같은 사람들에게서 지적 멘토를 찾았다. 피트가 회상하기를 보위는 자신의 메릴본 아파트 선반에서 중요한 책 세 권을 꺼내 들었다고 했다. 앙투안 드 생텍쥐페리의 《어린 왕자》, 제임스 볼드윈의 《아무도 내 이름을 모른다》, 오스카 와일드의 《도리언 그레이의 초상》이었다. 마임 아티스트 린지 켐프Lindsay Kemp는 그에게 일본 문화에 관심을 갖게 했고, 아울러 장 콕토와 장 주네 같은 인물들에게 그를 소개해주었다. 1966년 보위는 티베트의 큰 스승 치메 린포

체Chime Rinpoche를 알게 되어 승려가 될 생각을 잠깐 하기도 했다. 목록에서 보자면 그가 불교적 명상을 다룬 더글라스 하딩의 《머리 없음에 대하여》(241쪽 참고)에 관심을 가진 것은 틀림없이 이 무렵이다.

보위의 불교도 시기에 대해서는 전기작가들의 의견이 나뉘었다. 그는 진심으로 믿었을까, 그런 척 행세한 것일까? 그의 불교 사랑이 이부형 테리의 영향으로 케루악에 관심을 갖게 된 것에 뿌리를 두고 있다면, 비트족들이 좋아한 선불교Zen가 아니라 티베트불교가 그에게 와 닿은 것은 티베트가 1966년에 정치적으로 첨예한 문제였기 때문이다. 그러나 서양인들은 오래전부터 티베트에 대한 판타지가 있었다. 1933년에 출간된 제임스 힐튼의 베스트셀러 소설 《잃어버린 지평선》은 신비로운 티베트의 유토피아 '샹그릴라'를 서양인들의 의식에 각인시켰다. 1966년 〈멜로디 메이커〉와의 인터뷰를 보면 보위도 여기에 반해 있었던 것 같다. "티베트에 가고 싶어요. 매혹적인 곳이잖아요. 그곳에서 휴가를 보내며 수도원을 둘러보면 좋겠어요. 티베트 수도승 '라마'는 산 속에 틀어박혀 몇 주 동안 은둔하면서 사흘에 한 번만 식사를 한다죠. 말도 안 돼요. 그러면서 수백 년을 산다고 하는데…."

보위의 목록에는 없지만 마땅히 포함되어야 할 책으로

14대 달라이라마의 개인교사를 지낸 오스트리아 산악인 하인리히 하러의 회고록《티베트에서의 7년》이 있다. 보위의 1997년 앨범〈Earthling〉에 보면 책의 제목과 같은 "Seven Years in Tibet"라는 곡이 있으며, 이 무렵 그는 한 기자에게 말하기를 그 책은 열아홉 살의 자신에게 대단히 큰 영향을 미쳤고 오래도록 깊은 인상을 남겼다고 했다. 그 후로 계속해서 보위는 하러, 브루스 채트윈(339쪽 참고), 데이비드 키드(386쪽 참고) 같은 작가들을 섭렵하여 '동양적인 것을 추구하는' 자신의 페르소나를 키웠다.

1974년 '다이아몬드 도그스/필리 도그스Diamond Dogs/Philly Dogs' 투어를 할 때 약물의 그림자가 그를 덮치면서 이렇게 페르소나를 구성하는 일도 점차 난감해졌다.〈Station to Station〉앨범에 나오는 '씬 화이트 듀크Thin White Duke' 캐릭터는 온갖 불쾌한 유형들을 모아놓은 것으로, 19세기 주술사 엘리파스 레비(목록에 있다)에서부터 공공연한 파시스트였던 노르웨이의 모더니즘 작가 크누트 함순Knut Hamsun(이무렵 보위가 읽었다고 내가 장담하지만 목록에는 들어있지 않다)과 최고의 신비주의자 알리스터 크롤리Aleister Crowley(마찬가지로 목록에 없는데, 보위가 그에 얼마나 매료되어 있었는지 생각하면, 놀라운 일이다)에 이르기까지 다양하다. 재밌는 사실은 보위가 1970년대 중반에 로스앤젤레스에서 망가질 때 읽었다고 하는 오컬트 관련, 나치 관련 책들이 한 권도 목록에 보이지 않는다는 것이다. 《마술사의 아침》, 이스라엘 레가디의 《황금새벽회》, 트레버 레이븐스크로프트의 《운명의 창》, 다이언 포춘의 《초자연적 자기방어》, 그 어느 것도 목록에 없다.

이런 부재를 어떻게 설명할까? 가능한 하나의 설명은 그가 제정신이 아니었던 시절에 그 책들이 그에게 아무리 많은 의미를 주었다고 해도, 멍청하기 이를 데 없는 그것들을 목록에 포함함으로써 자기 인생에서 끔찍하고 우울했다고 여긴 시기를 다시 떠올리기는 싫었다는 것이다.

이런 책들 말고 보위는 또 무슨 책을 읽었을까? 먼저 스티븐 킹이 있다. "스티븐 킹을 좋아해요. 그의 소설은 지릴 정도로 무섭죠." 그가 1999년 〈Q〉와의 인터뷰에서 한 말이다. 보위는 빈센트 불리오시와 커트 젠트리가 쓴 베스트셀러 《헬터 스켈터: 맨슨이 저지른 살해의 진실》 같은 범죄를 다룬 논픽션도 좋아했다. 티나 브라운Tina Brown은 1975년 7월 〈선데이 타임스〉에 글을 싣고자 그를 인터뷰하러 로스앤젤레스에 갔다가 그의 호텔 방에서 절반쯤 먹은 치즈 조각이 그 책 표지 위에 놓여 있는 것을 보았다고 했다. (브라운은 그 책이 《맨슨 살해 재판》이라고 했고 저자 이름은 기억하지 못했는데, 그해에 범죄 실화 부문 에드거 상을 수상한 《헬터 스켈터》를 말하는 것이 거의 확실하다.)

1978년 〈크로대디〉 잡지에서 보위는 카프카의 《변신》이 자신에게 미친 놀라운 영향에 대해 말하면서 정신이 어떻게 되는 것 같았다고 했다. "그야말로 생생한 악몽을 꾸었어요. 그가 책에서 쓴 것이 고스란히 꿈에서 되살아났어요. 엄청나게 큰 벌레들이 날아다니고 바닥에 등을 대고 누워 있는 끔찍한 꿈 말입니다. 나 자신이 알아볼 수 없는 뭔가, 괴물이 된 것을 보았습니다."

보위가 순전히 재미로 읽은 책도 있다. 어린 시절 친구 제프 맥코맥Geoff MacCormack과 함께 1974년 9월 필라델피아에서 로스앤젤레스까지 기차 여행을 했을 때 소리 내어 구절을 읽으며 즐거워했던 《협곡의 요들》이라는 포르노그래피 소설이 그런 예이다. "이 고전 문학의 등장인물은 빅 로드 랜덜리와 그의 여자 친구 모나입니다"라고 맥코맥이 회상했다. "내용을 자세하게 말할 수는 없지만, 로드도 모나도 수줍음 많은 친구는 결코 아닙니다."

보위가 각별히 좋아한 것으로 보이는 장르는 이국적인 여행기이다. 데이비드 키드와 알베르토 덴티 디 피라노가 목록에서 이 분야를 대표한다. 어렸을 때부터 보위의 친구였던 예술가 조지 언더우드George Underwood는 1989년 무스

티크 섬에 있는 그의 집을 찾았을 때 보위가 빅토리아 시대 탐험가이자 박물학자 앨프리드 러셀 월리스가 인도네시아 부근을 여행하고 쓴 책을 읽고 있었다고 기억했다.《말레이 제도》라는 책인 듯하다. (그러면서 언더우드는 덧붙였다. "두 주 전에야 아마존에 들어가서 혹시 그 책이 있는지, 살 수 있는지 알아보았는데, 그때 월리스가 화성에 생명체의 존재 여부를 다룬 책(《화성에 생명체가 살 수 있는가?》)을 썼다는 것을 알았습니다. (…) 데이비드에게 이 책도 읽어봤는지 물어보고 싶군요.")

보위는 마크 샌드가 보도사진작가 돈 맥컬린Don McCullin과 함께 이리안자야(현재 인도네시아령領 서파푸아)를 여행한 기록물인 《스컬더거리》도 언더우드에게 추천했다. "데이비드는 마크 샌드를 만나더니 이리안자야에 완전히 매료되었습니다." 언더우드의 말이다. "만나고 나서는 나한테 전화를 걸어 사람 발길이 닿지 않은 그곳으로 같이 떠나고 싶다고 했습니다. 통나무배를 타고 세픽 강을 따라가서 백인을 한 번도 보지 못한 원주민들을 만나러 가자고 말입니다. 데이비드는 그 여행이 우리를 사내로 만들어줄 거라며 죽기 전에 해봐야 한다고 했습니다. 완전히 진심으로 하는 말이었어요. 물론 그런 일은 일어나지 않았지만, 잠깐 나도 마음이 동했습니다. 아주 잠깐 동안요!"

보위는 작가 친구들이 많았고 그들과 문학 이야기를 나

누는 것을 좋아했다. 하니프 쿠레이시와의 우정은, 소설가가 자신의 소설《시골뜨기 부처》를 BBC가 각색한 것에 보위의 노래를 사용하고 싶다고 그에게 요청하면서 시작되었다. 보위는 아예 사운드트랙 전체를 직접 만들어주었다.

1990년대 중반에 〈모던 페인터스〉 잡지에 글을 기고하면서 알게 된 윌리엄 보이드도 있다. 두 사람은 주로 미술에 관해 이야기를 나누었고, 그들의 인연은 1998년 '냇 테이트 Nat Tate 사기'(65쪽 참고)를 함께 꾸미는 것으로 이어졌다. 보이드는 이렇게 회상했다.

보위와 책 이야기를 많이 나누었습니다. 하지만 이 책 읽어봤어? 누구 알아? 그 사람 어때? 하는 식의 한담 수준이었죠. 그는 늘 내 책을 다 읽어봤다고 말했지만(그리고 나는 새 책이 나오면 그에게 보내주었어요) 어쩐 일인지 나는 그의 목록에 없더군요. 아마도 냇 테이트를 함께 작업한 것으로 충분하다고 생각한 모양입니다. 지나고 보니 그가 맞았어요. 프랭크 오하라(64쪽 참고)는《냇 테이트: 미국의 미술가 1928~1960》에 당연히 나오죠. 하트 크레인(176쪽 참고)도 그렇고요. 내가 기억하기로 우리는 주로 내 동료들, 에이미스, 루슈디, 매큐언 등에 관해 이야기했습니다. 그를 정기적으로 만난 무렵에 내가 쓴 일기를 확인해보니 거론된 모든 이름이 예술가들이더군요.

보이드처럼 목록에 이름을 올리지는 못했지만 보위가 열심히 옹호한 소설가가 있다. 근사한 스릴러 《롱 펌》의 저자 제이크 아노트이다. 소설은 1950년대 소호를 배경으로 하는데, 이곳은 보위가 이부형에게서 들은 재즈 클럽과 에스프레소 바 이야기로 익숙했을 테고, 아버지와 관련된 '가족 신화'와도 연결되는 곳이다. 그의 아버지는 젊었을 때 유산으로 물려받은 수천 파운드로 샬럿 스트리트에 부파둡Boop-a-Doop이라는 피아노 술집을 열었다가 1년 만에 문을 닫았다.

"보위는 책을 엄청나게 많이 읽으니 나와 하니프 같은 사람들이 백 권의 목록에 오르지 않은 것이 이해가 갑니다." 아노트의 말이다. "그가 《롱 펌》을 읽었다는 말은 영화감독 스티븐 프리어스Stephen Frears를 통해서 처음으로 들었습니다. 2000년 한 출판기념회에서 프리어스를 만났을 때 그가 그러더군요. 비행기 안에서 보위가 그 책을 읽는 것을 보았고, '아주 좋은데요!' 하고 자기한테 말했다고 말입니다. 당시에는 감독이 기분 좋게 하려고 그냥 내뱉은 말이라고 생각했는데 알고 보니 정말이었습니다."

보위와 아노트는 마침내 해머스미스 아폴로 무대 뒤에서 만났고, 2003년 아노트의 신작 소설 《트루크라임》이 나왔을 때 당연하게도 책 표지에 스타의 너그러운 추천사가 실렸다. "그의 신작이 나올 때마다 나는 만사 제쳐놓고 빠져든다."

행복하게도 나 또한 보위를 만난 적이 있었다. 2002년 그의 앨범 〈Heathen〉이 발매되기 직전이었다. 당시 내가 일하던 잡지사는 런던 사우스뱅크에서 열리는 멜트다운Meltdown이라는 음악 페스티벌을 후원하고 있었는데, 그해에 보위가 프로그래머를 맡기로 했다. 그래서 나는 뉴욕으로 날아가 그의 맨해튼 아파트 인근 호텔에서 그와 만나기로 했다.

나는 겁이 덜컥 났다. 열두 살 때부터 그는 나의 영웅이었다. 이제 나는 서른이 되었다. 옷차림을 어떻게 하고 나가야 할지 몰라서 트렌디한 옷 가게에 가서 슬림핏 청바지와 봉제인형들이 기타, 베이스, 드럼을 연주하는 그림이 그려진 티셔츠를 샀다. 내가 잠깐 좋아했던 스트록스 팬임을 드러내고 싶었다. 나름 필사적으로 노력한 것이다.

보위는 친절하게도 이것을 알아보고도 모른 척했다. 몇 년 전에 이사를 하면서 당시의 녹음테이프를 잃어버려 내가 보위를 만났다는 증거는 이제 활자로 인쇄된 인터뷰밖에 없는데, 하여간 그날의 인터뷰는 그가 멜트다운 무대에 올리고 싶은 아티스트들 이야기에 거의 집중되어 있었다. 나는 그를 친절하고 예의 바른 사람으로 기억한다. 사람을 배려

하는 마음이 흠잡을 데 없었다. 하지만 엄청난 개성의 소유자이기도 했다. 그는 부산스럽고 초조해했으며 에너지가 넘쳤다. 진한 에스프레소를 여러 잔 마시고 나온 듯했는데 어쩌면 정말로 그랬을 수도 있다.

무엇보다 내가 기억하는 그의 모습은 재밌는 사람이라는 것이었다. 스탠드업 코미디언 뺨치게 재미있었다. "몇 명의 관객만 동원해도 된다면 셜리 배시Shirley Bassey(영국인들의 폭넓은 사랑을 받은 웨일스 가수─옮긴이)를 멜트다운 라인업에 올렸을 겁니다." 그가 내게 말했다. "유고슬라비아 곡예사를 몇 명 대동하고 말입니다!"(멜트다운 페스티벌은 차분한 무대로 명성이 높았다.) 보위와 인터뷰한 기자들은 그가 상대방의 의중을 파악하여 상대방이 원하는 자신의 일면을 드러낸다는 이야기를 자주 한다. 일찌감치 케네스 피트로부터 터득한 요령이었다. 영광스럽게도 나는 '브롬리 데이브'를 얻었다. 나와 만난 자리에서 그는 친구 대하듯 정다운 농담을 건네다가 가끔 생뚱맞은 지적 허세를 늘어놓았고("물론 기독교 신학에서 삼분설 견해라는 것은…"), 이 모두를 런던 남부의 강한 억양으로 전했다.

그는 쉰다섯 살치고는 무척 좋아 보였다. 머리를 옅은 금발로 염색했고, 눈 아래 잡티를 가리려고 컨실러를 바른 것이 보였다. 하지만 몸은 언제나처럼 군살이 없고 야무졌다.

몇 번이고 시도했다가 실패로 끝난 금연에 마침내 성공한 터였다. 그랬기에 2년 뒤에 그가 심장마비로 쓰러졌을 때 나는 충격을 받았다. 이런 중차대하고 오싹한 사건은 보위의 경력에 크나큰 단절을 가져왔다. 가끔 게스트로 무대에 선 것을 제외하면 그는 10년 가까이 남편과 아버지 역할에만 충실했다.

보위는 그의 곁을 오래도록 지킨 프로듀서 토니 비스콘티Tony Visconti가 〈타임스〉에서 "경이적인 독서량"이라고 표현한 활동에도 시간을 아낌없이 할애했다. "영국 옛 역사, 러시아 역사, 영국 군주들에 대해 읽으며 무엇이 그들을 좋게 나쁘게 만들었는지" 파고들었다. 목록에 오른 책들 가운데 이 시기에 나온 것은 주노 디아스의《오스카 와오의 짧고 놀라운 삶》, 톰 스토파드의《유토피아 해변》, 수전 제이코비의《반지성주의 시대》, 존 새비지의《십대》이다. 이중 비스콘티가 거론한 범주에 속하는 것은 스토파드의 책밖에 없다. 그러나 보위는 비스콘티가 언급했듯이 휴식 기간에 특정 주제들을 깊게 탐구한 것이 분명해 보인다. 올랜도 파이지스의 대작《민중의 비극》에 매달린 것을 보면 말이다. 시간이 여간 많지 않고서는 불가능한 일이다.

나이가 들면 역사와 맺는 관계가 바뀐다. 씁쓸하면서도 영예로운 일흔 살 생일이 가까워지자 보위는 두 가지를 깨달았던 듯하다. 하나는 한 세기가 그렇게 길지 않다는 것이고, 다른 하나는 사람들 대부분이 젊을 때 착각하듯 자신이 인생의 주인공이기는커녕 실은 훨씬 더 크고 더 오래된 이야기, 그러니까 모두가 죽는, 기록되는 시간의 마지막 음절까지, 계속해서 매일, 죽어가는 복수의 비극에서 정말로 하찮은 일부라는 것이다.

그가 남긴 마지막 노래 "Blackstar"는 아무것도 잃을 게 없어진 남자의 야만적인 히죽거림으로 이런 우주적 아이러니에 맞선다. 노래에서 내레이션을 맡은 사악한 사기꾼, 자신이 거꾸로 방향이 뒤집힌 채로 태어났다고 우리에게 말하는 존재는 암이다. 사탄이 한때 천사였다가 타락한 루시퍼이듯, 암은 잘못된 세포다.

이 책은 데이비드 보위의 생애를 다룬 책이 아니다. 그것은 다른 곳에서 얼마든지 찾을 수 있다. 이 책은 그가 자신의 삶을 **항해하기** 위해 사용한 도구들을 살펴보는 책이다. 그리고 책을 읽으면 더 좋은 사람이 된다는, 내가 항상 마음에 담고 있지만 인기는 없는 이론을 입증하는 사례이기도 하다. 전기를 좋아하는 사람은 잘 알겠지만 성공한 예술가가 인품도 훌륭한 예는 드물다. 보위가 죽고 나서 슬픔에 젖은 팬들은 그에 대해 좋지 않은 말을 하는 사람이 거의 없었다는 사실에서 위안을 얻었다. 오히려 그가 얼마나 성실하고 사랑스러운 사람이었는지, 얼마나 친절하고 정이 많고 현명하고 재밌는 사람이었는지 전하는 이야기들이 계속 들려왔다. (매력적이었다는 것도 잊지 말자. 그는 이 말을 싫어했겠지만 말이다.)

데이비드 존스는 어떻게 이렇게 될 수 있었을까? 돈만 밝히는 음악업계에 몸담았음에도 불구하고, 자신의 중독과 야심이, 세계 최고의 스타가 되겠다는 장대한(심지어 무모하기까지 한) 야심이 불러올 수 있는 위험에도 불구하고 말이다. 어쩌면 여러분은 그 대답을 지금 손에 들고 있는지도 모른다.

1

《시계태엽 오렌지》

— 앤서니 버지스(1962)

데이비드 보위의 첫 번째 히트곡 "Space Oddity"가 스탠리 큐브릭의 영화 〈2001: 스페이스 오디세이〉에 빚지고 있다는 것은 너무도 분명해 보인다. 그러나 앤서니 버지스의 소설 《시계태엽 오렌지》를 서늘하게 각색한 큐브릭의 다음 영화에 이르면 이야기는 정말로 흥미로워진다.

전체주의가 지배하는 근미래 영국이 배경인 《시계태엽 오렌지》는 비행을 일삼고 베토벤을 좋아하는 소년 알렉스가 주인공이다. 그가 이끄는 갱단은 밤이면 암페타민을 탄 우유를 마셔 흥분한 상태로 강간과 약탈을 벌인다. 큐브릭은 원래 나폴레옹 보나파르트의 전기 영화를 만들 계획이었는데, 앞서 〈닥터 스트레인지러브〉를 함께 작업했던 각본가 테리 서던Terry Southern이 건네준 버지스의 책을 읽고 매료되어 계획을 바꾸었다. 1972년 보위는 으스대고 못된 짓을 벌이는 이들의 모습에서 영감을 받아 자신의 경력의 전환점이 되는 '나환자 메시아' 지기 스타더스트Ziggy Stardust를 만들었다. 부풀린 빨강머리에 비대칭적인 일체형 니트를 좋아하는 양성애자 외계인 록스타는 결국에는 자신의 팬들에 의해 살해되고 만다.

지기는 불안정한 요소들을 취합하여 만든 캐릭터였다. 마약에 찌든 로커 빈스 테일러Vince Taylor와 사이코빌리psychobilly(컨트리에 록을 더한 로커빌리에 펑크 록의 요소를 추가한 음악 장르—옮긴이)의 선구자 레전더리 스타더스트 카우보이Legendary Stardust Cowboy 같은 무명 뮤지션들, 그리고 그보다 더 알려진 이들도 여기에 영향을 미쳤다. 보위는 "Starman"의 후렴구에서 "Over the Rainbow"의 선율을 슬쩍 가져다가 썼듯이 큐브릭의 영화에서 자신이 무엇을 취했는지 노골적으로 드러낸다. 예컨대 보위/지기는 영화 사운드트랙에서 무그 신서사이저의 대가 웬디 카를로스Wendy Carlos가 연주한 베토벤 교향곡 9번을 틀어놓고 무대로 올라갔으며, 그의 밴드 스파이더스The Spiders의 의상은 알렉스와 그의 일당droog—버지스가 만들어낸 언어인 나드샛Nadsat에서 '친구'를 뜻하는 어휘—에서 힌트를 얻었다.

《시계태엽 오렌지》
엔서니 버지스

1970년대 초 영국은 암울하고 시끄러운 시기였다. 존 레논은 1970년에 (히피의) 꿈이 끝났다고 노래했다. 1971년이 되면 상황이 야수처럼 돌변했다. 대안을 모색하는 사회가 여러 파벌로 쪼개져서 경쟁을 벌였고, 독일의 '적군파Rote Armee Fraktion'에 호응하여 조직된 급진 좌파 테러리스트 '분노의 여단Angry Brigade'이 기득권을 겨냥한 폭탄 테러를 잇달아 자행했다. 큐브릭의 영화 〈시계태엽 오렌지〉는 보위의 앨범 〈The Rise and Fall of Ziggy Stardust and the Spiders from Mars〉가 발매되기 다섯 달 전인 1972년 1월에 영국에서 개봉했다. 이듬해에 감독은 살해 협박을 받고 극장에서 영화를 철수시켰는데, 당시 과열된 사회 분위기를 말해주는 이 사건으로 음흉하게 위협적인 영화 분위기는 오히려 부각되었다.

영화와 원작 소설 모두 갱단의 일원이 됨으로써 얻어지는 달콤한 소속감을 찬양한다. 그러나 그 여파에도 관심이 많다.

즉 갱단이 해체되어 조직을 붙들고 있던 힘이 풀어졌을 때 어떤 일이 벌어지는지 살펴본다. 원한다면 알렉스를 지기로, 그의 일당을 스파이더스로 생각해도 된다. 보위의 실제 뮤지션들인 믹 론슨Mick Ronson, 우디 우드맨시Woody Woodmansey, 트레버 볼더Trevor Bolder 말고 허구의 밴드 말이다. 보위가 모호하게 만들어낸 내러티브에서 스파이더스는 리더인 지기의 팬들에 대해 욕을 하고 그의 예쁘장한 손을 박살 내서 본때를 보여줄까 고민하는 적대적인 사이드맨들로 그려진다.

소설이 나오게 된 배경에는 슬픈 사연이 있다. 버지스가 치명적인 뇌종양이라는 오진을 받은 1959년으로 거슬러 올라간다. 그는 곧 미망인이 될 아내를 위해 다섯 권의 소설을 대단히 빠른 속도로 써내려갔다.《시계태엽 오렌지》는 불과 3주 만에 완성한 것으로, 1944년 4월 당시 임신 중이던 그의 첫 아내 린이 등화관제 도중에 미군 집단의 공격을 받은 (결국 유산했다) 끔찍한 사건에서 영감을 받았다. 그녀는 전쟁수송부 런던 지부에서 노르망디 상륙 작전을 계획하는 일을 하다가 집으로 돌아가던 도중이었다.《시계태엽 오렌지》는 무엇이 사람으로 하여금 이런 폭력적인 행동을 하게 만드는지에만 관심을 가진 것이 아니라 재활의 윤리에도 정교한 공을 들였다. 여러분이라면 알렉스가 받은 '루도비코 치료법Ludovico Technique'이라는 혐오 요법으로 사람을 고문하여 **강제로** 좋은 사람이 되도록 만들 수 있겠는가?

버지스와 큐브릭이 보위에게 똑같이 중요했다면, 둘의 지향점의 차이에 주목하는 것도 필요하다. 버지스는 이 차이가 대단히 크다고 보았으며 영화가 독자들이 책을 오해하기 쉽게 만들었다고 여겼기에 소설을 쓴 것을 후회했다. 성과 폭력을 다룬 자신의 방식이 큐브릭의 것보다 더 미묘하다고 본 것인데, 이것은 사실일 수도 있지만 어떤 면에서는 소설이 더 지저분하다. 예를 들자면 알렉스가 미성년자 둘을 술에 취하게 만든 다음 강간하는 장면이 그렇다. 영화에서는 명백히 성인 여성으로 나오고, 섹스는 명백히 합의 하에 진행되며, 큐브릭은 빠른 모션 기법을 활용하여 행동을 모호하게 얼버무리며 슬랩스틱 코미디처럼 연출한다.

하지만 가장 큰 차이는 엔딩에 있다. 영국에서 출간된 판본은 낙관적인 어조로 끝맺는다. 알렉스가 폭력에서 손을 떼고 아버지가 될 날을 생각하며 끝난다. 그러나 큐브릭이 영화 대본의 바탕으로 삼은 미국 판본에는 이 에필로그가 빠져 있다. 알렉스가 "울부짖는 세상의 낯짝을 면도칼로 파내는" 꿈을 우리에게 털어놓고는 "나는 제대로 치료되었어" 하고 빈정거리며 끝난다.

버지스는 면도칼을 차고 다닌 1950년대 말의 테디보이 Teddy Boys에 흥미를 느꼈다. 큐브릭은 보위가 1960년대 중반에 몸담았던 모드 문화의 양성성에서 착안하여 알렉스의 가짜 속눈썹을 핵심적인 시각적 모티브로 삼았다(런던의 힙한 패션용품점 비바Biba에서 대량으로 구매했는데, 촬영이 마무리되고 얼마 뒤에 이곳은 분노의 여단의 폭탄 공격을 받았다). 알렉스가 영어와 러시아어를 뒤섞어가며 사용하는 속어 나드샛은 "Suffragette City"에 등장한다. 그러나 보위는 수십 년 뒤에 마지막으로 발표한 노래 가운데 하나인 "Girl Loves Me"에서 이를 다시 사용하며 소설의 풍부한 언어적 질감으로 돌아가 더 깊은 이해를 드러낸다. 여기서 보위는 다 안다는 듯이 나드샛을 은밀한 게이 언어 폴라리Polari와 뒤섞어, 《시계태엽 오렌지》는 현대 남성성을 검토한 작품이라고 말한 문화사가 마이클 브레이스웰Michael Bracewell의 주장에 힘을 실어준다. 그에 따르면 《시계태엽 오렌지》는 남성성이 위기에 처한 것을 보고 강렬한 정서적 이상주의를 앞세워 변질된 남성성을 구하고자 한 새로운 종류의 외톨이인 젊은 반항아의 탄생을 앞당긴 작품이다. 내게는 마치 보위를 말하는 것처럼 들린다.

· 같이 들으면 좋은 노래: "Girl Loves Me", "Suffragette City"
· 이어서 읽으면 좋은 책: 그레이엄 그린의 《브라이턴 록》

2

《이방인》
—알베르 카뮈(1942)

보위는 이 책과 제목이 똑같은 1950년대 베스트셀러인 콜린 윌슨의 《아웃사이더》(77쪽 참고)(카뮈 책의 영국판 제목은 '아웃사이더The Outsider', 미국판 제목은 '이방인The Stranger'이다—옮긴이)를 통해 카뮈의 이 얇은 고전을 접했을 것이다. 윌슨은 카뮈를 존경했지만 그의 철학—카뮈는 싫어했다지만 자주 '실존주의'라고 불리는—을 자신이 만들어낸 낭만적 개념인 '아웃사이더 기질'을 보강하는 용도로 활용하여 선택받은 소수의 초연한 우월의식으로 발전시켰다. 카뮈의 《이방인》은 이보다 더 미묘하다. 실제로 이 소설은 언어와 어조가 살짝, 하지만 결정적으로 모호한데, 바로 이 점이 그 소설을 읽을 때마다 다르게 느껴지는 몇 안 되는 소설로 만든다.

실존주의는 자유의지와 개인의 책임의 중요함을 강조했으므로 전쟁의 향수에 취한 갑갑한 순응주의자이기 일쑤였던 부모와 함께 살며 지긋지긋한 교외―보위의 경우 브롬리―에 갇혀 지내던 십대들에게 너무도 매력적으로 느껴졌다. 실존주의는 영리하고 의욕적인 십대들에게 자기들이 독보적이라는 감각을, 즉 남들과 다르게 자기들은 모든 것의 중심에 있는 부조리함을 알아볼 수 있다는 감각을 부추겼다. 한때 이런 십대들은 자신들을 비트족과 동일시했다. (독일에서는 '엑시exi'라고 불렀다. 함부르크에서 비틀스에게 더벅머리 스타일을 만들어준 사진작가 아스트리드 키르헤Astrid Kirchherr가 엑시였다.) 보위가 이런 대세에 합류했을 즈음, 그들은 모드족이 되었다. 그는 하위문화를 열렬하게 받아들였고, 특히 그들이 입고 다닌 슬림핏 청바지, 맞춤 재킷, 폭이 좁은 넥타이에 열광했다.

《이방인》은 식민 통치를 받는 알제에 사는 프랑스인 뫼르소의 이야기이다. 그는 묘한 캐릭터이다. 무표정하고 무기력하고 살짝 차갑다. 그의 치명적 결함은 속마음을 감추지 못한다는 것이다. 어머니가 돌아가셨을 때 그는 아무렇지 않아서 굳이 슬픈 척하지 않았다. 여자 친구 마리가 그에게 자기를 사랑하느냐고 묻자 그는 아니라고 대답했다. 사랑을 느끼지 않았기 때문이다. 우연히 폭력적인 이웃 레몽과 어울리게 된 그는 푹푹 찌는 무더운 날 해변에서 아랍인 한 명을 총으로 쏘아 죽이고 만다. 위협을 느끼거나 겁이 나서가 아니라 그를 죽이는 것이 죽이지 않는 것만큼 쉬웠기 때문이며, 게다가 그 남자의 칼날에 반사된 강렬한 햇빛이 짜증나서였다. 법정에서 뫼르소는 살인이나 어머니의 죽음에 대해 애석한 감정을 보이지 않았고, 그래서 유죄 판결을 받고 처형된다. 그는 관습에 결례를 보인 것이다. 그리고 카뮈가 후기에 장난스럽게 썼듯이 어머니 장례식에서 울지 않는 사람은 사형 선고를 받을 각오를 해야 한다.

그러나 《이방인》은 이렇게 마무리하기에는 너무도 많은 질문을 제기한다. 뫼르소는 사이코패스일까? 그와 어머니의 관계는 실제로 어떠했을까? 어째서 그는 첫발로 아랍인을 죽이고 난 뒤에 그의 몸에 네 발을 더 쏘았을까? 아랍인은 왜 그저 시종일관 '아랍인'이라고만 불릴까? 이것은 의도적인 거리두기일까, 아니면 인종차별일까? 인종차별이라면 **누구**의 차별일까, 뫼르소, 카뮈? 여기에는 동기, 양심, 규칙의 임의성과 관련하여 생각할 거리가 무궁무진하다.

"나는 항상 카뮈 같은 작가들에게 편안함을 느꼈어요." 2003년 〈소마〉와의 인터뷰에서 보위가 말했다. "그러나 사람들은 그의 말을 너무도 부정적으로 해석하곤 합니다. 그렇지 않아요! 그가 한 말은 완벽하게 이치에 맞아요."

· 같이 들으면 좋은 노래: "Valentine's Day"
· 이어서 읽으면 좋은 책: 장—폴 사르트르의 《구토》

3

《아웝밥알루밥 알롭밤붐》
—닉 콘(1969)

저널리스트 닉 콘이 아일랜드 서해안의 코네마라에 집을 빌려 칩거하며 진지하고 긴 형식으로 된 최초의 팝 관련 글인 《아웝밥알루밥 알롭밤붐》을 정신없이 써내려가고 있었을 때 그의 나이는 막 스물두 살이었다. 콘이 분석의 대상으로 삼은 시대를 지금 와서 돌아보자면, 비틀스의 〈White Album〉과 롤링 스톤스의 〈Beggars Banquet〉, 마빈 게이의 "I Heard It Through The Grapevine", 슬라이 앤 더 패밀리 스톤의 "Dance To The Music"이 나온 1968년은 팝이 아직 제대로 뭔가를 해보지 못한 것이 분명했다. 데이비드 보위는 영국 싱글 차트 40위권에 아직 이름도 올리지 못한 상태였다. 그러나 콘에게는 재미있는 시절은 이제 다 가버린 것처럼 여겨졌다.

책은 그런 관점으로 읽힌다. 침울하고 체념의 분위기가
만연해 있다. 그것은 콘이 사랑한 비틀스에 대해서도 마찬
가지다. 그들의 후기작은 약물에 찌들어 거만하고 오만하다
며 일침을 놓았다. 엘비스의 "덕테일ducktail 머리와 입꼬리
가 한쪽으로 올라가는 웃음," 필 스펙터의 "아름다운 소음",
그리고 보위와 마찬가지로 콘도 자신이 본 가장 흥미진진한
라이브 공연자로 꼽은 리틀 리처드 같은 좋은 시절은 다시
오지 않을 것이다. 가슴 아픈 일이지만 그의 평가의 대부분
은, 에벌린 워의 표현을 빌리자면, 텅 빈 관을 앞에 놓고 찬
사를 늘어놓은 것이다. 콘이 질색했던 근엄한 프로그 록—
그는 핑크 플로이드를 "거의 믿지 않을 정도로 지루하다"
고 했다—은 결코 주류가 되지 못했다. 얼마 뒤에는 글램
이, 이어 펑크가 등장하여 3분의 전율을 넉넉하게 공급할
터였다. 디스코는 확장 리믹스로 황홀함을 한층 더 길게 이
어갔다. 여기에는 의도치 않게 콘도 견인차 역할을 했다. 비
지스가 절묘하게 사운드트랙을 더한 영화 〈토요일 밤의 열
기〉는 콘이 1976년 〈뉴욕 매거진〉에 기고한 뉴욕 디스코 씬
에 관한 기사 "새로운 토요일 밤의 부족部族 제의祭儀"를 바
탕으로 만들어진 영화였기 때문이다. 콘은 나중에 밝히기
를, 대부분 지어낸 이야기이며 작중 인물인 빈센트는 10여

년 전 자신이 셰퍼드 부시에서 알았던 한 모드족을 바탕으로 한 것이었다고 했다.

콘은 종파 갈등을 피해 열일곱 살에 북아일랜드 데리에서 런던으로 왔다. 곧바로 그는 〈옵저버〉에서 청년 문화에 대한 글을, 해적 라디오 방송국 '라디오 캐롤라인'에 자본을 댄 사회 잡지 〈퀸〉에서 록 음악에 대한 글을 쓰며 이름을 날렸다. 《아웹밥알루밥 알롭밤붐》에는 날카롭고 인정사정없는 판단들이 곳곳에 넘친다. 시인 앨런 긴즈버그Allen Ginsberg는 "뭐랄까 웃기는 사람이지만 사람 자체는 좋다"고 했고, 도어스는 "섹시하지만 똑똑하지 않다"고 했다. 보위가 좋아한 밴드로 충실한 R&B 추종자였다가 사이키델릭 록의 예지자로 돌아선 뎁트퍼드의 자랑 프리티 싱스에 대한 평은 재밌다. "세상에, 이렇게 못생겼다니. 정말이지 못생겼다. 노래를 맡은 필 메이는 뚱뚱한 얼굴을 머리카락으로 완전히 가린 채 몸이 불편한 고릴라처럼 무대를 서성거리며 소리를 지른다." 이런 상황인데도 사람들은 그의 추천사를 받으려고 난리를 쳤다. 핀볼을 좋아했던 콘은 더 후의 앨범 〈Tommy〉를 미리 듣고는 지나치게 심각하다고 말했다. 그 말에 피트 타운젠드는 마지막 순간 "Pinball Wizard"를 작곡하여 앨범에 추가했다.

《불멸》
월터 로스

보위는 《아웹밥알루밥 알롭밤붐》이 나오자마자 곧장 읽었을 뿐 아니라 교본 삼아 면밀히 탐독했을 가능성이 아주 크다. 자해적인 록스타를 다룬 콘의 1967년 소설 《지금도 나는 최고야, 조니 앤젤로가 말했다》의 주인공이 보위가 지기를 만드는 데 영향을 미쳤다는 이야기도 있다. 1960년대 중반의 스타 피제이 프로비P. J. Proby를 모델로 한 조니는 "남성적·여성적·중성적 면모를 다 가진 사람, 능동적이면서 수동적인 사람, 동물과 식물의 면을 동시에 가진 사람, 사탄이면서 메시아이고 키치·캠프·사이코·순교자·추잡한 면모를 다 가진 사람"이다.

콘과 보위가 걸어온 길은 1974년에 살짝 겹친 적이 있는데 수혜자는 콘이 아니라 보위였다. 당시 콘은 벨기에 예술가 기 펠라에르트Guy Peellaert와 《록 드림스》라는 책을 공동으로 작업했다. 록스타들의 가사나 명성을 바탕으로 삽화를 마련하고 해설을 더한 프로젝트로 베스트셀러가 되었다. 보위는 이 책이 너무도 마음에 들어서 펠라에르트에게 앨범 〈Diamond Dogs〉의 표지 디자인을 부탁했다. 원래는 믹 재거가 롤링 스톤스의 〈It's Only Rock'n Roll〉 표지 작업을 해 달라고 먼저 부탁했었는데 그것을 앞질러서 말이다.

내가 알기로 콘은 보위에 대해 글을 쓴 적이 없다. 보위가 성공했을 무렵이면 그는 팝 음악에 흥미를 잃은 뒤였다. 하지만 보위가 죽고 나서 칭찬의 말을 했다. 〈아이리시 타임스〉에서 이렇게 말했다. 보위는 "항상 한 발을 거리에 확실하게 내딛고는 거기서 벌어지는 일들을 아주 명확하게 파악하고 있는 사람 같았습니다."

· 같이 들으면 좋은 노래: "Let Me Sleep Beside You"
· 이어서 읽으면 좋은 책: 레스터 뱅스의 《정신병 반응과 카뷰레터 찌꺼기》

4

《신곡》1부 '지옥' 편

—단테 알리기에리(1308-20경)

"이곳에 들어오는 자들은 모두 희망을 버려라." 단테가 지옥으로 들어가는 문 위에서 보았다는 이 글귀는 그의 《신곡》1부 '지옥' 편에 나오는 유명한 구절이다. 피렌체의 작가 단테 알리기에리가 쓴 우화적 서사시 《신곡》은 중세 말 유럽인들이 종교·예술·과학·정치·사랑에 대해 생각한 바를 매혹적으로, 놀랍도록 이해하기 쉽게 집약해놓은 글이다.

서른다섯의 단테는 "삶의 여정 중간 즈음에 이르러" 깨어나 보니 자신이 지하세계의 가장자리에 있는 어두운 숲에서 길을 잃었음을 알았다. 그를 구하러 온 사람은 단테가 이상으로 삼은 여인 베아트리체가 보낸 로마의 시인 베르길리우스의 유령이다(베아트리체는 단테가 사모했던 은행가의 딸로

1290년 스물넷에 죽은 실존인물 베아트리체 포르티나리다). 두 사람은 함께 지옥의 어둠 속으로 내려가고, 이 여행은 산들로 이루어진 중간지대 연옥과 마지막 천국으로 계속 이어진다.

단테의 우주론은 정확하고 대칭적이다. 보위가 젊은 시절에 관심을 갖고 읽은 밀교와 오컬트에 관한 책들에서 우리가 익히 아는 그런 종류다. 단테에게 지옥은 타인이 아니라 아홉 개의 동심원으로 이루어져 있고 갈수록 끔찍해지는 실제의 물리적 장소다. 비교적 안락한 천국인 림보에서 시작하여 브루투스, 카시우스, 가룟 유다가 영원히 고통받는 반역의 지옥으로 끝난다. 이 최하층 중심부에는 세 개의 얼굴에 박쥐 같은 날개를 가진 루시퍼가 차가운 진창에 얼어붙은 채로 있다. "그는 여섯 개의 눈으로 눈물을 흘렸으며, 눈물이 세 개의 턱 아래로 흘러내려 피맺힌 침과 엉겨 붙었다."

'지옥' 편에는 점잖은 대목도 있고, 타락한 교황들과 정치인들을 난잡하게 조롱하는 대목도 있다. 현대의 감수성에 가장 와닿는 대목은 예컨대 단테와 베르길리우스가 루시퍼 몸에 난 털을 "한 움큼씩" 잡고 그의 몸 아래로 미끄러지듯 내려가 지옥의 최하층, "가장 깊은 고립"에서 빠져나오는 제34곡의 오싹한 공포다.

이렇게 손으로 만져질 듯 생생한 이미지로 인해 '지옥' 편은 윌리엄 블레이크, 귀스타브 도레, 살바도르 달리 같은 미래의 삽화가들에게 선물이 되었다. 단테의 상징적 풍경을 그들이 문자 그대로 해석한 것은 보위가 사랑한 작가들인 쥘 베른Jules Verne, 에드거 라이스 버로스Edgar Rice Burroughs, 에드워드 불워-리튼 등의 '속이 빈 지구hollow earth' 이야기들로 고스란히 이어졌다. 그러나 보위는 초현실주의도 사랑했으며, 그 운동의 주축 이론가인 앙드레 브르통이 1924년에 발표한 《초현실주의 선언》에서 단테를 초현실주의 선구자들 목록 맨 앞에 두었음을 알았을 것이다. 보위가 진가를 인정한 《말도로르의 노래》(136쪽 참고)의 저자 로트레아몽 백작이 단테 바로 뒤에 놓이는데, 보위는 그 작품이 영리한 아이가 단테의 걸작을 서둘러 비슷하게 모방한 것 같다고 했다.

궁극적으로 《신곡》은 사랑에 관한 시이다. 신에 대한 사랑과 베아트리체에 대한 사랑을 노래한다. 세상에서 가장 예쁜 별, 단테가 길을 잃을 때마다 그를 구해달라고 청원하는 천사의 목소리를 가진 "아름답고 성스러운 여인" 베아트리체.

· 같이 들으면 좋은 노래: "Scary Monsters(and Super Creeps)"
· 이어서 읽으면 좋은 책: 윌리엄 랭글런드의 《농부 피어스의 꿈》

5

《오스카 와오의 짧고 놀라운 삶》

— 주노 디아스(2007)

보위는 성장기에 탐독했던 과학소설을 바탕으로 자신의
가장 인상적인 페르소나들을 만들어냈다. 일례로 BBC 드라
마 〈쿼터매스 실험〉이 있다. 끔찍하게 잘못되어 가는 유인
우주비행을 다룬 이 획기적인 드라마를 보위는 여섯 살 때
소파 뒤에서(부모는 그가 자러 간 줄 알았다) 본 기억이 있다고
했다. 우주, 소외, 다른 세상에 대한 강박적 관심은 그의 초
기작 "Space Oddity"에서 만년의 "Blackstar"까지 이어진다.
그러므로 그는 주노 디아스의 퓰리처상 수상작 주인공인,
똑똑하지만 친구들과 어울리지 못하고 심각하게 뚱뚱한 도
미니카계 미국 이민자 오스카 데 레온이 겪은 곤경에 깊이
공감했을 것이다.

오스카는 과학소설과 판타지 애호가이다. 이런 것들을 모조리 섭렵했으며 해외에는 잘 알려지지 않은 《블레이크스 7》 같은 영국산 SF도 접했다. 다른 아이들이 벽에 공을 던지거나 동전을 던지며 놀 때 오스카는 고전(러브크래프트, 웰스, 버로스, 하워드, 허버트, 아시모프, 보바, 하인라인)을 파고들었다. 다행히도 지역 도서관은 예산이 부족해서 옛날 책들을 버리지 않고 갖고 있었다. 오스카는 1980년대에 뉴저지에서 자라면서 이런 성향과 행동으로 인해 괴롭힘을 당했고, 결국 그는 점점 더 자신의 내면으로 침잠하며 절멸 장치, 돌연변이 괴물, 마법에 관한 영화들에 빠져들었다.

물론 이것이 전부는 아니다. 과학소설과 판타지는 오스카 가족이 도망쳐 온 조국, 독재자 라파엘 트루히요—소설에서 《반지의 제왕》에 나오는 사우론과 비교된다—가 통치하는 도미니카 공화국의 악랄하고 평행우주 같은 삶을 반영할 수 있는 유일한 장르가 된다. 앤서니 버지스의 《지상의 권력》(404쪽 참고)과 마찬가지로 《오스카 와오의 짧고 놀라운 삶》도 세상의 일은 궁극적으로 초자연적인 힘, 특히 사악한 힘이 지배한다고 여긴다. 이 소설에서는 이런 힘이 식민 지배를 하는 유럽인들에 의해 신대륙에 생겨난 '푸쿠'라고 하는 저주로 표현된다.

또래와 어울리지 못하고 자기 세계에 파묻혀 지냈다는

점에서 보위는 어느 모로 보나 오스카에 뒤지지 않지만, 그가 외계인 행세를 하며 보낸 많은 세월을 생각할 때 그의 목록에서 과학소설이 차지하는 비중은 놀랄 만큼 작다. 브롬리를 끔찍이도 싫어했던 동향의 H. G. 웰스Wells나 보위가 로스앤젤레스에서 종종 식사를 함께했던 레이 브래드버리Ray Bradbury의 책이 일절 언급되지 않는다. 보위가 틀림없이 읽었을 로버트 A. 하인라인의 《스타맨 존스》, 화성에서 온 메시아라는 플롯 설정에서 지기 스타더스트의 느낌이 확연히 나는 《낯선 땅 이방인》도 나오지 않는다. 지기 시절 보위의 매니저였던 토니 드프리스Tony Defries에 따르면, 《낯선 땅 이방인》을 영화로 만들려는 계획이 있었는데, 여기서 보위는 화성에서 자란 휴머노이드 주인공 밸런타인 마이클 스미스 역을 맡아 할리우드에 데뷔하려고 했다.

오스카의 강박이 야기한 비극은 그가 여자애들에게 투명인간 같은 존재였다는 것이다. (십대 시절 보위에게는 이것이 문제되지 않았던 것이, 그는 햄스테드 히스에 UFO를 찾으러 가는 것을 데이트라고 생각했다.) 자기 혼자서 여자 친구라고 생각했던 제니가 자신을 차버리고 루 리드를 닮은 키 큰 펑크족에게 가자 크게 상심한 오스카는 기차 앞으로 몸을 던진다. 푸쿠에 맞서는 역주문 '사파'를 나타내는 신령스러운 황금색 몽구스가 그의 옆에 나타나서 만류하는데도 무시하고 말이다.

　　오스카의 대학 룸메이트 유니오르가 나중에 그의 집으로 찾아간다. (우리의 주인공은 사고에서 용케 살아남았지만 두 다리가 부러졌다.) 유니오르는 엑스-윙과 타이-파이터(영화 〈스타워즈〉에 나오는 전투기들—옮긴이)가 여전히 천장에 매달려 있는 것을 본다. 그의 다리에 감긴 석고붕대에 여러 이름이 적힌 것도 보는데, 실제 인물은 둘밖에 없고 나머지는 죄다 오스카가 사랑한 SF 주인공들의 서명을 흉내 낸 것이다. 세대를 오가며 이민자들의 삶과 사랑, 상실을 이야기하는 파란만장한 소설에서 많은 것을 생각하게 하는 가슴 아픈 순간이다.

· 같이 들으면 좋은 노래: "The Supermen"
· 이어서 읽으면 좋은 책: 제프리 유제니디스의 《미들섹스》

6

《오후의 예항》

—미시마 유키오(1963)

보위가 〈Heroes〉 앨범을 녹음할 때 살았던 베를린 아파트 침실에는 그가 직접 그린 미시마 유키오의 초상화가 있었다. 다양한 직함(저술가, 배우, 극작가, 가수, 테러리스트)을 가진 잘생긴 이 일본인은 1970년 11월, 자신이 속한 다테노카이 楯の會 민병대 회원 네 명과 함께 일왕의 권력을 되찾기 위한 쿠데타를 선동했으나 실패로 끝나자 할복자살한 인물이다.

보위는 미시마의 마초적 무사정신의 무엇에 그토록 끌렸을까? 아마도 그것이 명백하게 퍼포먼스였다는 사실일 것이다. 미시마를 개인적으로 알았던 영화연구가 도널드 리치 Donald Richie는 자신이 되고자 하는 방식으로 **행동하면** 그렇게 된다고, 연습이 사람을 만든다고 믿으며 그 방향으로 재능을 쏟았던 멋쟁이로 그를 기억한다.

어린 시절 히라오카 기미타케—'미시마 유키오'는 필명이다—는 할머니 손에서 홀로 자랐다. 정신착란에 육박지르는 성격이던 할머니 나쓰는 그가 또래 아이들과 어울려 놀지 못하게 했고 햇빛에 노출되지 않도록 했다. 그는 할머니 영향으로 손에 잡히는 대로 책을 읽었고, 침착하고 조숙하게 단정한 몸가짐을 했다. 건강 문제로 군 입대를 면제받은 것을 수치로 여겨—반자전적 첫 소설 《가면의 고백》에서 이 사건을 자세하게 술회한다—허약한 몸을 탄탄한 근육으로 단련시켰다. 그는 검도를 배우며 무사도 정신을 몸에 익혔다.

미시마는 결혼해서 두 아이를 두었으나 양성애자도 아니고 동성애자임을 공개적으로 밝혔다. 그는 훗날 자전적 작품인 《태양과 철》에서 이 역설을 합리화하면서 모순과 충돌을 끌어안고자 했다. (《가면의 고백》에서 핵심적인 한 장면은 그가 온몸에 화살이 박힌 성 세바스찬의 그림 앞에서 흥분하여 처음으로 자위를 하는 부분이다.) 미시마는 병든 어머니를 기쁘게 해드리려고 일본의 전통 풍습에 따라 중매로 결혼했다. 미시마가 내세운 조건에는 신부가 자기보다 키가 커서는 안 된다는 것, 예쁘고 둥그스름한 얼굴이어야 한다는 것, 자기가 일할 때 방해하지 않게 조심해야 한다는 것이 포함되었다. 결국 그는 유명한 일본 화가의 스물한 살 난 딸 스기야

미시마

《요코오 타다노리》

마 요코와 짝을 맺었다.

1972년 다분히 홍보 효과를 노리고 양성애자임을 커밍아웃한 보위는 4년이 지나서도 자신의 유연한 정체성을 여전히 떠벌리고 다녔다. 그의 게이 성향은 대체로 휴면 상태에 있었지만, 1976년 〈플레이보이〉 인터뷰에서 카메론 크로우Cameron Crowe에게 설명하기를, 일본을 방문하고 나면 그것이 늘 확실하게 깨어난다고 했다. "그곳에는 아름다운 외모의 소년들이 많아요. 사실 그렇게 어리지는 않은데, 열여덟 혹은 열아홉 정도 될까. 사고방식이랄까, 사람들 생각이 멋지죠. 다들 여왕 같은 존재로 지내다가 스물다섯 살이 되면 갑자기 사무라이가 되고, 결혼을 하고, 그리고 수많은 아이를 낳죠. 마음에 쏙 듭니다."

패전 이후 일본이 겪은 굴욕을 우화적으로 다룬《오후의 예항》은 일반적으로 미시마의 최고 걸작으로 꼽히는 작품은 아니다. 소설은 미시마가 어렸을 때 탐독했던 그림 형제의 동화처럼 잔혹한 대칭적 구성이다. 전쟁의 여파에서 헤어나지 못한 요코하마의 한 교외를 배경으로 한다. 유럽 명품을 판매하는 가게를 운영하는 미망인 후사코는 선원인 류지를 애인으로 맞는다. 그의 아들 노보루는 자신의 방에 난 구멍으로 두 사람이 섹스하는 모습을 엿본다. 처음에 노보루는 류지를 세계를 누비는 영웅으로 떠받들지만, 다음 날 못된 학교 친구들과 어울려 떠돌이 고양이를 죽이고 해부한 다음 집으로 돌아오다가 류지를 다시 만났을 때는 그가 더위를 식히려고 몸에 물을 끼얹는 것을 보고 나약하고 무능한 인간이라고 판단한다.

류지는 이제 바다를 떠도는 생활을 접고 노보루의 모친과 안정적인 가정을 이루고자 한다. 하지만 노보루는 시큰둥하다. 또다시 구멍으로 훔쳐보려는 노보루를 후사코가 붙잡아 벌주려고 하는데 류지가 그냥 넘어가자고 하자 그는 실망이 이만저만이 아니다. 노보루와 패거리는 고양이를 처단했던 방식 그대로 그에게 해줌으로써 땅에 떨어진 류지의 명예를 되찾아주기로 한다.

보위가 포로로 붙잡힌 영국 소령 잭 셀리어스 역을 맡아서 연기한 제2차 세계대전 배경의 오시마 나기사 영화 〈전장의 크리스마스〉에서 미시마를 연상시키는 주제(모욕당한 명예, 억압된 동성애)를 눈치챈 사람이라면, 데이비드 실비언David Sylvian과 사카모토 류이치Sakamoto Ryuichi가 함께 만든 매혹적인 주제곡 "Forbidden Colours"의 제목에서 실마리를 찾을 수 있다. 미시마의 소설《금지된 색》에서 가져온 제목이다. 보위 자신은 2013년 앨범 〈The Next Day〉에서 미시마로 돌아갔다. 스콧 워커Scott Walker(1960년대부터 주로 영국에서 활동한 미국의 싱어송라이터—옮긴이)처럼 이미지들을 듬성듬성 활용하는 "Heat"의 가사에서 죽은 개가 폭포 앞에 누워 있는 불길한 이미지는 미시마의《봄눈》에서 가져온 것이다.

· 같이 들으면 좋은 노래: "Blackout"
· 이어서 읽으면 좋은 책: 미시마 유키오의《가면의 고백》

7

《시 선집》

—프랭크 오하라(2009)

뉴욕에 살면서 보위는 그곳의 일상을 나른하고 유쾌한 운문으로 완벽하게 담아낸 비공식 계관시인 프랭크 오하라에 매료되었다. 오하라는 따분한 일상을 탈바꿈시키는 재주가 남달랐다. 보도를 거닐며 보내는 점심시간의 휴식도 "인부들이 노란색 헬멧을 쓴 채로 지저분하고 번들거리는 뱃속에 샌드위치와 코카콜라를 집어넣는"이라는 그의 시구를 통해 선명하게 기억 속에 각인된다. 그러니 오하라가 1951년 뉴욕에 와서 1966년 해변에서 지프차에 치어 이른 죽음을 맞이할 때까지 단 15년만 뉴욕에 살았다는 것이 믿기지 않는다.

루 리드가 로큰롤 명예의 전당에 입회할 때 패티 스미스는 헌액 연설에서 리드가 오하라의 시를 외우고 다닐 만큼 그의 팬이었다고 언급했다. 리드의 가사에 나타나는 도시적이면서 아이러니한 요소가 새삼 재조명되는 순간이었다. 예를 들어 보위가 프로듀서를 맡은 그의 앨범 〈Transformer〉의 수록곡 "New York Telephone Conversation"은 명백히 오하라의 영향을 받은 것이다. 오하라와 존 애쉬베리John Ashbery, 케네스 코크Kenneth Koch 같은 '뉴욕파' 시인들은 아방가르드 세계의 일원으로 활동했으며, 여기서 팩토리The Factory(앤디 워홀의 핵심 동료 제라드 말랑가Gerard Malanga는 코치에게서 배웠다)와 벨벳 언더그라운드The Velvet Underground(루 리드가 몸담았던 록 밴드로, 앤디 워홀이 이들의 데뷔 앨범 제작에 공동으로 참여했다—옮긴이)가 나왔다.

추가로 말하자면 오하라는 윌리엄 보이드가 가짜로 꾸민 전기 《냇 테이트: 미국의 미술가 1928~1960》에 깜짝 출연하기도 했다. 뉴욕 미술계를 속여 실제로 존재하지도 않았던 미술가를 칭찬하도록 만든 이런 음모를 1998년에 보이드과 함께 꾸민 사람은 다름 아닌 데이비드 보위였다. 이를 위해 보위는 책에 서문을 쓰고 자신의 출판사 '21'에서 책을 발간했다. 보이드는 오하라에 대해 "문학계와 현대 미술계를 연결해주는 사슬에서 핵심 고리"라고 전적으로 정확하게 기술한 다음, 허드슨 가에서 (허구의) 애퍼토 갤러리를 운영하는 (허구의) 재닛 펠저가 테이트의 작품을 전시한 것은 오하라가 테이트를 침이 마르게 칭찬했기 때문이라고 시치미 뚝 떼고 말했다.

오하라는 비록 일관된 질은 아니지만 천부적인 재능으로 시를 썼다. 제대하고 나서 군 장학금으로 하버드대학교에서 공부했고, 그런 다음 뉴욕으로 와서 잭슨 폴록과 빌럼 데 쿠닝이 활약하는 무대에 뛰어들어 명민하고 호전적인 존재로 이름을 알렸다. 그는 글쓰기 활동을 하며 뉴욕 현대미술관의 보조 큐레이터로도 일했다.

사람들은 "이런 것도 시"라는 시로 필립 라킨을 기억하듯 "당신과 마시는 콜라"로 오하라의 이름을 안다. 유려한 대화체는 정형화된 시의 틀에서 자유롭기에 오히려 빛난다. 감각적인 순간, **미적** 순간을 마음껏 찬양하며 예술이 영원하듯 이런 순간도 영원하기를 희망하지만, 내심으로는 그럴 수 없다는 것을 안다. 보위도 알 듯, 우리는 순간에 기대어 버틸 수는 없다. 오로지 계속해서 움직임으로써만 자신이 진실로 살아 있음을 확인할 수 있다.

· 같이 들으면 좋은 노래: "It's Hard to Be a Saint in the City"(브루스 스프링스틴 노래 커버)
· 이어서 읽으면 좋은 책: 테드 베리건의 《소네트》

8

《키신저 재판》

—크리스토퍼 히친스(2001)

곧바로 본론으로 들어가자. 〈배너티 페어〉에 쓴 칼럼으로, 여성들은 재미가 없다는 대놓고 도발적인 의견으로, 술과 남자를 밝힌 것으로 가장 잘 알려진, 지금은 고인이 된 영국 저널리스트는 《키신저 재판》에서 닉슨과 포드 대통령 시절 미국 국가안보좌관과 국무장관을 역임했던 사람을 무참하게 짓밟는다. 그의 공격이 어찌나 재기발랄하고 자신감이 넘치는지 종종 드러나는 오만과 거만이 그냥 묻혀 지나갈 정도다.

히친스가 내민 기소장은 길다. 모든 죄를 다 적지는 않았는데 그는 기소가 성립되는 죄에만 관심이 있었기 때문이다. 그는 1968년 베트남 평화협상을 의도적으로 지연시켜 끔찍한 살육이 7년이나 더 이어지도록 했고, 캄보디아와 베트남에 정당한 이유도 없이 폭탄을 떨어뜨리도록 명령했고, 키프로스의 대주교 마카리오스 3세Makarios III의 암살 시도에, 칠레의 외교관 올란도 레텔리에르Orlando Letelier와 칠레의 군 최고사령관 레네 슈나이더René Schneider의 실제 암살에 관여했다며 키신저를 기소한다. 이것은 그저 맛보기일 뿐이다.

이 책이 출간된 2001년이면 이 가운데 새롭거나 잘 알려지지 않은 사실은 거의 없었다. 그러나 그것이야말로 히친스의 논점이다. 여기에 대해 뭔가 조치를 할 수도 있었던 자들이 미국이라는 제국의 가치를 더 신성하게 여기며 시선을 다른 데로 돌렸다는 것이다. 1998년 칠레의 독재자 아우구스토 피노체트가 스페인의 요청으로 런던에서 체포되는 일이 벌어지면서 국가의 범죄에 대해 최고 통치자는 면책된다는 관례가 뒤집혔다. 전 세계적으로 미국은 다른 나라들보다 도덕적으로 우위에 있다는 가정하에 행동한 게 한두 번이 아니었다. 히친스는 묻는다. 아돌프 아이히만Adolf Eichmann(히친스는 키신저를 그와 동급으로 본다) 급의 전범자가 멀쩡하게 돌아다니도록 놔둔다면 어떻게 이런 가정을 계속 이어갈 수 있겠는가?

하워드 진(372쪽 참고), 제임스 볼드윈(151쪽 참고)과 마찬가지로 히친스도 이런 무분별한 애국심에 분노를 터트린다.

미국이 가끔 적들을 대하는 모습을 일반인들이 제대로 보지 못하도록 가리기 때문이다. 미국을 사랑했고 (언젠가 앨런 옌톱Alan Yentob에게 말했듯) 단점들이 많음에도 불구하고 "내 상상력의 광활한 지대를 채운" 나라라고 했던 보위도 틀림없이 이런 분노를 느꼈을 것이다.

· 같이 들으면 좋은 노래: "This Is Not America"
· 이어서 읽으면 좋은 책: 크리스토퍼 히친스의 《히치 – 22》

9

《롤리타》

—블라디미르 나보코프(1955)

    열두 살의 돌로레스 '롤리타' 헤이즈는 블라디미르 나보코프에게 찬사와 악명을 동시에 안겨준 훈장이었다. 그녀는 소설 《롤리타》의 주인공이자 화자인 험버트 험버트의 불운한 먹잇감이다. 그는 물려받은 유산으로 살아가는 학자이자 별 볼 일 없는 시인으로 뉴잉글랜드의 램스데일이라는 마을에 왔다가 부유한 미망인 샬롯 헤이즈 집에 하숙한다. 결국 샬롯과 결혼하지만 그가 정말로 원하는 것은 그녀의 딸이다. 험버트는 아홉 살에서 열네 살 사이의 여자아이에게 집착하는, 스스로 '님펫nymphet'이라고 지칭하는 소아성애자이기 때문이다. 샬롯이 죽고 나자—그녀는 험버트의 속내를 알아차리고 그의 정체를 고발하는 편지를 부치러 서둘러 길을 건너다가 차에 치여 죽는다—험버트는 롤리타를 데리고 모텔을 전전하며 성의 모험을 한다. 롤리타는 극작가 클레어 퀼티에 마음이 끌리고서야 그를 떠나기로….

독자에게 구역질을 일으키는 험버트는 아이러니와 우쭐함, 경멸, 속물근성, 자아도취를 모두 갖춘 끝내주는 캐릭터이다. 그가 구세계의 태도로 미국의 소비주의를 업신여기는 모습은 우스꽝스럽다. 나보코프는 원숙한 언어 감각으로 재치 있는 말장난과 암시를 구사하며 우리를 매료시키고 이 괴물, 이 연쇄 아동 강간범과 공모하도록 끌어들인다.

《롤리타》의 성공으로 큰돈을 번 나보코프는 1959년 미국 생활을 접고 유럽으로 돌아와 스위스의 몽트뢰 팰리스 호텔 6층 스위트룸으로 거처를 옮겼다. 보위가 로잔에서 살았던 집에서 그리 멀지 않지만, 보위가 그곳으로 왔을 때는 나보코프는 이미 고인이었다. 오랫동안 펭귄에서 출판한 《롤리타》에는 보위의 스위스 시절 또 다른 이웃이 그린 "소녀와 고양이"(1937)라는 그림이 표지에 실려 있었다. 그는 보위가 1994년 잡지 〈모던 페인터스〉에서 장문의 인터뷰를 하기도 했던 은둔의 예술가 발튀스Balthus였다.

나보코프는 왕처럼 당당한 사람이었다. "나는 예술가가 관객을 의식해야 한다고는 생각하지 않습니다." 그가 BBC에서 발행하는 잡지 〈리스너〉에서 한 말이다. "최고의 관객은 매일 아침 면도하면서 거울로 보는 사람입니다." 1980년 대에 〈Tonight〉와 〈Never Let Me Down〉 같은 앨범으로 부진을 겪고 나서 보위도 이런 관점에 이르게 되었다. "내가 저지른 큰 실수들은 모두 청중을 의식하거나 기쁘게 해주려고 할 때 일어났습니다." 2003년 잡지 〈워드〉에서 그가 털어놓은 말이다. "이기적으로 나설 때 내 작품은 항상 더 좋아집니다."

· 같이 들으면 좋은 노래: "Little Bombardier"
· 이어서 읽으면 좋은 책: 블라디미르 나보코프의 《창백한 불꽃》

10

《머니》

─마틴 에이미스(1984)

돈이, 그리고 돈으로 살 수 있는 섹스, 마약, 술 따위가 사람을 어떻게 갉아먹는가. 이것은 마틴 에이미스의 가장 사랑받는 소설 《머니》의 주제다. 광고로 성공한 감독 존 셀프가 첫 번째 장편영화를 찍기 위해 대서양 양쪽을 오가며 벌이는 이야기를 셀프 본인이 이국적이고 서정적인 속어 이발은 '깔개 재단장'이고, 뉴욕 경찰의 순찰차는 '돼지(pig는 그 자체로 경찰을 가리키는 속어─옮긴이)'가 부주의한 앞발로 잡아채려는 덫이다]로 직접 전한다. 이런 언어는 나보코프도 한몫 했지만 무엇보다 톰 울프에 크게 빚지고 있다.

셀프는 소비주의에 사로잡혀 있는 인물이다. 정신이 온통 돈에 팔려 있고 포르노와 나쁜 텔레비전으로 멍해져서 아무엇도 알아차리지 못한다. "왜 이러는 거지?" 그는 자신을 돌아보는 매우 드문 순간에 이렇게 자문한다. "좋고 나쁨의 차이를 알아보고 나쁜 것을 선택하고는 괜찮다고 하는 거야?" 결국 그는 거의 모든 사람에게 호구로 잡히는데, 특히 영화 제작자 필딩 구드니야말로 그의 몰락을 노련하게 즐기며 지휘한 사람이다.

보위는 돈이 지닌 이중적인 유혹을 너무도 잘 알았다. 1982년 10월, 전 매니저와의 부담스러운 계약에서 마침내 벗어나게 된 그는 EMI와 1700만 달러로 추정되는 계약을 맺고 〈Let's Dance〉를 내놓아 최고의 상업적 성공을 거두었고, '시리어스 문라이트Serious Moonlight' 투어로 전 세계 16개국을 돌며 96회 공연을 하여 전회를 매진시켰다. 1983년 말이면 그는 최고 스타가 되었다. 그러나 자신의 기대를 훌쩍 뛰어넘는 이런 규모의 성공은 그를 곤경에 빠트렸다. 그는 부자가 되었지만 불안해했고, 음악을 시작한 이래 처음으로 지루함을 느꼈다.

보위는 친구인 이기 팝Iggy Pop을 데리고 캐나다로 가서 스키를 즐기고 클럽에서 여자를 쫓아다녔고, 틈틈이 시간을 내서 앨범 작업도 했다. 하지만 그렇게 해서 나온 밋밋하고 타성적인 〈Tonight〉는 그의 경력을 통틀어 최악의 앨범이라는 평가를 받았다. 판매도 전작 〈Let's Dance〉가 기록한 700

만 장에 비하면 몇 분의 일 수준으로 떨어졌다. 그 여파로 그는 10년간이나 지속된 창작의 슬럼프를 겪었다.

《머니》가 출간되기 몇 년 전에 보위는 데이비드 헤밍스 David Hemmings의 영화 〈사랑하는 플레이보이〉에서 마를레네 디트리히의 상대역인 프로이센 장교 역을 맡으면서 끔찍한 경험을 했다. 두 사람은 실제로 만난 적이 없었다. 이틀 촬영에 25만 달러를 받기로 하고 캐스팅된 디트리히는 자신이 등장하는 모든 장면을 다른 배우들과 스태프들이 있는 베를린이 아니라 자신이 사는 파리에서 촬영해야 한다고 고집한 것이다. 그 결과 그녀와 보위는 같은 씬인데도 결코 한 화면에 동시에 등장하지 않았다. 비평가들은 인정사정없었고 영화는 참담하게 실패했다. 보위도 이런 결과를 예감했던 듯하다. 나중에 〈NME〉에 이렇게 털어놓았다. "그 영화에 관여했던 사람들은 지금도 마주치면 서로가 눈길을 피합니다. 엘비스 프레슬리 영화 32편이 하나로 합쳐졌다고 보면 됩니다."

이렇게 영화 제작의 비참한 실상을 개인적으로 체험했기에 보위는 《머니》를 더 즐겁게 읽지 않았을까. 에이미스도 현장 경험이 있었다. 그는 연출을 맡은 감독과 나이는 들었어도 여전히 팔팔했던 스타 커크 더글러스 사이에 심한 언쟁이 오가면서 엉망이 되고 만 저예산 영국 우주 영화 〈새턴 3〉에서 각본가로 일했던 경험을 소설에서 마음껏 활용했다. 더글러스는《머니》에서 론 가이랜드라는 인물로 그려졌다. 그는 계속해서 자신을 안심시켜주기를 요구하면서 감독인 셀프에게 공동 주연을 맡은 스무 살 스타 스펑크 데이비스와 알몸 상태로 싸우는 장면을 꼭 넣어달라고 고집을 부린다.

· 같이 들으면 좋은 노래: "Tonight"
· 이어서 읽으면 좋은 책: 톰 울프의 《허영의 불꽃》

11

《아웃사이더》

─콜린 윌슨(1956)

1981년 맨해튼에 있는 보위의 아파트에서 열린 파티에서 블론디의 전 베이시스트 게리 래치먼Gary Lachman이 콜린 윌슨을 주제로 보위와 언쟁을 벌였다. "그는 밤에 돌아다니면서 사람들 집 앞 계단에 오각별을 그렸어요." 보위가 래치먼에게 말했다. "죽은 나치의 심령체를 끌어내고 호문쿨루스homonculus(연금술사가 정액으로 만들어낸다는 아주 자그마한 인간─옮긴이)를 만들기도 했고요." 래치먼은 윌슨이 그런 것들에 끌렸으리라고는 생각하지 않는다고 대답했다. "내 말이 맞다니까요." 보위가 말했다. "그가 콘월에서 마녀들의 집회를 연다는 것도 확실하게 아는걸요." 래치먼이 또다시 동의하지 않자 옆에 있던 사람이 그에게 나가 달라고 했다.

콜린 윌슨이 누구야? 여러분은 이렇게 물을지도 모르겠다. 1956년 대략 6주 동안 그는 영국에서 가장 유명한 지식인이었다. 그에게 성공을 안겨준 것은 알베르 카뮈(42쪽 참고)에서 니체·하이데거·도스토옙스키에 이르는 예술·문학·철학의 허무주의적 외톨이들을 야심 차게 파고든 연구서 《아웃사이더》였다. 자신의 재능을 믿어 의심치 않았던 윌슨은 열여섯 살에 학교를 그만두고 독학으로 배웠고, 게이인 척하여 병역을 피했다. 그는 햄스테드 히스에서 침낭을 펴고 지내면서 대영박물관 독서실을 오가며 《아웃사이더》를 썼다. 열광적인 리뷰에 힘입어 그 책은 베스트셀러 목록 정상을 차지했다.

좀 더 면밀하게 살펴보자 살짝 헛소리라는 것이 드러났다. 비평가 테리 이글턴Terry Eagleton이 최근에 〈가디언〉에 썼듯이 "처음부터 끝까지 이류 기성품 철학"이며, 윌슨의 두 번째 책인 《종교와 반항인》은 아무런 반향도 일으키지 못하고 실패로 끝났다. 그러나 《아웃사이더》는 오랫동안 수많은 학생에게 낭만적-영웅적 방식으로 쓴 실존주의 입문서 역할을 나름 효과적으로 수행했다. 그리고 윌슨이 규정한 아웃사이더는 마치 보위를 두고 하는 말 같다. 보위가 경력의 여러 시점에서 자신을 나타내고자 했던 방식과 비슷하기도 하다. "아웃사이더는 자신이 어떤 사람인지 확실히 모른다.

'나'를 찾았지만 그것은 진정한 '나'가 아니다. 주된 관심사는 자기 본연의 모습으로 돌아가는 법을 찾는 것이다." 시간이 흐르면서 윌슨의 레퍼토리는 점차 넓어져서 연쇄살인범, UFO, 나치, 오컬트를 포괄하기에 이르렀다. 하나같이 보위가 매료된 주제들이다.

보위에게는 실망스럽게도, 영화감독 니콜라스 뢰그가 윌슨을 우연히 만나서 보위가 팬이라고 전했을 때, 윌슨은 자신도 상대방에게 그렇게 말하고 싶지만 못해서 유감이라고 했다. 그는 록 음악에 전혀 관심이 없어서 데이비드 보위가 누군지 몰랐던 것이다.

· 같이 들으면 좋은 노래: "Space Oddity"
· 이어서 읽으면 좋은 책: 콜린 윌슨의 《오컬트의 역사》

12

《보바리 부인》

─귀스타브 플로베르(1856)

런던 교외 브롬리는 19세기 노르망디의 평지와 그렇게 다르지 않다. 지방 소도시, 그러니까 파리 외곽의 삶을 묘사한 플로베르의 소설에서 몽상에 빠진 여주인공은 보위의 노래 "Life On Mars?"에 나오는 백일몽을 꾸는 여주인공과 그리 다르지 않다. 헨리 제임스가 《보바리 부인》에 대해 불평했던 것은, 다른 모든 것을 다 떠나서, 변덕스러운 여자와 허접한 의사의 불행한 결혼을 차분하게 담아낸 이야기가 "실은 너무도 사소한 일"이라는 것이었다. 엠마 보바리의 머리카락은 물론 옅은 갈색이 아니라 검은색이다. 하지만 두 여자 모두 자극적인 흥분과 탈출을 바라며, 권태와 강렬한 낭만적 동경 사이를 오가다가 엠마의 경우에는 자살이

덩컨 조위

BOOKSHOP

라는 비극으로 끝나고 만다.

옅은 갈색 머리의 여자(보위의 여주인공)는 영화로 시간을 달래지만 너무도 따분하여 집중할 수가 없다. 영화는 그녀가 살아가는 삶을 반영할 뿐 그녀를 새로운 곳으로 데려가지 못한다. 엠마는 책에 빠져들지만, 죄다 진부하고 유치하고 낭만적인 책들뿐이다. 그 책들은 그녀의 머리에 온통 그릇된 생각과 비현실적인 기대를 심어주는데, 불륜이 샤를과의 결혼 생활보다 훨씬 더 흥미로울 것이라는 생각도 포함된다. 결혼은 그녀만의 개성을 앗아갔으며, 그녀를 샤를의 어머니, 샤를의 죽은 첫 번째 부인(으스스하게도 서랍장에서 결혼식 때 쓴 오래된 부케를 찾아낸다)에 이어 세 번째 보바리 부인으로 살아가게 했다. 엠마는 자신이 경멸하는 멍청이와 결혼했고 지옥 같은 곳에 갇혀 있음을 깨닫게 되지만, 지적 수완은 없어서 기껏 모색한 탈출이 레옹이나 로돌프 같은 한심한 자들과 놀아나는 것이다.

《보바리 부인》은 좌절된 탈출과 무분별한 독서의 위험에 관한 소설이다. 무엇보다 간통의 유혹을 다루며, 그래서 플로베르는 1857년 1월에 풍기문란 혐의로 기소되기도 했다. 가장 유명한 장면을 보면 그럴 만도 하다. 엠마와 레옹이 마차를 잡아타고 셔터를 내린 채 덜컹거리며 몇 시간 동안 하염없이 루앙을 돌아다니는, 마부가 멈출 기색이라도 보이면 계속 가라고 소리치는 바로 그 장면 말이다.

"보바리 부인은 바로 나였다." 플로베르가 남긴 유명한 말이다. 보위도 그녀의 좌절을, 필사적으로 흥분을 갈구하는 그녀의 심정을 이해했을 것이다. 하지만 플로베르는 그녀에게 너무도 깊이 몰입한 나머지 엠마가 죽는 장면—약제사의 병에서 서둘러 담아낸 비소의 잉크 같은 맛, "멀리서 교향곡의 음이 마지막으로 메아리치듯" 불안정하게 흔들리는 그녀의 심장박동—을 집필할 때에는 거듭 토했다고 한다.

· 같이 들으면 좋은 노래: "Life On Mars?"
· 이어서 읽으면 좋은 책: 귀스타브 플로베르의 《감정 교육》

13

《일리아스》

—호메로스(기원전 8세기)

유럽의 고전은 여기서 시작되었다. 보위는 《일리아스》를
줄리언 제인스의 양원적 정신에 관한 이론(196쪽 참고)을 통
해 접했을까, 아니면 《성의 페르소나》에서 호메로스에 관
해 이야기하면서 그의 영화적 묘사력을 칭찬한 캐밀 파야
(343쪽 참고)를 통해 접했을까? 어쩌면 보위는 처음부터 고
대 그리스 서사시를 좋아했을 수도 있다.

시인 호메로스가 썼다고 추정되는 《일리아스》는 트로이
전쟁 막바지의 사건들과 그리스의 트로이 함락을 다룬다.
신화적 영웅들이 총출동하여 피비린내 나는 혈투를 벌인다.
보위의 관심에 특별하게 와닿았던 것은 전사 아킬레우스와
그의 절친한 친구 파트로클로스 간의 종종 동성애로 해석되

기도 하는 관계였을 것이다. 아킬레우스는 가공할 힘을 가진 갑옷(별들이 박힌 청동 갑옷)으로 인해 다른 장수들과는 확연하게 구분된다. 어느 날 아킬레우스가 아가멤논 왕과 말다툼을 벌이고 나서 싸우러 나가기를 거부하여 파트로클로스가 그의 갑옷을 빌려 입고 전장으로 나가자, 양측 모두 그를 아킬레우스로 오인하게 된다. 그것만이 아니라 파트로클로스는 갑옷에서 **실제로 힘을 끌어내서** 급기야 아킬레우스의 싸움 기술과 습성까지도 취하기 시작한다. 불행히도 아폴론 신이 트로이를 도와주고자 개입한다. 신이 파트로클로스의 머리를 때려 그의 투구를 벗기자 트로이의 영웅 헥토르가 나서서 그를 죽이고 갑옷을 가져간다.

이 이야기는 성격을 표출할 때 옷의 힘이 얼마나 중요한지를 말해준다. 옷에 따라 힘이 커지다 작아지다 하는 것은 물론, 사라지기도 하고 다른 사람에게 이양되기도 한다. 또한 보위가 가깝게 지낸 두 사람, 이기 팝과 루 리드와의 복잡한 관계를 반영한다. 둘은 보위에게 영향을 미쳤고, 보위의 존재로 빛을 잃었고, 그러다가 보위가 〈Let's Dance〉로 얻게 된 주류 청중과 소통하고자 애썼던 1980년대와 90년대에 그의 중재로 다시 각광을 받았다.

《일리아스》와 그 자매편인 《오디세이아》는 행사와 축제, 의식에서 '랩소드rhapsode'라고 하는 전문 가수들이 수금으로 반주하며 낭송했다. 글을 읽지 못하는 랩소드들은 공연에서 기존의 노래들을 이어 붙이고 변형시키고 새로운 버전을 '작곡'하는 식으로 작업했는데, 이런 방식은 보위에게 비트족의 정신과 일맥상통하는 것이었다.

· 같이 들으면 좋은 노래: "Wishful Beginnings"
· 이어서 읽으면 좋은 책: 매들린 밀러의 《아킬레우스의 노래》

14

《미술의 주제와 상징 사전》

―제임스 홀(1974)

젊은 시절에 보위는 음악만큼이나 그의 마음을 사로잡았던 주제인 미술에 대해 더 많이 알고 싶어했다. 인상주의에서부터 시작하는 현대 미술을 이해하는 것은 상대적으로 쉬웠다. 그러나 오래된 미술, 그의 부모 세대가 '진짜 미술'이라고 여겼던 것은 달랐다. 그 형식을 이해하는 것은 그렇다치고, 내용은 어떨까?

비평가 조지 스타이너(123쪽 참고)는 교육 수준이 쇠퇴해서 과거의 미술이 젊은 세대에게 이해할 수 없는 것이 되어버린 상황을 우려했다. 학교에서 아이들은 더이상 성경이나 그리스/로마 문학에 대해 예전만큼 자세하게 배우지 않았다. 그 결과 성경이나 신화의 이미지에 바탕을 둔 미술을

단추 눈
"Lazarus", 2016

'읽는' 능력이 부족해졌다고 그는 믿었다.

이런 의미를 파악하려면 개별적인 회화 작품이 아니라(물론 책에서는 많은 예가 인용되지만) 서양 미술에 등장하는 상징과 주제들을 쉽고 일목요연하게 설명하는 안내서 《미술의 주제와 상징 사전》이 있어야 한다. 홀 덕분에 비전공 미술 애호가들은 늙은 수도사 옆에 서 있는 목에 종을 매단 돼지가 어째서 수도사를 성 안토니우스라고 부르는지—방목권과 관계가 있다—이해할 수 있으며, 네덜란드 회화에서 흔히 볼 수 있는 해골, 주전자, 포도송이가 무엇을 상징하는지 알게 된다. 어떤 캐릭터는 우리가 생각하는 것만큼 의미가 없을 수도 있다. 예를 들어 비너스는 온갖 곳에 등장하지만, 홀의 설명에 따르면 상징적 의미가 전혀 없는 경우가 많다. 그러니까 그냥 벌거벗은 여자일 뿐이다.

배운 사람의 권위가 느껴지지만 사실 홀은 미술사가의 교육을 받은 사람이 아니었다. 그는 열일곱에 학교를 그만두고 출판사 J. M. 덴트 앤 선스에서 제작 담당 매니저로 일하고 있었다. 점심 휴식 시간에 런던의 박물관과 갤러리를 돌아다니며—덴트 사무실은 코번트 가든에 있었다—독학으로 그가 아는 모든 것을 배웠다. 홀은 그 책을 쓰기까지 몇 년이 걸렸다. 하펜던에서 기차를 타고 시내로 출근하기 전 이른 아침에 작업을 했기 때문이다. 책이 출간되자 미술 전문가들은 그 책이 자기들과 같은 부류가 쓴 것이 아니라는 사실을 믿기지 않아했다.

보위는 전통 미술의 상징이 갖는 힘을 좋아했다. 아마도 오랜 세월 우리 곁에 있으면서 얻게 된 독특한 의미 때문인 듯하다. 이런 상징은 그의 무대 배경, 앨범 아트워크, 비디오에 계속해서 등장한다. 하지만 그는 "Lazarus"와 "Blackstar"의 비범한 비디오에서 좀 더 신중하고 집약적인 방식으로 이런 상징들을 활용했다. 홀의 도움으로 우리는 '단추 눈Button Eyes'—보위가 비디오에서 연기하는 눈가리개를 한 부랑자 캐릭터—이 곧 처형될 성인聖人을 나타내거나 영적·도덕적 맹목의 상징임을 추론할 수 있다. 물론 "Lazarus" 비디오에서 보위가 미친 듯이 뭔가를 끄적이며 마지막 아이디어를 필사적으로 붙들고 있을 때 책상에 놓인

두개골이 무엇을 의미하는지는 굳이 설명할 필요가 없을 만큼 분명하다.

· 같이 들으면 좋은 노래(비디오도 볼 것): "Lazarus"
· 이어서 읽으면 좋은 책: 에른스트 H. 곰브리치의 《서양미술사》

15

《허조그》

─솔 벨로우(1964)

솔 벨로우의 여섯 번째 소설《허조그》는 앤디 워홀의 팝아트 작품 "브릴로 박스", 밥 딜런의 자작곡들로만 이루어진 첫 앨범 〈The Times They Are a-Changin〉과 같은 해에 세상에 나왔다. 얼핏 보기에는 유대계 미국인의 지적 삶을 포괄적이지만 내면화시켜 담아낸 이 소설은 위의 두 작품과 공통점이 별로 없다. 보위의 이부형 테리가 이 무렵 그에게 열심히 알리고 다녔던 비트족의 신세계와도 무관한 듯하다.

그러나《허조그》에는《길 위에서》와 똑같은 속도감 있는 재즈의 에너지가, 활기차게 들끓고 수많은 면을 가진 온 세상이 한 사람의 시야로 끌려 들어가는 똑같은 감각이, 그와 같은 세상이 사람을 미치게 만들 수도 있겠다는 똑같은 인식이 있다.

《허조그》는 사람을 지치게 만들고 계속해서 몰아붙인다. 관능적이고 우스꽝스러우면서 한편으로 난해하고 박식하다. 소설의 반영웅은 근심 걱정으로 가득한 중년의 유대인 학자다. 허조그는 이혼한 아내 매들린이 자신의 친구였던 외발에 빨강머리 라디오 진행자 밸런타인 거스배치와 불륜 관계였다는 사실에 강박적으로 괴로워한다. 보통 말하는 플롯 같은 것은 없다. 소설은 우리를 걷잡을 수 없이 날뛰는 허조그의 뇌 속에 묶어두는데, 보위라면 이런 뇌 상태가 낯설지 않을 것이다. 허조그의 뇌는 가난에 쪼들렸던 몬트리올의 유년기─그의 아버지는 금주법 시대에 주류 밀매업자였다─와 실패한 자신의 경력, 이전의 결혼 생활, 현재의 혼란스러운 연애, 서먹해진 아이들과의 관계를 폭넓게 오가며 연결된다. 가끔은 허조그가 친구, 지인, 가족, 유명인, 철학자에게 쓰는(결코 부치지는 않지만) 편지의 형식으로 발작을 일으키기도 한다.

우리가 허조그의 피해망상에 친밀하게 귀 기울이다 보면 이 실패자가 단서를 잘못 읽고 있다고 벨로우가 암시하는 것을 우리가 못 보고 넘어갈 위험이 있다. 매들린의 행동은 과연 **그렇게** 부당했을까? 밸런타인은 **그렇게** 기만적인 개자식이었을까? 허조그는 좀처럼 상황을 찬찬히 돌아보지 않는다. 부산스럽고 계속 움직이며, 가끔 목적지에 갔다가 당황하여 황급히 돌아오기도 한다. 오로지 남성 판타지의 집결체인 이국적 매력의 애인 라모나와 섹스할 때에만 그의 뇌는 잠잠해지는 것 같다.

허조그가 그와 매들린 사이에서 낳은 딸 주니를 돌보는 베이비시터로부터 편지를 받으면서 드라마의 요소가 끼어든다. 밸런타인이 매들린과 말다툼을 벌이는 동안 주니를 차 안에 가둬놓았다는 것이다. 허조그는 곧바로 행동에 나서서 아버지가 옛날에 쓰던 권총을 집어 들고 그들 집으로 찾아간다. 밸런타인과 매들린을 죽일 작정이었다. 그러나 창문을 통해 그는 밸런타인이 사랑과 애정으로 주니를 씻겨주는 모습을 본다. 이것을 계기로 허조그는 적절하게 균형 잡힌 자기인식에 도달한다. 소설 마지막에 가서는 꽃다발을 만들어 라모나에게 주고 저녁을 차려주기까지 한다. 단순하고 가정적인 일들이다. 보위가 능숙하게 해냈던 작고 인간적인 연결들. 편지를 쓰려는 충동은 편두통이 사라지듯 그에게서 떠났다.

· 같이 들으면 좋은 노래: "Without You"
· 이어서 읽으면 좋은 책: 솔 벨로우의 《오기 마치의 모험》

16

〈황무지〉

—T. S. 엘리엇(1922)

한참 전인 1974년에 윌리엄 S. 버로스William S. Burroughs
는 보위의 가사와 T. S. 엘리엇의 시가 연관되어 있음을 알
아보았다. 〈롤링 스톤〉에서 보위와 인터뷰하면서 버로스
는 〈Hunky Dory〉의 수록곡 "Eight Line Poem"이 엘리엇의
1925년 시 "텅 빈 사람들"로부터 영향을 받아 만든 곡인지
물었다. 보위는 아는 바가 전혀 없다고 했다. "그의 시는 읽
어본 적도 없어요." 그가 말했다.

이상한 일이다. 왜냐하면 보위는 엘리엇의 영향을 확실히
접했었기 때문이다. 1972년 그가 프로듀서를 맡은 루 리드
의 앨범 〈Transformer〉에 수록된 "Goodnight Ladies"는 엘리
엇의 기념비적인 1922년 시 〈황무지〉의 제2부 "체스 놀이"

마지막에 나오는 구절을 반복적으로 활용하고 있다. (이 대목에서 엘리엇은 《햄릿》에 나오는 오필리아의 대사를 인용하고 있다.) 그리고 당연하게도 엘리엇은 콜린 윌슨(77쪽 참고)이 자신의 낭만적 부적응자 작가 만신전에 이름을 올린 한 명이었다.

보위가 버로스에게 한 말이 사실이라고 치면 그는 언제 〈황무지〉를 읽었을까? 1978년 앨범 〈Lodger〉를 녹음했을 때는 이미 읽은 뒤였을까? 그렇다면 썬더 오션Thunder Ocean(〈황무지〉의 제5부 제목이 "천둥이 한 말"임을 기억하자)을 항해하는 '붉은 돛단배Red Sails'는 제3부 "불의 설교"에서 템스 강을 떠내려가는 바지선의 '붉은 돛'과 관계가 있을까?

혼성모방, 패러디, 암시가 난무하는 〈황무지〉는 입체파가 시각 예술에 한 것과 같은 일을 시 문학에 했다. 어떤 사람들은 이런 의도적인 모호함에 강하게 끌리고 어떤 사람들은 거부감을 느낀다. 엘리엇은 책으로 출간하면서(원래는 그가 편집자로 있던 잡지 〈크라이테리온〉에 먼저 소개되었다) 일곱 페이지 분량의 주석을 추가했는데, 나중에 털어놓기를 진정한 통찰력을 주기보다는 이것저것 덧붙여서 독자들로 하여금 괜히 헛된 것을 찾도록 부추겼다며 후회했다. 보위도 가끔 이런 가책을 느꼈다. "노랫말에는 신경 쓰지 말아요. 아무것도 의미하지 않으니까." 그는 〈Hunky Dory〉의 수록곡 "The Bewlay Brothers"를 녹음하면서 엔지니어 켄 스콧Ken Scott에게 이렇게 조언했다. "그냥 미국 시장을 위해 만들었어요. 그들은 이런 식의 가사를 좋아하거든요." 〈Blackstar〉 앨범이 발매되고 이틀 뒤인 2016년 1월 10일에 보위가 죽자 팬들은 애도하며 그의 노랫말 해석에 매달렸다. "Blackstar"에서 '촛불 하나가 홀로' 타고 있는 '오멘의 별장'은 무엇을 말하는 것일까? 노래 제목은 같은 제목을 가진 엘비스 프레슬리의 노래 "Black Star"를 가리킬까, 암세포일까, 아니면 양자물리학에서 말하는 가설적인 개념일까?

엘리엇이 〈황무지〉에서 취한 방식은 브리콜라주였다. 그는 연설, 재즈 리듬, 유행가, 다른 작가들의 문장에서 일부를 취한 다음 하나로 이어 붙여서 놀랄 만큼 현대적이면서 아울러 제1차 세계대전 이후 정신적으로 파산한 유럽을 반영한 시를 창조했다. 엘리엇에게 현대 도시는 지저분하고 시끄러운 곳이었다. 진정으로 현대적인 시는 이것을 반영해야 했다. 이를 위해 엘리엇은 추악한 것과 마술적인 것의 융합이라고 스스로 칭한 것을 시도했는데, 보위가 앨범 〈Diamond Dogs〉와 무대 연출에서 품었던 포부도 이렇게 설명할 수 있다. 엘리엇이 생각하는 최고의 시인이란 원대하고 예지적인 낭만적 인물이 아니라 불안하고 예민하고 끝없는 자기 의심으로 망가져서 자신을 보호하는 가면처럼 시를 쓴wear 개인이었다.

엘리엇의 방식은 예술적 절도의 새로운 기준을 마련했다. 현대의 시인은 앞 세대의 시인들과 끊임없이 대화를 나눈다. 옛 시인들은 먼지가 쌓인 과거에 머물지 않고 시간을 초월한 동시성의 상태로 존재한다. 계속해서 주위에 남아서 새로 들어오는 자들을 맞이하고 서로의 관계를 재조정한다. 이런 신참자들은 선배들의 작품을 자유롭게 고쳐 쓸 수 있다. 사실 이것을 잘하는 것이 그들의 주된 야망이어야 한다. "미숙한 시인은 모방하고 성숙한 시인은 훔친다. 나쁜 시인은 자신이 가져온 것에 먹칠하고, 좋은 시인은 더 좋은 것으로, 적어도 색다른 것으로 만들어낸다." 엘리엇의 말이다. (보위도 다른 예술가들로부터 얼마나 많이 가져왔는지를 솔직하게 밝히곤 했다. LCD 사운드시스템LCD Soundsystem의 제임스 머피James Murphy가 보위의 노래에서 훔쳤음을 시인하자 그는 이렇게 안심시켰다. "도둑에게서 훔칠 수는 없죠.")

토머스 스턴스 엘리엇은 미시시피 강변에 자리한 세인트 루이스에서 자랐고 1914년에 런던으로 왔다. 젊은 시절에 그는 1970년대 중반의 보위와 마찬가지로 오컬트에 잠깐 심취했으며 민주주의 정치에 점차 의구심을 보였다. 런던에서 영국 여자 비비안 헤이우드Vivienne Haigh-Wood와 결혼한 그는(보위도 미국인 앤지 바넷Angie Barnett과 결혼했다) 저술과 편집 일 외에 은행원으로도 일하며 수입을 보충했다. 하지만 1921년 과로와 돈 걱정에 시달린 데다 우울증을 앓던 비비안을 돌보느라 스트레스까지 받아 신경쇠약에 걸리고 말았다. 회복을 위해 엘리엇은 휴양도시 마게이트를 찾았고, 이어 스위스 로잔의 한 요양원에 머물며 〈황무지〉를 완성했다. (보위도 로잔에 산 적이 있었다. 1900년 러시아 귀족을 위해 지어진 방 14개짜리 저택 샤토 뒤 시날에서 1980년대와 90년대에 많은 시간을 보냈다. 〈Lodger〉와 이후 보위의 몇몇 앨범은 자동차로 40분 거리인 몽트뢰에 있는 마운틴 스튜디오에서 녹음되었다.)

그러니 버로스는 옳게 본 것이다. 보위와 엘리엇을 이어주는 연결은 흥미로우리만치 확실하다. 그리고 "텅 빈 사람들"이 "Blackstar"와 "Lazarus" 비디오에 나오는 눈가리개를 한 단추 눈 캐릭터와 어떻게 연결되는지는 아직 언급하지도 않았다.

눈들은 여기 없다

이곳은 눈들이 부재하는 곳

죽어가는 별들의 이 계곡에서

단추 눈은 '죽어가는 별' 보위가 그저 '미국 시장'을 위해서가 아니라 자신을 사랑한 모두를 위해서 리세스 사탕을 바닥에 몇 알 깔아놓은 것이다.

· 같이 들으면 좋은 노래: "Eight Line Poem"
· 이어서 읽으면 좋은 책: T. S. 엘리엇의 "텅 빈 사람들"

17

《바보들의 결탁》

—존 케네디 툴(1980)

"진정한 천재가 세상에 나타났음은 바보들이 일제히 결탁
하여 그에 맞서는 것을 보면 알 수 있다."

— 조너선 스위프트

《퍼쿤》(412쪽 참고)과 마찬가지로 《바보들의 결탁》도 번
뜩이는 창조력과 정서불안 사이에 관계가 있음을 여지없이
드러낸다. 자신이 선택한 분야에서 자리를 잡으려고 오랜
세월 동안 힘들게 보내야 했던 사람으로서 보위는 창조력의
흥미로운 발생과 발견을 다룬 이야기에 당연히 끌렸을 것이
다. 우리는 데이비드 존스가 세계적인 슈퍼스타 '데이비드
보위'가 되기 전의 시절이 있었다는 것을 잊곤 한다. 하지만

그는 결코 잊지 않았다.

아무도 몰랐지만 존 케네디 툴은 1960년대 초에 푸에르토리코에서 군 복무를 하며 소설을 썼다. 사이먼 앤 슈스터 출판사의 명망 있는 편집자 로버트 고틀립에게 원고를 넘겼는데, 처음에 툴을 격려했던 그는 완성본을 보더니 "요점이 없다"며 퇴짜를 놓았다. 크게 실망한 툴은 학계로 들어가 뉴올리언스의 한 칼리지에서 영문학을 가르쳤지만, 갈수록 기이하고 피해망상적인 행동을 보이기 시작했다. 한번은 갑자기 사라져서 캘리포니아로 석 달간 여행을 가기도 했다. 그러던 1969년 3월 26일, 그는 미시시피 주 빌럭시 외곽에서 자동차 배기가스를 들이마시고 목숨을 끊었다.

툴의 어머니 셸마가 아들의 유품을 정리하다가 《바보들의 결탁》 원고와 아들이 사이먼 앤 슈스터와 주고받은 편지들을 발견했다. 소설이 거절당했었다는 사실에 격분한 그녀는 남은 평생을 바쳐 아들의 천재성을 입증하기로 다짐했다. 거의 승산이 없었지만, 그녀는 해냈다. 작은 대학 출판사에서 나온 《바보들의 결탁》은 예상을 깨고 베스트셀러가 되었고, 1981년에 퓰리처상까지 받았다.

툴이 창조한 코믹한 반영웅, 뚱뚱한 거구의 게으름뱅이 이그네이셔스 J. 라일리는 소설 첫머리에 곧바로 등장하여 텁수룩한 머리카락과 크고 털이 많은 귀를 감추느라 꾹 눌러 쓴 사냥모자로 존재감을 과시한다. 이것은 1960년대 뉴올리언스로 자리를 옮긴 돈키호테이며, 라일리는 비록 그런 용어는 없던 시절이지만 '인터넷 어그로troll'이다. 그는 고루한 인종차별주의자에 대한 비판과 중세 철학에 대한 현학적이고 박식한 사색을 인터넷 게시판 대신 공책에 빼곡하게 적어내려 간다. 서른 살인데도 여전히 어머니 집에 얹혀사는 라일리는 포르투나가 돌리는 수레바퀴와 자신의 '유문幽門 판막'의 상태에 늘 신경 쓰고, 고등학교 때 키우던 애완견 콜리 렉스를 떠올리며 자위를 한다.

보위는 사회 부적응자에 매료되었다. 그에게 사회 부적응자란 무엇보다 어른이 되어서도 부모와 함께 사는 사람이었다. 1967년에 발매된 그의 첫 솔로 앨범에 수록된 엉뚱한 매력의 "Uncle Arthur"는 바로 그와 같은 캐릭터를 묘사한다. 30대 초반으로 자그마한 가게를 운영하는 주인공은 여전히 만화책을 읽고 배트맨을 추종하며, 일과가 끝나면 자전거를 타고 어머니의 집으로 돌아간다. 보위 전문가 니콜라스 페그Nicholas Pegg는 그가 앨런 실리토의 암울한 단편소설 〈짐 스카피데일의 치욕〉(실리토의 베스트셀러 첫 단편집《장거리 주자의 고독》에도 실려 있다)에서 노래의 영감을 받았다고 생각한다. 아서 삼촌처럼 짐도 결혼하여 나가 살다가 아내와의 관계가 무너지자 집으로 다시 돌아온다. 수십 년 뒤에《바보들의 결탁》을 읽으면서 이런 주제들이 멋지게 다시 반복되는 것을 보며 즐거워하는 보위의 모습이 눈에 선하다.

· 같이 들으면 좋은 노래: "Uncle Arthur"
· 이어서 읽으면 좋은 책: 앨런 실리토의 《장거리 주자의 고독》

18

《미스터리 트레인》

—그레일 마커스(1975)

그레일 마커스는 최초의 록 비평가 가운데 한 명이며 지금도 여전히 최고다. 1960년대 말 〈크림〉을 비롯한 여러 반문화 잡지에 기고한 베테랑으로 누구보다 먼저, 그리고 포스트모더니즘이 논쟁에 뛰어들어 가치를 평준화하기 한참 전에, 최고의 팝 음악은 어떤 '고급' 예술 형식에도 뒤지지 않는다고 이해했다. 팝은 겉으로 봐서는 하찮고 순간적인 가치밖에 없어 보이겠지만 미국과 영국의 문화사에 깊이 뿌리내리고 있었다. 그러므로 존경과 학술적인 안목을 갖고 글을 쓸 가치가 충분했다. 여러분이 더 밴드와 허먼 멜빌을, 섹스 피스톨스와 뮌스터 반란(16세기 종교개혁 당시 재세례파가 독일의 뮌스터를 새로운 예루살렘으로 정하고 신정정치를 구현하려고 했던 사건—옮긴이)을 비교하고 싶다면 그냥 하면 된다. 먼저 양해를 구할 필요가 없다.

문제는 마커스가 데이비드 보위를 썩 좋아하지 않았다는 사실이다. 그는 〈롤링 스톤〉의 악명 높은 리뷰에서 〈Hunky Dory〉의 선율이 독창적임은 인정했지만 이후에 계속해서 모습을 바꾸는 것을 탐탁지 않아 했으며 〈Lodger〉를 혹독하게 깎아내렸다. "계속해서 아이디어를 깃대에 걸어두고 반응을 살피려는데 깃대가 어디 있는지 모르겠다." 이런 모욕에도 불구하고 마커스의 가장 잘 알려진 책을 서슴없이 추천했다는 사실은 보위가 얼마나 너그러운 사람인지 말해준다. 《미스터리 트레인》이 그만큼 멋진 책이라는 뜻이기도 하다.

보위는 녹음하러 갈 때면 항상 (단언컨대) 로큰롤을 발명한 사람인 리틀 리처드의 사진액자를 들고 가서 작업을 시작하기 전에 스튜디오 벽에 걸어 놓았다. 〈Let's Dance〉의 프로듀서였던 나일 로저스Nile Rodgers는 보위가 자신에게 빨간색 수트를 차려입고 빨간색 캐딜락에 오르는 리틀 리처드의 사진을 보여주면서 앨범이 이런 소리였으면 좋겠다고 말했다고 했다.

《미스터리 트레인》역시 리틀 리처드(248쪽 참고)로 시작한다. 마커스는 피아노를 두들겨대며 성적으로 모호한 "Tutti Frutti"를 노래하여 인기를 얻은 가수가 미국 토크

리틀 리처드

쇼에 출연했던 이야기부터 꺼낸다. 다른 게스트들의 거만한 수다에 입을 꾹 다물고 속을 부글부글 끓이던 리틀 리처드는 결국 자제력을 잃는다. 같이 출연한 소설가 에릭 시걸 Erich Segal이 예술의 역사에 대해 연설을 늘어놓자 그는 자리에서 일어나 불과 유황에 대해 설교하는 목사처럼 호통을 치며 백인 문화의 관리자들을 나무란다. 이런 식으로 그는 그 자리에서 오로지 자신만이 진정한 예술가임을, 진정한 **규칙 파괴자**임을 증명해 보인다.

마커스는 지기마니아가 형성되던 1972년 여름부터 《미스터리 트레인》을 쓰기 시작했고, 보위가 미국 전역을 돌며 '다이아몬드 도그스' 투어를 소울 공연장으로 만들었던 1974년 여름에 책을 마무리했다. 마커스가 여기서 중점적으로 살펴보는 대상은 당시 모두 살아 있었고 활발하게 활동하던 네 명, 즉 엘비스 프레슬리, 랜디 뉴먼, 더 밴드, 슬라이 스톤이다. 그러나 그가 슬라이 스톤—앨범 〈There's A Riot Goin' On〉으로 "요란한 괴짜 흑인 슈퍼스타" 이미지를 벗어던진 리틀 리처드 전통의 쇼맨-파괴자—에 대해 쓴 말은 데이비드 보위에게도 어울려 보인다.

청중이 이미 받아들여진 것만을 더 달라고 요구하면, 예술가는 선택의 기로에 선다. 그는 자기가 가던 길을 계속 나아갈 수 있으며 어쩌면 청중으로부터 유리될 수 있다. 그러면 그의 작업물은 다른 사람에게 중요했음을 알았을 때 가졌던 활력과 힘을 모두 잃게 된다. 아니면, 청중이 생각하는 자신의 이미지를 받아들일 수도 있다. 청중을 자신이 좇아야 할 이상으로 여기고 청중 속에서 자신의 모습을 잃어버린다. 그러면 그는 그저 순응할 뿐이다. 결코 창조하지 못한다.

순응과 창조, 일반 청중을 껴안는 것과 무시하는 것 사이의 이런 긴장은 보위에게 평생에 걸쳐 활력을 불어넣었다. 삶의 맨 마지막에 이르러서도 그는 가장 모호하고 비상업적인 앨범 〈Blackstar〉로 가장 큰 성공을 거두었다.

· 같이 들으면 좋은 노래: "Fame"
· 이어서 읽으면 좋은 책: 그레일 마커스의 《립스틱 자국》

19
〈비노〉(1938년 창간)

전후 세대 영국 아이들이 즐겨 본 만화 세계에서 존재감이 두드러지는 두 잡지가 있었다. 〈비노〉와 〈댄디〉가 그것이다. 둘 다 스코틀랜드 던디에 본사가 있는 출판사 D. C. 톰슨에서 발행했지만, 〈비노〉는 날카로운 맛이 있었다. 더 얼빠지고 더 엉뚱했으며 더 막갔다. 그리고 정의로운 전쟁을 벌였다. 나치를 어찌나 사납게 조롱했던지 히틀러가 1940년에 영국 침략을 계획하고 나서 체포하도록 한 '살해대상자 명단'에 잡지 편집자가 포함되었을 정도였다.

만화가 리오 백슨데일Leo Baxendale과 데이비드 로David Law는 그들이 만든 캐릭터인 비포 더 베어, 로드 스누티, 배시 스트리트 키즈만큼이나 유명했다. 데이비드 존스가 처음으

로
비즈
프라이빗 아이

비노

로 〈비노〉를 손에 넣었던 1950년대 초에 잡지는 상업적으로 최고 절정기를 맞았고(매주 200만 부가 팔렸다) 가장 사랑받는 캐릭터들이 이 무렵에 등장했다. 말괄량이 미니, 미루기 대장 로저, 그리고 번개 맞은 머리에 검정-빨강 줄무늬 스웨터를 입은 개구쟁이 데니스까지. 베이비부머에게 〈비노〉는 무엇보다 어른의 권위에 맞서는 반항을 상징했다. 에릭 클랩튼이 존 메이올 앤 더 블루스브레이커스의 1966년 앨범 〈Blues Breakers with Eric Clapton〉 표지에서 〈비노〉를 손에 들고 있는 것은 그런 이유에서다. 사진 찍기를 싫어했던 클랩튼은 〈비노〉를 사서 동료들이 마지못해 포즈를 취하는 동안 읽음으로써 모두를 화나게 하려고 한 것이다.

평생 동안 계속된 보위의 만화책 사랑과 그래픽노블 사랑은 〈비노〉에서 시작되었다. 그러니 그가 죽은 날에 〈비노〉가 '알라딘 세인'의 번개 문양을 얼굴에 칠한 데니스의 이미지를 트위터에 올려 그를 추모한 것은 적절하고 아름다운 광경이었다.

· 같이 들으면 좋은 노래: "The Laughing Gnome"
· 이어서 읽으면 좋은 책: 《2000AD》

20

《대도시의 삶》
―프랜 리보비츠(1978)

보위는 언젠가 프랜 리보비츠의 방대한 서가에서 책 한 권을 빌려서 돌려주지 않았다. 행여 이 때문에 둘의 관계가 나빠졌을까 걱정한다면 안심하시라. 뉴욕의 유머작가이자 스타일 아이콘은 이만(보위의 부인)의 오랜 친구이자 지금도 친구다. 2001년에 나온 이만의 자서전 겸 선언문인 《나는 이만이다》를 위해 보위는 리보비츠를 인터뷰한 적이 있다. 둘은 여러 페이지에 걸쳐 서체를 다양하게 바꿔가며 〈보그〉에 흑인 모델이 왜 없는지, 패션쇼가 어째서 스포츠 이벤트처럼 되었는지, 로마에 스타벅스가 있는 것이 왜 앤디 워홀 때문인지, 캠프처럼 은밀해야 하는 감성이 주류가 되면 어떤 일이 벌어지는지 이야기했다. 그야말로 신나게 떠들었다.

《대도시의 삶》은 리보비츠가 1970년대에 〈마드모아젤〉에, 그 전에는 워홀의 잡지 〈인터뷰〉에 썼던 칼럼과 에세이 들을 모아놓은 책이다. 뉴욕의 삶을 교활하고 냉소적으로 관찰하고 있는 그녀의 칼럼과 에세이는 〈인터뷰〉가 그렇듯이 편협함을 즐긴다. 리보비츠는 언젠가 말하기를 잡지를 읽는 모두가 서로를 알았다고 했다. 그런 상황이다 보니 그들 가운데 다수는 에드먼드 화이트Edmund White가 〈뉴욕 타임스〉에서 언급했다시피 "미국의 맛, 음악, 회화, 시, 오락에 영속적인 영향"을 미치게 되었다.

리보비츠의 칼럼은 아마도 '오락'이라는 범주에 속할 것이다. 그렇다고 해서 폄하하는 것은 아니다. 일단은 아주 재밌다. 그리고 옛날 뉴욕, 그러니까 젠트리피케이션(자본력 있는 중산층이 들어오면서 원주민들이 높아진 세를 감당하지 못하고 쫓겨나는 현상—옮긴이) 이전, 에이즈 이전 뉴욕의 모습을 담은 타임캡슐이다. 스튜디오 54와 맥시스 캔자스 시티가 있었고 로버트 메이플소프Robert Mapplethorpe와 수전 손택Susan Sontag이 활약했던 예술적이고 섹시하고 지적인 뉴욕 말이다. 리보비츠가 이런 사람들과 이런 이름들을 언급하는 데 그치는 것은 아니다. 그녀의 진짜 주제는 도시의 사고방식, 그리고 도시에서 살아남기 위한 생존 전략이다.

최고의 도구는 빈정거림과 아이러니다. 예를 들어 리보

비츠는 집을 세주고 싶다면 그나마 용인할 수 있는 바퀴벌레와 세입자 비율이 4000대 1이라고 말한다. 그녀는 래프킨 보고서 이후로 소호(SoHo, South of Houston Street), 트라이베카(TriBeCa, Triangle below Canal Street) 하는 식으로 약어를 사용하여 도시의 특정 지역을 나타내는 관행에 짜증이 나서 노티프소셰어(NoTifSoSher, North of Tiffany's, South of the Sherry-Netherland) 같은 말을 만들어냈다. 도로시 파커Dorothy Parker를 연상시키는 번뜩이는 재치의 경구들도 남겼다. "잠은 책임지지 않아도 되는 죽음이다." "내가 볼 때 실외란 아파트에서 나와 택시를 타기 위해 지나가야 하는 곳이다."

이 모든 바탕에는 뉴욕에 대한 격한 사랑이 지하수처럼 흐르고 있다. 그것은 보위도 마찬가지다. 〈The Man Who Sold The World〉 앨범의 미국 발매를 앞두고 머큐리 음반사의 초대로 1971년 1월 뉴욕에 처음 왔을 때부터 그는 뉴욕을 사랑했다. 마이클 피시Michael Fish가 디자인한 '남성용 드레스'를 입고 베로니카 레이크Veronica Lake처럼 찰랑거리는 머리를 어깨까지 내려뜨린 채 맨해튼을 한가로이 돌아다녔다. 보위는 바이킹의 행색을 하고 웨스트 54번가와 6번로 모퉁이에서 활동하는 시각장애인·부랑자·거리의 시인·음악가 문도그Moondog에게 점심을 사주었다. 그리고 자신이 좋아한 밴드 벨벳 언더그라운드가 이스트빌리지의 일렉

트릭 서커스에서 공연하는 것을 보았다. 쇼에 넋이 나간 보위는 백스테이지로 찾아가서 루 리드에게 축하의 말을 건네며 그의 노래들이 아주 훌륭하다고 말했다. 둘은 한참 동안 친근하게 수다를 나누었다. 보위는 나중에서야 진실을 알았다. 루 리드는 지난여름에 이미 밴드를 떠났고, 자신의 극찬을 받은 사람은 새롭게 리더가 된 전 베이스 연주자 더그 율 Doug Yule이라는 것을.

록의 명성이 얼마나 아슬아슬한 것인지 보여주는 일화다. 리보비츠가 언젠가 말했듯이 "사람은 자신의 마지막 헤어스타일로 기억될 뿐이다."

· 같이 들으면 좋은 노래: "New York's In Love"
· 이어서 읽으면 좋은 책: 프랜 리보비츠의 《사회 연구》

21

《데이비드 봄버그》

—리처드 코크(1988)

보위는 탐색적이고 형식이 파격적인 영국 미술가 데이비드 봄버그의 작품을 여러 점 소유했다. "예전부터 데이비드 봄버그의 엄청난 팬이었습니다." 1998년 〈뉴욕 타임스〉와의 인터뷰에서 그가 밝혔다. "그가 속한 유파가 마음에 듭니다. 지독하게 편협한 영국적인 뭔가가 있지요. 하지만 상관없어요." 보위가 죽고 나서 소더비 경매에서 팔린 그의 수집품 가운데 봄버그의 작품으로 "피코스 드 아스투리아스 산의 일출"과 "무어 론다, 안달루시아"가 있었다. 1930년대 중반 스페인에서 그린 풍경화로 봄버그가 "덩어리 속의 정신"이라고 말한 것, 즉 형식과 감정을 통합하는 수단을 찾고자 했음을 보여주는 그림들이다.

봄버그는 1890년 버밍엄에서 폴란드계 유대인 이민자 아들로 태어났다. 아버지는 가죽 세공사였고 그는 열한 명의 자식 가운데 다섯째였다. 그가 다섯 살 때 가족은 런던 동부의 화이트채플로 이사했다. 어렸을 때부터 봄버그는 예술가로서 장래가 촉망되는 엄청난 재능을 보였지만, 예술학교에 입학할 돈이 없었다. 그래서 1908년부터 1910년까지 웨스트민스터 예술학교에서 월터 시커트Walter Sickert의 저녁 강의를 들었다. 유대인 교육지원협회로부터 대출을 받아 1911년에 슬레이드 예술학교에 입학했고, 거기서 유명한 드로잉 교사 헨리 통크스Henry Tonks 밑에서 폴 내시, 스탠리 스펜서, 도라 캐링턴, 마크 거틀러와 함께 공부했다. 통크스는 초롱초롱 빛나는 이들 무리를 학교의 마지막 "걸출함의 위기"라고 칭했다.

그들 가운데서 통크스의 교습이 가진 빅토리아 시대의 경직된 모습에 가장 맹렬하게 반기를 들고, 무모하게 실험하고, 후기 인상파, 미래파, 소용돌이파(377쪽 참고), 입체파의 영향들을 흡수한 자는 봄버그였다. "인 더 홀드"(1913~14) 같은 회화에서 나타나는 복잡한 기하학적 뼈대와 색채 사용은 당시 비평가들 대부분을 당황하게 했다.

제2차 세계대전 이후에 봄버그는 런던의 버러 기술전문학교에서 가르쳤는데, 그가 가르친 학생들에는 보위가 좋아한 다른 미술가인 레온 코소프Leon Kossoff와 프랑크 아우어바흐Frank Auerbach가 있었다. 그러나 그의 화가로서의 경력은 곤경에 처했다. 리처드 코크는 그의 작품들 대부분이 창고에 그냥 묻혀 있었던 것을 설명하며 분을 참지 못한다. 1951년 영향력 있는 비평가 허버트 리드Herbert Read는 《현대 영국 미술》을 집필하면서 그를 빠뜨렸다. 2년 뒤에 박식한 예술 후원자 에드워드 마쉬Edward Marsh가 자신이 모은 컬렉션을 국가에 기부했을 때, 현대예술위원회는 그중 봄버그 회화 두 점을 거부했다.

1957년 8월에 봄버그가 세상을 떠났을 때 그는 궁핍했고 잊힌 존재였다. 코크는 말한다. "그의 가족과 몇몇 친구들을 제외하면 아무도 봄버그의 성취가 얼마나 대단하거나 복잡했는지 알지 못했다."

그러고 나서 재밌는 일이 벌어졌다. 거의 곧바로 비평계가 돌연 죄책감에 사로잡힌 것이다. 슈퍼스타 미술 비평가 데이비드 실베스터(194쪽 참고)는 봄버그가 죽을 때까지 그의 중요성을 알아보지 못했던 자신과 다른 모두를 질책했다. 봄버그가 그토록 바랐던 회고전이 1958년 예술위원회 주관으로 열렸다. 1987년에 코크는 중요한 이 책을 출판했고, 이듬해 그가 테이트 갤러리에서 처음으로 봄버그 개인전을 기획했을 때는 명예 회복이 완성되었다. 봄버그의 경력에서 우리가 얻어야 할 교훈이 있다면, 그것은 한 세대가 이단이라고 여기는 것을 다음 세대는 천재라고 떠받든다는 것이다. 틴 머신(1988년 보위가 결성했던 록 밴드—옮긴이)의 재평가도 이루어지기를!

· 같이 들으면 좋은 노래: "Up the Hill Backwards"
· 이어서 보면 좋은 전시회: 데이비드 보이드 헤이코크 기획의 〈걸출함의 위기 1908~1922: 내시, 네빈슨, 스펜서, 거틀러, 캐링턴, 봄버그〉

22

《베를린 알렉산더 광장》
―알프레트 되블린(1929)

보위의 베를린 3부작과 이기 팝의 〈The Idiot〉 앨범에 나오는 기계 소리들은 독일판《율리시스》라 불리는 알프레트 되블린의 걸작《베를린 알렉산더 광장》의 영향으로 활기가 넘친다. 주인공 프란츠 비버코프는 포주이자 살인자이다. 감옥에서 형기를 마치고 나와 점잖고 책임감 있는 시민으로 살겠다고 맹세하지만 어떻게 해야 하는지 알지 못한다. 자신의 분노와 좌절을 억누르지 못하는 것으로 보이며, 오로지 범죄자의 삶만을 알 뿐이다. 그는 좀도둑질, 사랑 없는 섹스, 태연하지만 숨 막히게 잔혹한 폭력의 세계로 계속해서 빠져들 운명이다. 한 대목에서 비버코프는 갱단의 보스에게 멱살이 잡혀 달리는 차에서 밖으로 던져진다. 그의 친구 라인홀트가 그가 사랑하는 매춘부 미체를 살해할 때 되블린은 자세한 묘사를 빠뜨리지 않으며, 살해 장면과 송아지고기 도살에 관한 지침을 병치한다.

《베를린 알렉산더 광장》은 독일에서 출간 2년 동안 5만 부나 팔린 베스트셀러였지만 나치가 바이마르 공화국의 퇴폐를 보여주는 방탕한 작품이라며 판매를 금지했다. (1933년 1월, 히틀러가 총통 자리에 오르자 되블린은 우선 스위스로 도망쳤고, 파리를 거쳐 로스앤젤레스로 가서 MGM 영화사에서 잠깐 일했다.) 알아듣기 힘든 거리의 속어가 등장하고 의식의 흐름 양식으로 기술되어 다른 언어로 번역하기가 불가능한 작품으로 알려져 있다. 보위는 제임스 조이스의 친구 유진 졸라스Eugene Jolas의 1931년 번역본—되블린의 베를린 방언을 싸구려 미국 속어로 바꿔놓아 평가가 좋지 않다—으로 읽었을 것이다. 1980년에 라이너 베르너 파스빈더Rainer Werner Fassbinder가 엄청나게 길고 감정적으로 잔혹한 텔레비전 드라마로 각색하여 더 많은 청중과 만나게 했다.

되블린이 글을 쓰고 있던 1920년대에 소설의 정신적 핵심인 알렉산더 광장은 전차 선로들이 이리저리 얽혀 지나가고 추한 붉은색 경찰서 건물과 티츠 백화점으로 유명한 밤문화의 중심지였다. 보위와 팝이 크리스토퍼 이셔우드(170쪽 참고)를 따라 하던 1970년대 말이 되면 그곳은 동베를린

의 중심지였다. 보위와 팝은 과거의 분위기를 느끼고자《베를린 알렉산더 광장》을 읽었겠지만, 노스탤지어가 주는 위안 같은 것은 얻지 못했다. 되블린의 소설에는 위안 따위는 없다.

되블린은 단절되고 부조리한 도시적 삶의 특성 때문에 범죄자와 비범죄자를 명확하게 나눌 수 없다고 말한다. 그는 다양한 관점을 오가며, 그리고 광고 문구, 성경 구절, 유행가, 요리법 등 여러 문체를 뒤섞어가며 비버코프의 이야기를 전한다. 비버코프는 셰익스피어식으로 말하면 돌봄을 받지 않고 실존적 위험을 감수하는 사람이다. 보위가 잔뜩 취해서 정신이 오락가락하는 밤에 장난삼아 시도해본 부류의 사람이다. 그러나 보위는 결코 그렇게 될 수 없었다. 주위에서 손을 내밀고 그를 진창에서 끌어내 줄 사람이 항상 있었기 때문이다.

이와 달리 비버코프 곁에는 아무도 없다. 되블린조차도 그에 관한 관심이 시들해졌다. 한쪽 팔을 잃고 계략에 빠져 살인자 누명을 쓰고 정신병원에 감금되었다가 나온 비버코프는 공장에서 수위 보조 일을 맡는다. 그러고 나서 되블린이 우리에게 말한다. 비버코프의 삶에 대해 더이상 보고할 것이 없다고. 보고할 것은 없지만, 비버코프가 이후에 어떻게 되었는지 추측해볼 수는 있다. 그의 창문을 지나 되블린이 불가피하다고 보았던 전쟁을 향해 나아가는 병사들 대열에 합류하여 나치 신문을 읽고, 유대인을 의심하는 그를.

· 같이 들으면 좋은 노래: "V-2 Schneider"
· 이어서 읽으면 좋은 책: 알프레트 되블린의 《햄릿 또는 기나긴 밤은 끝났다》

23

《푸른 수염의 성에서》:
문화의 재정의에 관한 몇 가지 생각

— 조지 스타이너(1971)

'현실'이 추상적이라는 생각에 대해 보위가 처음으로 이야기한 것은 1990년대 중반이었다. 아마도 유투U2와 이런 이야기를 나누고 난 다음이었을 것이다. 유투는 교수처럼 구는 보위의 친구이자 그들의 앨범 〈Achtung Baby〉의 프로듀서였던 브라이언 이노Brian Eno와 이런 이야기를 주고받은 적이 있었다.

1992~93년 유투는 멀티미디어 쇼로 기획된 '주 티비Zoo TV' 투어를 통해 프랑스 이론가 장 보드리야르에게 경의를 표했다. 보드리야르는 1991년에 출간된 논쟁적인 에세이집 《걸프전은 일어나지 않았다》에서 주장하기를, 서양에서 전쟁을 보도하는 방식이 워낙 우아하게 연출되다 보니 시청자

들이 실제로 전투가 벌어지지 않은 것처럼, 그저 그럴 듯이 흉내 낸 모조품simulacrum처럼 여기게 되었다고 했다. 이노는 1992년 새들러스 웰스 극장에서 "향수, 국방, 데이비드 보위의 결혼식"이라는 제목의 강연을 하면서 돈 드릴로(238쪽 참고)도 공감했던 이런 생각을 이어나갔다.

보위는 나이가 들면서 이런 문제들, 그리고 좀 더 광범위하지만 문화 상대성('저급' 문화와 '고급' 문화의 장벽이 무너지는 것)과 연관되는 주제들에 더욱 관심을 갖게 된 것 같다. "사람들이 진실이라고 받아들였던 것들이 무너지는 것 같아요. 우리는 이제 거의 탈脫철학적으로 사고하는 것 같습니다." 그는 2003년 잡지 〈사운드 온 사운드〉에서 이렇게 말했다. 〈인터뷰〉에서 잉그리드 시쉬Ingrid Sischy와 이야기하면서 그는 이런 생각을 더 밀어붙였으며 자신의 이런 견해가 "포스트모더니즘에 관해 내가 읽은 첫 번째 책인 조지 스타이너의 《푸른 수염의 성에서》를 통해 강화"되었다고 설명했다.

스타이너의 책은 그에게 "내가 어떤 작업을 하고 있는지 설명해주는 모종의 이론이 실제로 존재한다는 것"을 확인시켜 주었다고 했다. "앤서니 뉼리와 리틀 리처드처럼 상이한 예술가들을 내가 좋아할 수 있고, 둘을 동시에 좋아하는 것이 이상한 게 아님을 깨닫게 되었습니다. 이고르 스트라빈스키와 인크레더블 스트링 밴드를, 벨벳 언더그라운드와 구스타프 말러를 좋아할 수도 있고 말이죠.”

확실히 짚고 넘어가자면 스타이너는 모든 문화적 물품이 동등한 가치를 갖는다는 포스트모더니즘의 진부한 명제를 지지하지 않는다. 박학다식한 이 문학 비평가는 여러분이 벨벳 언더그라운드보다는 말러를 더 좋아하기를 바랄 것이다. 1971년 3월, 그가 캔터베리의 켄트 대학에서 네 차례 강의한 것을 모아놓은《푸른 수염의 성에서》에서 주장하는 것은 수백 년간 서양 고급 문화를 받쳐온 고전적 인문학 전통이 20세기 들어 가식으로 밝혀지면서 위기에 처했다는 것이다. 문명은 야만의 이면이다. 홀로코스트 이후—유대인인 스타이너가 어렸을 때 오스트리아에서, 그리고 나치가 점령한 프랑스에서 도망쳐야 했음을 기억하자—인문학이 사람을 사람답게 만든다는 생각은 웃음거리가 되었다. 스타이너는 말한다. “바로 옆에 있는 다하우에서 벌어진 어떤 일도 뮌헨에서 열린 겨울 시즌 베토벤 실내악곡 연주에 아무런 지장을 주지 않았다.”

그 결과 스타이너가 ‘탈문화post-culture’라고 부르는 상황이 생겨나게 되었다. 고급 예술이 평가절하되고 록 음악처럼 쉽게 이해되는 대중적 예술 형식의 가치가 올라간다. 스타이너는 이렇게 결론을 내린다. “교육과 무지의 구분은 더

이상 자명하게 위계적이지 않다. 사회에서 정신적으로 수행하는 활동의 상당 부분은 이제 개인적 절충주의라는 중간지대에서 발생한다." 이런 중간지대에서는 주로 독학으로 배운 사람들이 자유롭게 모든 곳(아방가르드, 브로드웨이 뮤지컬, UFO 관련 책)에서 재료를 취해 예술로 만든다. 보위의 활동이 바로 그런 예이다.

- 같이 들으면 좋은 노래: "Reality"
- 이어서 읽으면 좋은 책: 움베르토 에코의 《포스트모던인가, 새로운 중세인가》

24

《채털리 부인의 연인》

—D. H. 로렌스(1928)

1960년 11월 2일, 런던 올드 베일리에서 열린 '채털리 부인 재판'에서 배심원단은 세 시간 만에 심리를 마치고 펭귄 출판사에 무죄를 선고했다. 출판사는 30년 전에 쓰인 D. H. 로렌스의 마지막 소설《채털리 부인의 연인》을 출간하여 1959년 제정된 음란출판물법으로 기소된 터였다.

평결을 숙고하러 가는 배심원단에게 머빈 그리피스-존 스Mervyn Griffith-Jones 담당검사는 방치된 상류층 여성과 사냥 터 관리인이 성관계를 갖는 것을 묘사한 로렌스의 책을 "부인이나 하인이 읽도록 두고 싶은지" 고려해달라고 했다. 이에 대해 배심원들은 힘차게 "그렇다"고 대답함으로써 검열을 일삼는 낡은 질서를 뒤집어엎고 오늘날 우리가 아는

1960년대를 열었다. 필립 라킨은 "경이로운 해"라는 시에서 성교를 시작한 것이 《채털리 부인의 연인》의 판매금지가 풀린 날과 비틀스의 첫 LP 〈Please Please Me〉가 영국에서 발매된 1963년 3월 22일 사이의 어느 시점이라고 말했다. 애석하게도 자신에게는 다소 늦었다고 했다.

어쩌면 그럴지도 모른다. 하지만 1960년에 열세 살이었던 데이비드 존스에게는 늦지 않았다.

펭귄 출판사는 맨 처음 출간된 문고판에 저명한 사회학자 리처드 호가트Richard Hoggart의 서문을 실어 로렌스의 언어가 선정성을 의도한 것이 아니라고 독자들을 안심시켰다. 성의 동물적인 면이 로렌스에게 정신적인 면만큼이나 중요했던 것은 사실이며, 성은 그렇게 쉽사리 성적 자극으로 전락하지 않는다. ("당신, 누구보다 아름다운 엉덩이를 가졌네요." 사냥터 관리인 멜러즈가 코니 채털리에게 말한다. "똥을 싸고 오줌을 눠도, 나는 기뻐요.") 하지만 1960년 열세 살 소년들에게는 이런 구분이 학자들 얘기에 불과했을 것이다. 보위의 학창시절 친구 조지 언더우드는 "야한 페이지가 너덜너덜해진" 책을 학교에서 친구들과 돌려 읽었다고 기억했다.

데이비드 허버트 로렌스는 1885년 9월 11일, 노팅엄셔주의 이스트우드에서 광부와 전직 여교사의 아들로 태어났다. 병약하고 책을 좋아했던 그는 어머니의 열성적인 지원을 받았고, 당시 지방 노동자 계층에 열려 있던 교육의 기회를 최대한 활용했다. 그는 《채털리 부인의 연인》이 논란을 일으킬 것을 알았으며 "역사상 가장 불온한 소설"이라고 했다.

불온하지만 포르노그래피는 아니었다. 오히려 그는 "성관계를 창피한 것이 아니라 정당하고 소중한 것으로 만들려는" 시도였다고 했다. 남근 의식에 혁명을 일으켜 제1차 세계대전으로 황폐해진 영국을 재건하려고 한 것이다. 전쟁으로 한 세대의 남자들이 쓸려나갔고 코니의 스물아홉 살 남편은 하반신이 마비되고 말았다. 소설은 이렇게 시작한다. "우리 시대는 본질적으로 비극적이어서, 우리는 그것을 비극적으로 받아들이려고 하지 않는다. 대격변이 일어났고, 우리는 폐허 속에서⋯."

그리피스-존스 씨를 그토록 화나게 했던 성적 언어는 로렌스가 "불결한 정신적 연상"이라고 부른 것을 걷어내려고 세심하게 사용한 것이었다. "캥거루는 해롭지 않은 동물이며, 똥이라는 단어는 해롭지 않은 단어다. 하지만 그것을 금기로 만들면 세상에서 가장 위험한 것이 된다. 금기는 광기를 부른다. 그리고 광기는, 특히 군중의 집단적 광기는 우리의 문명을 위협하는 무시무시한 위험이다."

· 같이 들으면 좋은 노래: "Let's Spend the Night Together"(롤링 스톤스 노래 커버)

· 이어서 읽으면 좋은 책: D. H. 로렌스의 《무지개》

25

《옥토브리아나와
러시아 언더그라운드》
―페트르 사데츠키(1971)

1967년 체코 예술가 페트르 사데츠키가 체코 만화가 집단에서 훔친 코믹북 자료를 들고 서독으로 망명했다. 커다란 가슴, 탈색한 머리, 사악해 보이는 인상을 한 아마조나 Amazona라는 여성 슈퍼히어로를 묘사한 그림이었다. 그는 이것을 교묘하게 손봐서 가짜 선전물을 만들었다. 아마조나의 이마에 빨간 별을 박고 10월 혁명의 정신을 담은 옥토브리아나Octobriana로 만든 것이다. 바바렐라Barbarella(동명 프랑스 SF 만화에 나오는 여주인공으로, 우리에게는 제인 폰다가 출연한 로제 바딤 감독의 영화로 더 유명하다―옮긴이)의 공산주의 버전인 옥토브리아나는 수천 년 전에 방사능을 내뿜는 화산에서 태어났고, 원더머신을 타고 시간과 공간을 마음대로 돌아다닌다.

4년 뒤에 사데츠키는《옥토브리아나와 러시아 언더그라운드》라는 책을 통해 옥토브리아나를 세상에 소개했다. 소련의 지하출판물에 대해 장황하게 늘어놓으면서 옥토브리아나가 진보정치포르노그래피(PPP)라는 급진적인 소비에트 반체제 집단의 창작물이라고 설명했다. 사데츠키는 1960년대 초에 강의를 하러 키예프에 갔다가 그들을 만나 그들의 극단적인 성 의식에 참여하게 되었다고 했다. 그는 자료와 함께 PPP 회원들 사진과 그들의 다른 작업물을 우크라이나 밖으로 몰래 빼돌렸다고 주장했다.

《옥토브리아나와 러시아 언더그라운드》는 서양 언론의 상상력을 사로잡아 출간되기도 전에 영국 잡지 〈데일리 텔레그래프〉의 표지에 실렸다. 그러나 사데츠키 이야기의 진실성에 대해, 특히 옥토브리아나의 유래에 대해 의심하는 목소리가 있었다. 결국 원작자 중 한 명인 보후슬라프 코네츠니Bohuslav Konecný가 독일 잡지 〈슈테른〉에 연락하여 그가 자신의 것을 도용했다며 불만을 터뜨렸다. 그럼에도 옥토브리아나가 유행에 밝은 사람들 사이에서 선풍적인 인기를 끄는 것을 막지는 못했다.

믹 록의 책《달 시대의 몽상》에서 보위는 앤서니 버지스가 러시아어를 변형시켜 만든 나드샛(37쪽 참고)에 매료되면서 사데츠키에 대한 관심으로 자연스럽게 이어졌다고 말한다. 1974년에 보위는 디자이너 프레디 버레티Freddie Burretti에게 부탁하여 네덜란드의 한 텔레비전 시상식에 입고 갈 암녹색 볼레로 재킷에 옥토브리아나 이미지를 자수로 덧대도록 했다. 그러나 재앙이 일어났다. 시상식 직전 기자회견에서 그는 재킷을 벗어 의자에 걸어놓았는데, 당연하게도 지나가던 기자가 슬쩍 가져갔다.

그 일이 있고 얼마 지나지 않아 보위는 옥토브리아나에 관한 영화를 제작하겠다는 계획을 발표했다. 주연은 당시 그의 여자 친구였던 가수이자 모델 아만다 레아Amanda Lear가 맡기로 했는데, 그녀는 지난 10월에 미국 텔레비전 방송을 위해 런던 마키 클럽에서 촬영한 지기 스타더스트 스페셜 프로그램 〈1980 플로어 쇼The 1980 Floor Show〉에 출연한 바 있었다. 보위—혹은 옆에서 보위인 척하는 홍보 담당 비서 체리 바닐라Cherry Vanilla—는 잡지 〈미라벨〉에서 이에 관한 모든 것을 털어놓았다.

《옥토브리아나》 만화책을 선물로 받아서 읽고 있는데 갑자기 옥토브리아나를 진짜 사람으로 만들어서 그녀의 모든 모험을 영화에 담으면 근사하겠다는 생각이 들더군요. 업데이트도 하는 겁니다. 여전히 이국적인 러시아인이겠지만, 전 세계를 돌아다니며 모험을 하고 가끔은 우주에도 가고 말이죠.

이 이야기를 아만다에게 했더니 너무도 좋아해서 우리는 당장 대본 작업을 시작했습니다. 그리고 나도 작은 배역을 하나 맡아야겠다는 생각을 하지 않을 수 없었습니다. 예컨대 "옥토브리아나, 스타맨을 만나다" 같은 에피소드를 집어넣어 스타에게 매료된 보위를 쇼에 출연시키는 겁니다!

아무튼 아만다는 이 캐릭터에 푹 빠져서 이제까지 자신의 모습은 다 잊고 싶어했습니다. "아만다는 과거이고 오늘부터는 옥토브리아나예요." 그녀는 누구도 자신의 소망을 얕보지 않도록 완벽한 러시아어 억양으로 말했습니다.

옥토브리아나의 의상을 디자인하는 것도 아주 즐거웠습니다. 지금까지의 계획은 옥토브리아나에게 동물의 가죽으로 만든 옷을 입히고 장화를 신기고 반짝거리는 사브르 검을 차게 한다는 것입니다. 이 친구는 아주 진지한 모습을 하게 될 겁니다. 듣기만 해도 흥미진진하죠?

과연 흥미진진하지만 아쉽게도 실현되지는 못했다. 하지만 옥토브리아나는 저작권이 없는 캐릭터이다. 공산주의에서 태어난 캐릭터답게 모두에게 속한다. 그러니 원칙적으로는 어디서든 나타나서 무엇이든 할 수 있다. 그녀를 잘 지켜봐라.

· 같이 들으면 좋은 노래: "Rebel Rebel"
· 이어서 읽으면 좋은 책: 호세 알라니즈의 《코믹스: 러시아의 만화 예술》

26

《말도로르의 노래》

— 로트레아몽(1868)

초현실주의는 프랑스 시인 '로트레아몽 백작'(본명은 이지도르-뤼시앵 뒤카스)이 남긴 몇 안 되는 작품에서 시작되었다. 사람들은 1870년 뒤카스가 스물네 살에 수수께끼 같은 죽음—사망진단서에는 "다른 정보 없음"이라고 되어 있다—을 맞이하고 거의 50년이 지나서야 그의 작품을 찬양하기 시작했다. 앙드레 브르통, 살바도르 달리, 앙토냉 아르토는 그의 작품이 과거에, 특히 단테(51쪽 참고)에게 커다란 빚을 지고 있음에 개의치 않고 미래로 향하는 길을 열었다고 생각했다.

월리엄 S. 버로스와 브라이언 가이신Brion Gysin의 잘라내기cut-up 기법과 비슷하게, 그의 시는 어울릴 법하지 않은 이미지들을 충돌시켜 예상치 못한 의미의 마찰을 일으킨다. 뒤카스의 가장 자주 언급되는 구절인 "수술대 위에 놓인 재봉틀과 우산의 우연한 만남처럼 아름다운"은 T. S. 엘리엇의 "프루프록의 사랑 노래" 첫머리의 이미지즘을 예견하는 것이며, 스크린에서 피를 흘리는 사람과 가방 속에서 타이거 래그를 연주하는 레몬을 병치한 보위의 노래 "Watch That Man"의 가사와도 연관된다.

산문시들이 연결되어 여섯 편의 노래를 이루는 《말도로르의 노래》는 심약한 자들을 위한 것이 아니다. 실제로 여기 나오는 반영웅은 코카인으로 정신이 오락가락했던 보위를 질겁하게 했을 법한 (아울러 매혹했을 법한) 모든 것을 구현하고 있다. 말도로르는 악마와 외계인이 반반씩 섞인 사악하기 이를 데 없는 존재이기 때문이다. 찡그린 녹색 이마에 외눈이 박힌 그는 동굴에 살고 자유자재로 모습을 바꾸며 인간이 겪는 모든 고통을 음흉한 눈초리로 주재한다. 아참, 그는 어린아이들을 고문하기를 무엇보다 좋아한다.

보름 동안 손톱을 길게 길러야 한다. 오, 윗입술에 털도 나지 않고 눈을 크게 뜬 아이를 침대에서 난폭하게 끌어내고는 손으로 그의 이마를 부드럽게 어루만지고 손가락으로 그의 아름다운 머리카락을 쓸어내리는 척하면 얼마나 달콤한

가. 그러고는 갑자기, 아이가 전혀 예기치 못한 순간에 긴 손톱을 그의 부드러운 가슴에 박아 넣는 것이다. 죽지 않을 정도로 해야 한다. 아이가 죽으면 나중에 괴로워하는 꼴을 보지 못할 테니까. 이어 그의 상처를 핥으며 피를 마시는데, 영원토록 지속해야 할 이 순간에 아이는 흐느껴 운다.

히에로니무스 보스의 그림을 연상시키는 역한 묘사들이 집요하게 질리도록 이어지므로 앨범 ⟨The Man Who Sold The World⟩의 수록곡 "The Width of a Circle"에서 주인공이 긴 혀를 가진 괴물에게 강간당하는 장면을 떠올리지 않을 수 없다. 어쩌면 ⟨1. Outside⟩ 앨범의 모호한 내러티브를 이루는 베이비 그레이스 블루Baby Grace Blue의 예술적-제의적 살해에도 영향을 주었을 것이다.

· 같이 들으면 좋은 노래: "The Width of a Circle"
· 이어서 읽으면 좋은 책: 샤를 보들레르의 《악의 꽃》

27

《사일런스: 강연과 글》

─존 케이지(1961)

1970년대 중반 보위의 음악 활동에 가장 큰 영향을 미친 사람으로 브라이언 이노를 들 수 있다. 그리고 이노에게 가장 큰 영향을 미친 사람은 1912년 로스앤젤레스에서 태어난 미국의 작곡가이자 전후 실험 음악의 선구자 존 케이지였다.

느슨한 글 모음집이면서 선언문과 회고록을 겸하는 《사일런스: 강연과 글》을 읽다 보면 케이지의 아버지가 초기 잠수함 모델을 발명했다는 설 같은 것이 여기저기 등장한다. 관습적인 화성과 기보를 경멸한 케이지의 성향을 반영하듯 책은 놀이와 같은 레이아웃(잘게 나눈 단락, 자그마한 활자, 넉넉한 흰색 여백)으로 구성되어 있다. 그가 집착했던 버섯 이야기가 계속 등장한다. 소용돌이파의 구호("나는 말할 것이 없으므로 말한다"), 질문의 목록("공장을 지나는 트럭과 음악학교 옆을 지나는 트럭 가운데 어느 쪽이 더 음악적인가?"), 소리의 본질에 관한 난해한 이론도 나온다. 여기 보면 이노가 1970년대 중반에 발명한 앰비언트ambient 음악을 미리 내다본 대목도 있다. "우리가 어디에 있든 우리가 듣는 대부분의 소리는 소음이다. 소음을 무시하려고 하면 신경이 쓰인다. 소음에 주목하면 매혹적으로 다가온다. 시속 50마일로 지나가는 트럭 소리. 채널과 채널 사이의 수신 잡음. 빗소리. 우리는 이런 소리들을 포착하고 통제하고, 음향 효과가 아니라 악기로 사용하고 싶다."

사람들 대부분이 소리의 반대말이라고 여기는 침묵에 관해 말하자면, 케이지는 그런 것은 존재하지 않는다고 믿었다. 그의 가장 유명한 작품 〈4분 33초〉는 사람들이 가끔 생각하듯 침묵으로 일관하는 4분 33초가 아니라 그 시간적 공간을 채우는 모든 소리—머리 위로 날아가는 비행기 소리든, 청중의 기침 소리든, 여러분의 심장박동이든—를 포괄하는 4분 33초다. 비평가 알렉스 로스Alex Ross의 표현으로는 "선불교 같은 명상의 의례"로, 케이지의 진지한 놀이의 정신을 완벽하게 담아내는 것은 연극성이다. 초연에서 비르투오소 피아니스트 데이비드 튜더David Tudor는 피아노 앞에 앉

아 악보를 펴고 그 시간이 다 될 때까지 그저 기다렸다.

"그는 독특한 생각을 가진 사람입니다. 내가 아주 쉽게 대단히 편하게 받아들일 수 있는 생각이 있는가 하면, 도무지 무슨 말인지 이해할 수 없는 것도 있어요. 사이버네틱스를 분석적으로 연구하고 그런 것을 음악과 전반적인 예술의 접근 방식에 활용하려는 것이 그런 점이죠." 보위는 1977년 〈NME〉와의 인터뷰에서 이노에 대해 이렇게 말했다. 하지만 그는 케이지에 대해 말한 것이기도 했다.

이노는 브라이언 페리Bryan Ferry가 주축이 된 예술학교 출신의 글램 집단 록시 뮤직Roxy Music의 창립 멤버였다. 하지만 그의 진짜 관심은 그가 생성 음악generative music이라고 부른 것이었다. 시스템으로 만드는 음악으로 예를 들어 스티브 라이히Stephen Reich의 〈비가 내릴 것이다〉에서 시스템은 똑같은 테이프 루프를 돌리는 두 대의 테이프레코더가 된다. 1960년대 초 영국에서 생성 음악은 작곡가 코넬리우스 카듀Cornelius Cardew의 소관이었다. 이노는 학교를 그만두고 나서 카듀의 실험 앙상블 스크래치 오케스트라Scratch Orchestra에서 연주했다.

카듀는 1958년 쾰른에서 카를하인츠 슈토크하우젠과 함께 공부할 때 케이지의 획기적인 〈피아노와 오케스트라를 위한 협주곡〉 공연을 보고는 생성 음악에 관심을 갖게 되었다. 케이지는 그 곡을 작곡할 때 고대 중국의 점술책《주역》을 활용하여 템포, 볼륨, 음가를 정했다고 설명했다.

이노의 유명한 '우회 전략' 카드는 여기서 자연스럽게 나왔다. 창조력이 막힐 때 돌파의 수단으로 그가 아티스트 피터 슈미트Peter Schmidt와 함께 고안해낸 것이다. 카드에는 "당신의 실수를 숨겨진 의도로 존중할 것" 같은 지시가 적혀 있어서 수평적 사고를 독려한다. 스튜디오에서 보위와 이노는 "Boys Keep Swinging" 작업에 이런 전략을 사용하면서("평소 하던 악기를 버릴 것"이라는 카드의 지시에 따라 밴드는 서로 역할을 바꿔서 했다) 지적인 광대짓을 했다. 보위가 나중에 잡지 〈언컷〉에 털어놓은 바에 따르면, 두 사람은 피트와 더드(코미디언 피터 쿡과 더들리 무어가 짝을 이뤄 연기한 만담 캐릭터—옮긴이)의 목소리로 "존 케이지가 올드 켄트 로드의 브릭레이

어스 암스에서 미리 녹음해둔 것에 맞춰 연주한다는 둥의
꽤나 유치한" 대화를 주고받으며 즐거워했다고 한다.

· 같이 들으면 좋은 노래: "Boys Keep Swinging"
· 이어서 읽으면 좋은 책: 알렉스 로스의 《나머지는 소음이다》

28

《1984》
—조지 오웰(1949)

《1984》는 문학사에서 가장 유명한 첫 문장으로 시작한
다. "4월의 맑고 쌀쌀한 날, 시계 종이 열세 번 울렸다." 묘하
게도 데이비드 존스가 태어난 날인 1947년 1월 8일 자정에
극심한 추위가 몰아쳐서 브릭스톤 램버스 타운홀의 시계가
열두 번이 아니라 열세 번을 쳤다는 말이 있다. 그렇다면 걸
어서 5분 거리인 스탠스필드 로드 40번지에서 산통을 겪고
있던 그의 어머니 페기의 귀에 실수가 들렸을지도 모른다.

조지 오웰이라는 필명으로 더 잘 알려진 에릭 블레어는
《1984》의 대부분을 1947년에 썼다. 서평을 쓰며 얼마 안 되
는 돈으로 근근이 살아가던 그는 BBC 월드서비스의 인도
담당 부서에서 일자리를 얻었고, 이어 좌파(반스탈린) 잡지

〈트리뷴〉에 더 나은 조건으로 취직하여 그의 최고 에세이들을 발표했다. 그러다가 1945년에 출간된 《동물농장》이 성공하여 돈 걱정을 덜 하게 되면서 저널리스트 생활을 접고 오랫동안 마음속에 담아두었던 소설을 쓰기로 했다. 그에게 영감을 준 것은 이름 없이 숫자만 부여받은 일국의 시민들이 그들을 감시하는 비밀경찰의 수고를 덜어주고자 유리벽으로 된 건물에서 살아간다는 예브게니 자먀쩐의 디스토피아 판타지 소설 《우리들》(1920~1)이었다.

오웰은 스코틀랜드 헤브리디스 제도의 외딴 섬 주라Jura에 틀어박혀 결핵으로 피폐해진 몸을 이끌고, 폭격으로 망가진 우중충한 런던(보위가 어린 시절을 보내게 되는 그곳)을 오세아니아의 한 지구인 에어스트립 원의 수도로 재탄생시켰다. 스탈린과 비슷한 빅 브라더가 통치하는 오세아니아는 라이벌 초강대국 유라시아와 영원한 전쟁 상태에 있다. 작업할 때 제목은 '유럽의 마지막 인간'이었다. 제목이 가리키는 인간은 서른아홉 살의 윈스턴 스미스로, 그가 진리국에서 맡은 업무는 반역하여 증발된 '무인unpeople'의 기록을 지우는 일이다.

여하튼 책이 완성된 것은 기적이다. 오웰은 자신의 몸을 망가뜨리는 데 남다른 재주가 있었기 때문이다. 1946년 8월, 보트 여행을 떠난 그는 물때를 잘못 읽는 바람에 하마터면 그와 아들, 조카와 조카딸이 익사할 뻔했다. 그는 폐가 끔찍한 상태가 될 때까지 병원을 찾지 않고 계속해서 담배를 피웠다. 항생제 스트렙토마이신의 임상실험이 그에게 시간을 벌어 주었다. 오웰이 〈트리뷴〉에 근무할 때 편집자였고 당시 클레멘트 애틀리 정부의 보건부 장관이던 어나이린 베번Aneurin Bevan이 미국에서 특별히 약을 얻어주었다. 덕분에 오웰은 《1984》가 출간되는 것을 볼 수 있었다. 책에 쏟아진 찬사를 즐길 시간까지는 없었지만 말이다.

《1984》는 보위의 정신에 크나큰 흔적을 남겼다. 아주 어렸을 때 〈쿼터매스 실험〉을 보았던 것을 기억하는 것으로 볼 때, 그는 같은 작가 나이젤 닐Nigel Kneale이 각색하고 피터 쿠싱Peter Cushing이 윈스턴 스미스 역을 맡은 〈1984〉가 1954년 12월에 BBC에서 방영된 것도 보았을 것이다. 그가 어떤 경위로 책을 접했든 간에 보위는 자신이 가장 잘 아는 방식으로 요란하게 자신의 사랑을 표현했다. 1973년 그는 《1984》를 뮤지컬로, 그런 다음에는 텔레비전 쇼로 만든다는 거창한 계획을 세웠다. 하지만 판권을 관리하던 오웰의 미망인 소냐는 그럴 생각이 전혀 없었다. 보위는 어느 정도 녹음해놓은 곡들이 많아서 그 곡들을 어디에 어떻게 써야 할지 난감했다.

그런 고민의 결과물이 앨범 〈Diamond Dogs〉였다. 보위는 "Big Brother", "1984", "We Are The Dead" 같은 노래들을 활용하면서 강조점을 미묘하게 바꿔 윌리엄 S. 버로스가 다시 쓴 《올리버 트위스트》의 느낌이 나도록 했다. 에어스트립 원은 헝거 시티가 되었고, 앨범은 사회에 불만을 품은 젊은이들이 무리를 지어 돌아다니며 옥상에서 살아가는 모습을 묘사한 것으로 바뀌었다. 보위의 아버지 헤이우드 존스가 아동복지재단 '바나도'의 홍보 일을 하면서 만났던 전쟁 고아들에 대해 그에게 들려주었던 이야기와도 어쩌면 연결될 것이다.

〈Diamond Dogs〉에서 《1984》의 정신을 보여주는 트랙은 윈스턴이 줄리아에 바치는 맺어지지 못할 사랑의 찬가 "We Are The Dead"다. 앨범에서 가장 관능적이고 진심이 느껴지는 순간이다. 곡의 제목인 "우리는 죽은 몸이야"는 그들의 비밀 은신처에 군대가 들이닥쳐 두 사람이 영영 만나지 못하게 되기 바로 전에 윈스턴이 줄리아 곁에 누워서 하는 말이다.

· 같이 들으면 좋은 노래: "Big Brother"
· 이어서 읽으면 좋은 책: 마거릿 애트우드의 《시녀 이야기》

29

《혹스무어》
—피터 애크로이드(1985)

　니콜라스 혹스무어는 18세기 초에 활동한 영국 건축가였다. 과학적 합리주의가 마법과 종교의 자리를 차지하기 시작하던 바로 그 무렵이다. 1680년 열여덟 살이던 그는 크리스토퍼 렌Christopher Wren에게 발탁되어 햄튼 코트 궁전과 렌의 걸작 세인트 폴 대성당 같은 기념비적인 프로젝트에 참여했다. 유능하고 근면했던 혹스무어는 곧 자신의 이름으로 인정을 받았다. 그는 옥스퍼드 올 소울스 칼리지의 일부를 설계했고, 존 밴브루John Vanbrugh와 함께 캐슬 하워드와 블렌하임 궁전을 작업했다. 그러나 그의 대표작은 대화재 이후 런던을 재건하려는 계획의 일환으로 의뢰받아 작업한 런던 교회들이다.

이런 교회들을 중심으로 음험한 소문이 돌았다. 그가 몸 담았던 신비주의 단체 프리메이슨—보위가 크게 관심을 가졌던 장미십자회(160쪽 에드워드 불워-리튼 참고)와도 연관된다—의 영향으로 혹스무어는 교회 구조물에 이교도의 상징과 모티프를 사용했다. 가령 블룸스버리의 세인트 조지 교회에는 기괴한 피라미드형 탑이, 올드 스트리트의 세인트 루크 교회에는 오벨리스크 첨탑이 있다. 저술가이자 심리지리학자 이언 싱클레어는 1975년에 발표한 산문시 〈루드 히트〉에서 이런 교회들이 오컬트의 의미가 있는 체제의 일부였으며 레이 라인ley line(중요한 고대 유적과 장소, 지형들을 이은 가상의 선—옮긴이) 비슷한 막강한 선들을 따라 지어져서 오각별 모양을 이룬다고 주장했다.

T. S. 엘리엇(93쪽 참고)의 전기를 막 출간한 애크로이드는 싱클레어를 접하고는 혹스무어라는 인물을 활용하여 18세기와 20세기에 벌어진 일련의 살인사건들을 연결하는 스릴러의 아이디어를 얻었다. 18세기 산문을 모방한 문체로 쓰인 '역사적' 파트에서 건축가 니콜라스 다이어(혹스무어를 모델로 한)는 제의의 제물로 바쳐진 피로 자신이 세운 교회들을 축성한다. **현재** 파트에서는 니콜라스 혹스무어 경관이 이런 교회 부지에서 일어난 교살 사건들을 수사한다. 두 이야기는 으스스하게 서로를 비춘다. 시종일관 두 명의 니콜

라스는 서로를 그림자처럼 따라다니다가 마지막에 가서 오싹하면서 환각적인 영성체 행위를 통해 하나가 된다.

"Thru' These Architect's Eyes"와 "A Small Plot of Land" 같은 노래 제목을 보면 보위는 "예술적-제의적 살해"에 관한 앨범 〈1. Outside〉를 작업하던 1990년대 초중반에 《혹스무어》를 읽은 것으로 짐작된다. 2003년 〈Reality〉 앨범을 홍보하려고 만든 단편영화에서도 보위는 이 소설을 언급했다. "영국에 피터 애크로이드라는 작가가 《혹스무어》라는 책을 썼어요 (…). 크리스토퍼 렌의 제자였던 건축가가 설계한 교회들이 나오는 소설이죠. 하지만 그는 이교도이기도 했으며 런던 곳곳의 묘지에 교회를 지었습니다. 그래서 그가 만든 이런 다섯(교회들)은 오각별 모양을 이룹니다. 무척이나 강렬한 책이며 꽤나 무섭습니다."

· 같이 들으면 좋은 노래: "Thru' These Architect's Eyes"
· 이어서 읽으면 좋은 책: 이언 싱클레어의 《영토를 찾아 나서다》

30

《단지 흑인이라서, 다른 이유는 없다》

─제임스 볼드윈(1963)

1993년에 나온 동명 앨범의 수록곡 "Black Tie, White Noise"는 보위의 가장 직설적인 노랫말을 담고 있으며 아마도 인종이라는 주제에 대한 그의 가장 개인적인 진술일 것이다. 얼마 전 결혼한 보위와 이만은 1992년 LA 폭동을 피해 호텔방에서 사랑을 나눈다. 그러나 이렇게 더없이 친밀한 순간에 보위는 소말리아 출신의 아내 눈을 들여다보며 생각한다. 선의의 백인 자유주의자인 자신이 그녀의 흑인스러움을 정말로 이해하는지, 혹시 베네통 광고와 같은 다문화적 환상 속에서 살아가는 것은 아닌지 말이다. 유명한 백인으로서 저 아래에서 난동을 부리는 흑인 군중들이 두려운 것이다. 이만에게 그들의 분노에 공감하는 부분이 있다면,

혹시 그것이 그에게로 향하지 않을까? 세 번씩이나 반복하는 놀라운 구절에서 보위는 이만이 (그리고 같이 노래하며 이만의 대역을 맡고 있는 알 비 슈어!Al B. Sure!도) 자신을 죽이지 않을 것이라고 스스로를 안심시킨다. 그러고 나서는 자신도 이유가 궁금하다고 한다. 백인들의 끔찍한 인종차별과 흑인들을 학대한 역사를 고려한다면 죽일 법도 하기 때문이다.

당연하게도 이만이 그를 죽이지 않는 이유는 그를 사랑하기 때문이다. 제임스 볼드윈은 역사상 가장 지혜로운 비판의 글로 꼽히는《단지 흑인이라서, 다른 이유는 없다》에서 확실히 말한다. "가면 없이는 살 수 없을 것 같지만 가면을 쓰고서는 살 수 없다는 것을 아는 우리에게 사랑은 가면을 벗게 해준다."

두 부분으로 되어 있는 책은 미국 흑인 '해방' 100주년을 맞아 볼드윈이 조카에게 보내는 편지로 시작한다. 종속절과 성경의 운율을 풍부하게 사용하는 볼드윈 문장의 우아함은 분노의 기능을 한다. LA 폭동을 일으켰던 바로 그 분노다. 아울러 진짜 백인의 소음을 지워야 한다는 절박한 필요이기도 하다. 그것은 자신들의 조상이 이웃과 소수 민족을 항상 훌륭하게 대한 현명하고 공정한 영웅들이었다고 굳게 믿고자 백인들이 들먹이는 허황한 민족 신화다.

볼드윈은 조카에게 해줄 말이 있다. 그를 받아들이고 말고는 백인들이 결정할 일이 아니라고 말한다. 그는 그들처럼 흉내 내거나 자신을 백인 세계가 생각하는 모습으로, 즉 열등한 존재로 믿어서도 안 된다. 백인들이 내세우는 기준이 허상으로 밝혀진 마당에 왜 흑인들이 그것을 존중해야 한단 말인가?

그의 입장은 확고하게 들린다. 하지만 볼드윈도 보위와 마찬가지로 미래에는 인종을 뛰어넘어야 한다고 믿는다. 혼혈, 관용이 나아갈 길이다. 다른 인종 간의 결혼과 혼혈아 문제에 관해서는 어느 쪽도 충격이나 반감이 있을 수가 없다. 책에서 볼드윈은 분리주의 단체 '이슬람 국가Nation of Islam'의 일라이저 무하마드Elijah Muhammad를 만나 그가 주장하는 흑인의 자급자족과 자기존중의 원칙을 이해하지만, 그가 추종자들에게 고취하는 집단 사고에는 의구심을 느낀다. 볼드윈에게는 목숨 걸고 믿을 수 있는 백인 친구들이 있다. 백인들이 역사적으로 저지른 나쁜 일들에도 불구하고 이렇게 한다고? 무하마드라면 아니라고 할 것이다. 하지만 볼드윈에게는 앞으로 나아가려면 다른 방법이 없다.

볼드윈은 인종적 차이에 인위적으로 만들어진 측면이 있다고 보았다. 그래서 억압의 도구가 된 것이다. "피부색은 인간이나 개인의 현실이 아니다. 정치적 현실이다." 이런 견해 때문에 그는 1960년대 후반과 70년대 초반의 급진적인 흑인 운동과 구별된다. 몇몇 추종자들과 지도자들, 대표적으로 엘드리지 클리버Eldridge Cleaver는 볼드윈의 동성애 성향을 불신의 눈초리로 보았고 배신으로 여기기도 했다. 볼드윈은 고정된 역할을 맡거나 대변인이 될 생각이 없었으므로 스물네 살에 프랑스로 거처를 옮겼다.

보위의 목록에는 흥미진진하거나 재밌거나 정보가 되는 책들이 많다. 많은 책이 중요한 의미를 지니고 있다. 그중에서도 《단지 흑인이라서, 다른 이유는 없다》는 반드시 읽어야 할 책이다.

· 같이 들으면 좋은 노래: "Black Tie, White Noise"
· 이어서 읽으면 좋은 책: 제임스 볼드윈의 《또 하나의 나라》

31

《서커스의 밤》

—앤젤라 카터(1984)

어렸을 때 브릭스톤에서 보드빌 쇼를 보고 록스타로 투어를 다니면서 퇴폐적인 무대를 꾸미기도 했던 보위가 유랑 서커스단과 프릭쇼(기형의 외모를 가진 사람들을 볼거리로 내세운 쇼—옮긴이)에 대해 잘 알고 있었다는 것은 새삼 재론할 필요도 없는 사실이다. 그러니 그가 가장 과소평가된 1980년대 영국 소설 가운데 하나인《서커스의 밤》을 칭찬한 것은 뜻밖의 일이 아니다. 카터는 1992년 쉰한 살에 폐암으로 죽기 전에 한 작품을 더 썼을 뿐이다.

민담과 동화를 바탕으로 하여 카터는 시간과 공간의 모든 관습적 법칙들이 통하지 않는 황홀한 꿈-현실을 만들어 냈다. 글램 록과도 살짝 비슷한데 이에 대해 카터는 댄디즘,

"억압받은 자들의 양면적 쾌거"라고 했다. 그녀가 쓴 이야기와 소설들은 주로 이국적 무대를 배경으로 수완 좋은 여걸들이 잔혹하고 독재적인 악당에 맞서 싸우는 페미니즘 우화의 형식을 취한다. 《서커스의 밤》은 피카레스크 소설의 전통을 끌어온다. 미겔 데 세르반테스의 《돈키호테》나 찰스 디킨스의 《픽윅 클럽 여행기》를 생각해보시라.

《서커스의 밤》은 우리를 상트페테르부르크와 시베리아로 데려간다. 하지만 그 전에 이야기는 1899년 런던, (본인 말로는) 알에서 부화했다는 화제의 공중곡예사 소피 페버스의 분장실에서 시작된다. 이 거구의 기형 여인은 미국의 신문기자 잭 월서에게 자신의 이야기를 털어놓는데, 그 이야기라는 것이 참으로 놀랍다. 페버스는 태어나자마자 부모에게서 버려져서 매춘부들 손에서 자랐고, 그들의 마스코트인 하얗게 분칠한 '코크니의 비너스'로 키워졌다. 사춘기가 되자 등에서 솜털이 돋아 날개로 자랐다. 그러나 (본인 말로는) 그녀는 아직 처녀라고 한다. 역사상 세상에서 단 한 명뿐인 날개 달린 동정녀이다.

좋았던 시절이 끝나자 페버스는 보다 추악한 다른 매음굴로 옮겨가서 묘지 대리석 비석에 새겨진 천사 모습을 한 '잠자는 미녀'의 역할을 한다. 그리고 나서는 장미십자회 (180쪽 에드워드 불워-리튼 참고) 창설자 이름을 따서 자신을

피에로
(뮤직비디오 "Ashes To Ashes", 1980)

'크리스티안 로젠크로이츠'라고 부르는 광신자에게 희생될 위기를 용케 면한다. 그녀는 믿기 힘든 상황에서 살아남았다. 스스로를 완고한 회의론자로 여기는 월서이지만 그 모습에 매료되어 페버스의 '대제국 투어'에 광대로 합류하기로 한다. 호랑이들과 왈츠를 추는 학대받는 미뇽, 미뇽을 학대하는 남편이자 원숭이 조련사 라마크 씨, 앞날을 내다볼 줄 알아서 서커스단의 매니저 키어니 대령이 사업 관련 결정을 내리기 전에 자문을 구하는 돼지 시빌과 함께.

페버스는 사기꾼일까? 그런데 그것이 중요할까? (쥐라기 기술 박물관에 관한 책 로런스 웨슐러의 《월슨 씨의 경이로운 캐비닛》(419쪽 참고)을 상기시키는 대목들이 여기에 나온다. 박물관은 페버스의 고향과 같은 곳이다.) 《서커스의 밤》은 페버스가 저도 모르게 비밀을 드러내는 것처럼 보일 때에도 우리를 계속

추측하게 만든다. 코크니 억양으로 높낮이를 획획 바꿔가며 그녀가 털어놓는 묘한 매력의 허튼소리는 가끔 영락없이 보위의 목소리처럼 들린다.

· 같이 들으면 좋은 노래: "Look Back in Anger"
· 이어서 읽으면 좋은 책: 앤젤라 카터의 《피로 물든 방》

32

《초월 마법》: 그 교리와 의식

―엘리파스 레비(1856)

이 책은 보위의 코카인 중독이 극에 달했던 1975년경, 그의 이동식 도서관에 있었던 잘 알려지지 않은 대작이다. 엘리파스 레비는 파리의 가난한 제화공 아들 알퐁스 루이 콩스탕의 히브리어 필명이다. 독실했던 그는 가톨릭 사제 수업을 받았지만 서품을 받지는 않았다. 자유롭게 결혼할 수 있는 몸이 되어 결혼도 했지만 아내가 떠났고, 이후 그는 최면술, 타로, 특히 유대교 신비주의 계파인 카발라에 강박적으로 심취했다.

레비는 그의 책 《초월 마법》이 출간되면서 오컬트계에 점차적으로 영향을 미쳤다. 영어판 서문에 보면 이 마법사는 "보통 집에서는 일종의 마법의 예복을 입었다"고 하는

데, 유일하게 남아 있는 그의 사진으로 본다면 앞에 단추가 달린 실내용 가운이다. 존 덴리John Denley라는 런던 코번트 가든의 유명한 오컬트 서적상의 직원이던 프레더릭 호클리 Frederick Hockley 같은 영국 마법계의 주요 인물들이 그의 집을 성지순례로 찾았다. 레비도 영국을 1854년과 1861년 두 차례 찾았고, 두 번 모두 정치가이자 소설가였던 에드워드 불워-리튼의 넵워스 저택에서 환대를 받았다. 보위가 좋아한 불워-리튼의 《마법사 자노니》(179쪽 참고)에 보면 덴리가 "팔리지 않는 보물을 구매하는 데 큰돈을 쓴" 서적상 'D'로 잠깐 등장한다.

카발라는 초월적 영성을 다룬 보위의 대작 "Station to Station"의 바탕을 이룬다. 케테르에서 말쿠트로 이어지는 마법 같은 움직임, 다시 말해 세피로트(생명의 나무)의 꼭대기 천상에서 맨 아래 세속으로 내려오는 것을 다룬다. 세피로트는 1에서 10까지 표시된 단계(스테이션)가 있고 이를 세 개의 기둥이 떠받치는 도표로 표시된다. 오른쪽 기둥은 '자비'를, 왼쪽 기둥은 '공의'를, 신의 성격이 아래까지 흐르는 중앙의 기둥은 '균형'을 나타낸다. 스티브 샤피로Steve Schapiro 가 줄무늬 점프수트 차림의 보위를 찍은 유명한 사진에서 그가 이 그림을 삐뚜름하게 그린 것을 볼 수 있다. 이것은 1991년에 재발매된 "Station to Station"에서 아트워크로 활

《거짓말의 책》
알리스터 크롤리

용되었다.

카발라 법에 따르면 인간은 자신의 영체astral body를 매개체로 하여 더 높은 신의 영역과 연결됨으로써 세속의 영역에서 벌어지는 사건들을 조종할 수 있다. 보위가 "Breaking Glass"에서 카펫에 끔찍한 뭔가를 그렸으니 보지 말라고 우리에게 경고할 때, 그는 환영을 불러오거나 누군가를 악의적으로 조정하고자 바닥에 선들과 상징들의 특정한 조합을 그리는 관행을 언급하는 것이다(레비는 이런 흑마술을 '비이성의 전염병'이라고 부르며 멀리하도록 주의를 주었다). "뭘 그리는 draw 거죠?" 1974년 미국의 토크쇼 진행자 딕 카벳Dick Cavett이 야위고 콧소리가 심한 게스트 보위가 지팡이로 바닥에 뭔가를 끄적이는 것을 보고 물었다. "당신 관심을 끌려는 draw 거예요." 보위가 번개처럼 빠르게 대답했다.

· 같이 들으면 좋은 노래: "Station to Station"
· 이어서 읽으면 좋은 책: 엘리파스 레비의 《카발라의 신비》

33

《핑거스미스》

—세라 워터스(2002)

1960년대 말의 어느 밤, 데이비드 존스는 이부형 테리와 집으로 돌아가던 중이었다. 중요한 날이었다. 베케넘에서 크림의 공연이 있었던 것이다. 테리는 록 콘서트가 처음이었다(그는 항상 록보다 재즈를 더 좋아했다). 그런데 갑자기 테리의 행동이 이상해졌다. 도로의 갈라진 틈에서 불길이 치솟는다면서 네 발로 엎드리더니 도로를 부여잡고는 자신이 공간 속으로 빨려 들어갈 것 같다며 겁을 먹었다.

"형이 공군에서 복무를 마치고 돌아왔을 때 20대 초반이었고 나는 열 살이었습니다." 보위는 잡지 〈크로대디〉에서 이렇게 말했다. "비참해 보였어요. 학교에서 엄청 수재라는 말을 들었던 그가 갑자기 식물처럼 구는 겁니다. 말도 안 하고 책도 안 읽고 아무것도 하지 않았어요." 테리는 조현병 진단을 받았고 크로이던 인근 쿨스던의 케인 힐 병원에 구금되었다(358쪽 R. D. 랭 참고). 1985년 1월 16일, 그는 기차역으로 걸어가 레일 위에 누웠다. 전에 한 번 시도했던 자살 방법이었다. 그때는 무산되었다. 이번에는 성공했다.

정신병은 데이비드 보위의 집안 내력이었다. 그가 저주라고 생각한 그것은 모계에 집중적으로 나타났다. 비비안, 우나, 노라 이모 모두가 어느 정도 증상을 보였고, 비비안은 테리처럼 조현병이었다. 자신도 유전자를 물려받았을지 모른다는 두려움이 평생 보위를 괴롭혔다. 〈Aladdin Sane〉의 구슬픈 말장난에서 〈Low〉의 낮게 깔린 저음이 상기시키는 멍한 긴장증(근육이 경직되어 활동성이 극도로 떨어지는 증상—옮긴이)에 이르기까지 그의 앨범에 정서불안 집착이 계속 등장하는 이유다. 그러니 그가 좋아한 많은 책이 이런 주제를 다루는 것은 놀랍지 않다.

세라 워터스의 2002년 소설 《핑거스미스》도 그런 책이다. 워터스에게 명성을 안겨준 '레즈비언 빅토리아 시대 오락물'(작가가 스스로를 희화화하여 붙인 표현) 3부작의 마지막으로, 메리 엘리자베스 브래든의 《오들리 부인의 비밀》, 셰리던 르 파뉴의 《장미와 열쇠》, 월키 콜린스의 《흰옷을 입은 여인》 같은 1860~70년대 영국 '센세이션 소설'의 사랑스러운 혼성모방이다. 여기서 광기는 신분 도용 및 오랫동안 감추어졌던 출생의 비밀과 더불어 소설을 구성하는 재료가 된다. 센세이션 소설의 목표는 달콤하고 위반적이고 거의 에로틱한 전율을 선사하는 것이다. 《핑거스미스》의 플롯은 비밀과 속임수가 기분 좋게 난무한다. 리처드 '젠틀맨' 리버스는 도둑 소굴로 유명한 런던 버러에서 좀도둑('핑거스미스')으로 자란 고아 수를 찾아가 자신이 순진한 상속녀 모드와 결혼해서 그녀의 유산을 챙길 계획이라며 도와달라고 한다. 수는 사례금을 받기로 하고 모드의 하녀겸 보호자로 들어간다. 그러나 그녀는 모드와 사랑에 빠지고 만다. 어찌나 홀딱 반했는지 자신도 사기에 휘말렸다는 사실을 눈치채지 못한다.

소설은 중반을 넘어가면서 《흰옷을 입은 여인》에서 빌려온 반전으로 독자들을 자빠뜨리고 보위의 노래 "All The Madmen"에 나오는 차가운 회색 대저택으로 몰아넣는다. 그러나 《핑거스미스》는 혼성모방에 그치지 않는다. 이 작품의 뛰어난 점은 참조한 소설들을 훌쩍 뛰어넘어 놀랍도록 활기찬 새로운 작품이 되었다는 점이다. 참신한 연상들을 끌어내고 빅토리아 원작에 잠재되어 있던 것을 전면에 부각함으로써 워터스는 남의 것을 슬쩍 가져와 자기화하는 보위의 예술가 전략을 반영한다. 보위의 글램 동료 록시 뮤직은 이런 전략을 가리켜 리메이크, 리모델링이라고 했다.

보위는 속어와 오컬트 신비를 좋아했다. 워터스는 포르노그래피를 강박적으로 수집하는 (그리고 모드에게 큰소리로 읽게 하는) 모드의 삼촌 크리스토퍼 릴리가 헨리 스펜서 애슈비Henry Spencer Ashbee를 모델로 했다고 밝혔다. 1877년부터 1885년까지 그는 피사누스 프락시라는 필명으로 호색문학에 관한 참고문헌을 세 권으로 정리하고 주석을 달아 출판했다. 소문에 따르면 빅토리아 시대 성생활을 담은 회고록 《나의 비밀스러운 삶》의 저자 '월터'의 실제 인물이 애슈비라고 한다. 이 책은 알리스터 크롤리가 좋아했다고 하니, 크롤리의 팬인 보위는 이렇게 얽힌 관계를 보며 즐거워했을 것이다.

· 같이 들으면 좋은 노래: "All The Madmen"
· 이어서 읽으면 좋은 책: 세라 워터스의 《티핑 더 벨벳》

34

《내가 죽어 누워 있을 때》

—윌리엄 포크너(1930)

1990년대 후반에 보위는 들쭉날쭉하고 니코틴으로 누레 진 '영국식 치아'(유럽에서는 고르지 않은 치열을 가리켜 이렇게 British teeth라고 부른다—옮긴이)를 교정했다. 그 순간 그는 1920년대 미시시피 주 시골의 삶을 조밀하게 묘사한 포크너의 소설 《내가 죽어 누워 있을 때》에서 치아가 얼마나 중요한 역할 을 하는지 실감했을 것이다. 치아와 섹스야말로 앤스 번드 런이 죽은 아내 애디의 유언을 흔쾌히 존중하여 그녀의 시 신을 그들이 사는 외딴 마을에서 40마일 떨어진 잭슨까지 가져가서 그녀의 가족들 옆에 묻어주려는 이유다. 그는 사 실 의치와 새 아내를 원했던 것이다. 그래서 그는 혹독한 더 위에 애디의 시신이 부패하기 시작하는 것을 신경 쓰지 않는다. 그와 가족—예민한 달, 목수 캐시, 폭력적인 주얼, 임신한 듀이 델, 충격을 받은 막내 바더만—이 건너야 할 다리가 완전히 쓸려 내려가는 것도 개의치 않는다.

이 모더니즘 걸작에서 포크너는 다양한 관점을 동원하여 그 여행에 관한 묘사를 다면화한다. 대부분은 가족의 관점이지만 이웃 사람들의 관점과 애디를 보살폈던 의사의 관점도 있다. 55편의 내면의 독백 가운데 19편이 달의 독백이다. 이것은 문제가 된다. 소설이 진행되면서 달의 정신 상태가 갈수록 악화되기 때문이다. 그는 가족의 상황이 시급하게 돌아가는 것을 누구보다 날카롭게 느끼는 듯하다. 그래서 어느 밤에 고약한 냄새를 풍기는 애디의 관이 놓인 헛간에 불을 지르고, 그 결과 체포되어 정신병원으로 끌려간다. 문학 비평가들은 입을 모아 조현병이라고 진단한다. 그의 독백이 으스스한 느낌이 들게 명료하고 지적인 것은 그 때문이라고 말한다. 정신병 덕분에 달은 남들과는 다른 것을 보는 관찰자, 시인, 예언자가 된다. 이것은 R. D. 랭(358쪽 참고)과 상통하는 시각이다.

발전소에서 근무하며 밤마다 글을 써서 《내가 죽어 누워 있을 때》를 6주 만에 완성했다는 포크너를 보위는 어디서 처음으로 접했을까? 어쩌면 같은 제목의 포크너 단편 〈에밀리에게 바치는 한 송이 장미〉의 내용을 2분 19초로 압축

한 좀비스의 노래 "A Rose for Emily"가 시작이었을 수도 있다. 보위는 자신의 작품에서 남부 고딕 세계를 대체로 멀리했다. 그럼에도 이런 세계는 〈1. Outside〉 앨범에 스며들어 있다. 그리고 그가 말년에 내놓은 광란의 살인 발라드 "Sue (Or In A Season Of Crime)"가 있다. 가망 없는 행위에 대한 끝없는 믿음을 이야기하는 이 곡은 《내가 죽어 누워 있을 때》의 훌륭한 요약본이다.

· 같이 들으면 좋은 노래: "Please Mr. Gravedigger"
· 이어서 읽으면 좋은 책: 윌리엄 포크너의 《소리와 분노》

35

《노리스 씨 기차를 갈아타다》

—크리스토퍼 이셔우드(1935)

1970년대 베를린은 나치의 망령이 여전히 떠도는 암울한 분단 도시였다. 평판도 안 좋고 험악한 그곳에 예술가들과 사회운동가들이 모여들었고, 당시 최고 음악인 노이!Neu!, 크라프트베르크Kraftwerk, 탠저린 드림Tangerine Dream도 그곳에서 나왔다. 보위와 이기 팝은 1976년 8월에 베를린으로 가서 터키인들이 주로 사는 쇠네베르크 지구의 하우프트슈트라세 155번지에 있는 수수한 아파트를 빌렸다.

당시 스물아홉 살이던 보위는 거의 빈털터리였다. 명성에 중독되었지만 명성이 안겨주는 과시적인 요소들은 따분해했다. 베를린은 그에게 안식처가, 창조력을 재충전할 수 있는 휴식처가 될 터였다. 다행히도 그에게는 도시의 어두운 신비로 데려갈 영적 안내자가 있었다. 바로 크리스토퍼 이셔우드였다.

이셔우드가 쓴 두 편의 반자전적 '베를린 이야기'—《노리스 씨 기차를 갈아타다》(1935)와 《베를린이여 안녕》(1939)—는 다양하게 각색된 형태로 보위에게 가닿았을 것이다. 그중 가장 유명한 것은 칸더와 엡의 1966년 브로드웨이 뮤지컬 〈카바레〉이다. 1969년 10월 보위가 베를린에 처음 갔을 때 그와 동행했던 매니저 케네스 피트는 11월 초 영국으로 돌아오고 난 직후에 BBC에서 방영된 이셔우드에 관한 다큐멘터리 〈타고난 외국인〉을 보도록 그에게 권유했을 것이다.

1968년 런던에서 공연된 〈카바레〉에서는 주디 덴치Judi Dench가 샐리 보울스 역을 맡았다. 1972년에 나온 영화는 지기 스타더스트 무대에 크나큰 영향을 미치기도 했다. 그러다가 보위는 1970년대 중반 미국에 있을 때 이셔우드를 다시 발견하고 만났다. 1976년 3월 로스앤젤레스에서 공연을 마쳤을 때, 이셔우드가 예술가 데이비드 호크니David Hockney와 함께 무대 뒤로 찾아와 인사를 했던 것이다. (이후 두 사람은 친하게 지냈고, 4년 뒤 이셔우드는 연극 〈엘리펀트 맨〉의 초연 날 청중석에 있었다.)

수척하고 코카인에 절은 보위는 바이마르 베를린에 대한 낭만적 집착을 발전시켰다. 그곳은 이셔우드가 표현한바 증

오가 갑자기 난데없이 분출하는 곳이었다. 이런 증오의 근원을 알아내고자 보위는 오컬트에 심취한 니체적 권력자 '씬 화이트 듀크' 캐릭터를 만들어 앨범 〈Station to Station〉에 활용했고, 그런 다음 자신과 이기 팝이 과도한 몰입에서 벗어날 방도를 궁리했다. 그것은 이셔우드와 그의 연인이자 멘토인 W. H. 오든이 1939년에 베를린을 도망쳐 미국으로 간 여행을 명민하게 뒤집은 것이었다.

까칠하고 냉담한 이셔우드는 영국에서 하던 의학 공부를 그만두고 활기찬 퇴폐와 고분고분한 남창으로 유명한 도시에서 성생활을 즐기고자 1928년에 베를린으로 갔다.《노리스 씨 기차를 갈아타다》는 나치의 통제가 조여 오는 가운데 그가 그곳에서 겪은 모험을 살짝 내숭을 떨며 기록한다. 수동적이고 카메라 같은 관찰자 시선을 취하는 화자 윌리엄 브래드쇼(이셔우드의 분신), 사기꾼과 기회주의자 느낌이 나고 정확히 무슨 일을 하는지 알 수 없는 아서 노리스, 이렇게 두 사람의 관계에 초점을 맞춘다.

기억에 남는 둘의 첫 만남이 기차에서 일어난다. 겁에 질려 땀을 뻘뻘 흘리는 노리스는 위조 여권으로 여행 중이다. 이셔우드/브래드쇼는 노리스의 기괴한 외양—엉뚱하고 크기도 맞지 않은 가발, 엄청나게 크고 삐뚤어진 코, 돌멩이가 깨진 것 같은 지독한 이—을 무심하게 즐긴다. 그러나 이런 외양에도 불구하고 노리스의 속내는 알기가 어렵다. 이셔우드는 한때 스파이였다가 공산주의 선동가였다가 알리스터 크롤리와 한집에 살았다고도 하는 수수께끼의 인물 제럴드 해밀턴Gerald Hamilton을 참조하여 노리스를 만들었다.

이셔우드는 남창들에 끌려 베를린을 사랑했지만, 외국인으로서 어쩔 수 없이 느끼게 되는 거리감 때문에 자신이 더 좋은 소설가, 오든이 항상 그에게 될 수 있다고 말했던 그런 소설가가 되었다고 믿었다. 베를린을 무대로 한 소설들은 이셔우드가 도달한 예술적 정점이었고, 그는 1964년에서야 《싱글맨》(2009년 톰 포드Tom Ford에 의해 영화로 만들어졌다)으로 다시 그 수준에 오를 수 있었다.

보위와 팝은 이셔우드가 말한 외국인의 신비스럽고 마술적인 처지를 끌어안으면서 베를린에서 자신들을 새롭게 창조했다. 그들은 이셔우드가 그랬듯이 열심히 파티를 했고, 여기에는 보위의 트랜스젠더 연인/뮤즈 로미 하그Romy Haag 같은 이들의 도움이 있었다. 그러는 와중에 보위는 시간을 내서 브라이언 이노, 토니 비스콘티와 함께 베를린 장벽 인근에 위치한 낡은 한자Hansa 스튜디오에서 〈Low〉를 마무리하고 〈Heroes〉 앨범 전체를 녹음했다.

· 같이 들으면 좋은 노래: "Art Decade"
· 이어서 읽으면 좋은 책: 스티븐 스펜더의 《템플》

36

《길 위에서》

—잭 케루악(1957)

보위는 이부형 테리 덕분에 세상의 힙한 것들을 접하게
되었다. 존 콜트레인, 에릭 돌피, 토니 베넷, 자메이카의 '블
루비트' R&B 모두 테리가 알려준 것들이다.《길 위에서》도
그중 하나였지만 명백히 가장 중요한 것이었다. 열두 살이
던 보위에게 케루악의 비트 고전을 소개함으로써 테리는 그
의 세계관을 바꿔놓았고 고향 브롬리에 대한 그의 문화적
환멸을 심화시켰다. 책을 읽고 나서 보위는 그림을 그리기
시작했으며, 아버지에게 색소폰을 배우게 해달라고 졸랐다.

《길 위에서》의 주제는 자유, 탈출, 자발성, 창조성이다(여
기에 약물과 섹스도). 미국의 가능성 내지 미국의 이상을 다루
는데, 이것은 어린 보위가 상상했던 사람들로 북적이고 다

양성을 갖춘 미국의 모습과 일치한다. 이런 환상적인 나라 미국과 냉전 시대 비판자들이 바라본 폐쇄적이고 망상적이고 전쟁을 일삼는 미국 사이의 긴장감은 보위를 계속해서 매혹했다. 그의 목록에 미국 작가들, 특히 제1차 세계대전 당시 성년이 되었던 '잃어버린 세대'의 소설가들과 시인들(F. 스콧 피츠제럴드, 존 더스 패서스, 윌리엄 포크너, 하트 크레인)이 그토록 많은 이유다. 그들은 존 판트John Fante와 대실 해밋Dashiell Hammett 같은 명백한 비트 선구자들만큼이나 비트 문학에 우호적인 분위기가 자리 잡아는 데 중요한 역할을 했다.

잭 케루악은 프랑스-캐나다계 가톨릭 집안 출신으로 미식축구 스타였고 대학을 중퇴했다. 1946년부터 1948년까지 로스앤젤레스, 샌프란시스코, 멕시코시티, 덴버 등 미 대륙 곳곳을 여행했는데, 종종 그의 친구이자 뮤즈인 닐 캐서디Neal Cassady가 동행했다. 이 여행은 《길 위에서》의 바탕이 되었다. 책은 1951년 4월에 완성되었지만 출판사를 찾지 못해서 1957년에야 출간되었고, 그 무렵이면 또 하나의 비트 고전인 앨런 긴즈버그의 예지적 시 〈울부짖음〉이 성공하여 길을 닦아놓은 뒤였다.

《길 위에서》의 중심축은 케루악 본인의 분신인 샐 파라다이스와 캐서디를 모델로 한 딘 모리아티의 관계다. 절도를 일삼는 슬럼가 소년이었지만 대단히 총명하여 독학으로 공부한 캐서디는 비트족의 핵심 인물이었다. 보위는 누구에게 더 강하게 끌렸을까? 딘을 오래전에 잃었던 형제로 생각하는 작가 샐일까, 아니면 특별한 광기로 번뜩이는 사람답게 따분하고 일상적인 말은 일절 하지 않고 폭죽처럼 타오르는 비트 미학의 화신 딘일까? 확언하건대 사춘기 보위는 10년 안에 자신이《길 위에서》가 바탕을 두고 있는 실제 인물들인 긴즈버그, 윌리엄 S. 버로스 같은 비트족의 거물들과 어울리리라고는 상상도 못 했을 것이다.

《길 위에서》가 보위에게 안겨준 지대한 충격은 세 부문으로 정리된다. 먼저, 1999년 그가 〈Q〉에서 밝혔듯이 "나도 저렇게 (미 대륙 여행을) 하고 싶다"는 생각을 갖게 했다. "브롬리 사우스 역에서 망할 기차를 타고 빅토리아 역까지 가서 지긋지긋한 사무실에 틀어박혀 일하는 생활은 하고 싶지 않았습니다."

둘째, 예술이 어떻게 만들어질 수 있는지 새롭게 생각하게 했다. 케루악의 '자발적 산문'—그는 벤제드린(각성제)을 삼켜가며 3주 만에 긴 두루마리 종이에《길 위에서》를 타이핑했다—은 찰리 파커와 셀로니어스 몽크 같은 비밥 뮤지션들의 즉흥적 기백과 상통하는 문학 기법이었다. 그것은 보위에게 여러 다른 예술 형식들이 어떻게 같은 출처에서 비롯되고 서로를 보완하는지 보여주었다. 그리고 다른 규칙에 바탕을 둔 작곡 기법, 예컨대 버로스와 브라이언 가이신이 선보인 잘라내기 기법이라든가 존 케이지(139쪽 참고)의 우연성 기법에 관심을 두게 했다.

셋째, 《길 위에서》는 예술의 작업을 영적 탐색으로 여겼다. 비트와 선불교는 초월적 순간 그 자체에 집중한다는 점에서 자연스럽게 어울렸다. 미국 서해안에서 비트 운동을 이끌었던 시인 게리 스나이더Gary Synder는 1950년대 중반에 케루악에게 선불교를 소개했다. 그는 참선을 하러 일본으로 떠나기 전에 케루악을 데리고 요세미티 국립공원의 매터혼 산을 올랐다. 이 여행은 케루악에게 초자연적 통찰―"산에서 떨어지는 것은 불가능하니 정상에 도달하면 계속 나아가라"―을 열어주었다. 더글라스 하딩(241쪽 참고)이 머리가 없어진 것을 깨닫고 놀라워한 경험과 비슷하다.

케루악의 방법의 핵심은 선불교에서 끌어낸 비트의 격언, "처음 생각한 것이 가장 좋은 생각"이라는 것이었다. 고치고 다듬으면 감흥이 망가지고 **순간**이 사라진다. 케루악이 〈파리 리뷰〉의 인터뷰어 테드 베리건Ted Berrigan에게 물었듯이, 여러분은 술집에서 어떤 남자가 신나게 이야기하고 있고 청중이 즐겁게 듣는데 갑자기 그가 말을 중단하고는 앞 문장으로 돌아가 더 좋게 다듬는 것을 들어보았는가? 당연히 없을 것이다.

보위는 즉각적인 것을 사랑했는데 바로 케루악에게서 배운 것이다. 그가 어째서 기교가 뛰어난 음악가들을 불신했는지(필요하다면 그런 연주자들을 고용하기는 했지만), 왜 가사를 재빠르게 써내려가고 마지막 순간에 자르고 붙이는 방식을 선호했는지, 왜 노래를 녹음할 때 어쩔 수 없는 상황이 아니면 보컬 녹음을 두 차례 이상 하지 않았는지가 이것으로 설명된다.

· 같이 들으면 좋은 노래: 〈1. Outside〉-비트 정신에 가장 잘 어울리는 보위의 앨범
· 이어서 읽으면 좋은 책: 잭 케루악의 《다르마 행려》

37

《마법사 자노니》

―에드워드 불워-리튼(1842)

"꿈속에서 인간의 모든 지식이 시작되며, 꿈속에서 무한하게 펼쳐진 공간 위로 정신과 정신을, 이 세상과 그 너머 세상들을 잇는 최초의 희미한 다리가 아른거린다."

―에드워드 불워-리튼

에드워드 불워-리튼은 비록 당시 그런 말은 없었지만 록 스타였다. 귀족에 양성애자, 아편 중독자였고, 초자연적인 것에 심취하고 동양에 관심이 많은 댄디였다. 바이런의 연인이었던 괴짜 레이디 캐롤라인 램Lady Caroline Lamb, 그리고 영국 총리를 지낸 벤저민 디즈레일리Benjamin Disraeli와 사귄다는 소문도 있었다. 그토록 자존심 강한 사람이었지만 슬프게도 불워-리튼은 윌키 콜린스의 《흰옷을 입은 여인》(163쪽 세라 워터스 참고)에 영감을 준 사람—그는 아내 로지나를 정신 병원에 집어넣었고, 그녀는 대중의 항의가 이어지자 3주 뒤에 풀려났다—으로, 문학적 성취나 성공한 정치가 경력—그는 1831년에 의원이 되었고 1858년에는 식민부 장관까지 지냈다—보다는 '어둡고 폭풍이 몰아치는 밤이었다'와 '펜은 칼보다 강하다' 같은 문구를 만든 사람으로 더 유명하다.

불워-리튼은 1828년에 발표한 《펠럼》 같은 이른바 '실버 포크silver fork' 로맨스(상류층의 내밀한 삶을 묘사한 통속 소설로 19세기 초에 크게 유행했다—옮긴이)로 일찌감치 성공을 거두었다. 그 이후로 거의 모든 장르에 손을 대서 찰스 디킨스나 월터 스콧보다도 많은 독자층을 거느렸지만, 만년에는 심령물이나 오컬트풍의 SF를 비슷비슷하게 쏟아내며 안주했다. 1871년 작인 《다가올 종족》에는 지하 세계에 살고 공간이 부족해지면 우리가 사는 지상 세계를 침략하려고 하는 초지능 외계인 종족 '브릴-야'가 나온다. 보위는 〈Hunky Dory〉 앨범을 녹음할 무렵에는 이 책을 읽었거나, 그게 아니라면 이 소설과 독일 나치의 전신인 비밀 집단 '브릴회Vril Society'의 관계를 언급하고 있는 《마술사의 아침》(25쪽 참고)은 틀림없이 읽었다. 초지능 외계인 자식들에 의해 밀려날 터이니 조심하라고 부모들에게 경고하는 깜찍한 노래 "Oh! You Pretty

Things"에서 소설 제목을 직접 언급하고 있기 때문이다.

문학적 가치로만 보자면《마법사 자노니》는 불워-리튼의 기준으로도 형편없고 힘이 많이 들어가 있는 소설이다. 윌리엄 메이크피스 새커리는 "미리 계산된 미문美文"이라며 무시했고 저자의 가식을 조롱했다. "그의 손수건에서 나는 향수와 머리카락에 바른 오일 냄새를 지우고, 그가 일주일에 깨끗한 셔츠 세 벌, 일 년에 코트 두 벌로 지내고, 저녁으로 양파를 곁들인 비프스테이크만 먹는다면, (…) 그래도 과연 그를 대단하게 볼 수 있을지 모르겠다"라고 했다. 누군가가 재미로《마법사 자노니》를 읽는 것은 상상하기 어렵다. 그와는 별개로 저자 자신은 이 책을 본인의 최고작이라고 여겼으며 "많은 사랑을 받았고 나의 성숙한 남자다운 모습을 보여주는 작품"이라고 했다. 그렇게 볼 수도 있다.

《마법사 자노니》는 장미십자회 이야기를 다룬 소설이다. 장미십자회란 고대 문명에서 전수된 특별한 지식을 소유한 연금술사들과 현자들의 비밀 결사회가 세상을 지배한다고 믿는 영적 운동이다. (사실 장미십자회와 그 창설자로 알려진 크리스티안 로젠크로이츠 기사騎士는 17세기 독일의 한 신학자가 재미 삼아 만든 것이었다.) 장미십자회는 1970년대 중반 한창 코카인에 취해 있던 보위가 UFO, 연금술, 나치의 오컬트 기원에 매료되었던 바탕이었다.

엘리파스 레비(158쪽 참고)의 친구이기도 했던 불워-리튼은 동양적 사고가 가미된 철학인 신지학에 빠져 있었다. 신지학은 장미십자회와 부분적으로 연관되며, 불워-리튼의 또 다른 친구인 러시아 신비주의자 헬레나 블라바츠키Helena Blavatsky가 창설했다. 블라바츠키는 티베트에 홀로 여행을 갔다가 그곳에서 아서 왕, 토머스 무어, 무굴 제국을 세운 악바르 대제의 환생인 모리아 대사를 만나 비밀스러운 힘을 얻었다고 주장했다.

소설의 주인공 자노니는 부유하고 이국적인 이방인이다("신비스럽고, 묘한 분위기가 있고, 아름다우면서 위엄이 있다"). 결코 늙지 않는 것처럼 보여 나폴리의 사교계 사람들을 당혹스럽게 만드는 그는 장미십자회 단원으로 밝혀진다. 특별한 재능으로 세상에 지식을 널리 전하는 것이 그의 임무이며("어느 시대에나 있는 다수를 개선하는 소수의 인물") 인간과 연을 맺지 않는 한 영생을 누린다. 그러나 그는 오페라 가수 비올라 피사니와 사랑에 빠진다. 그것만으로도 골치가 아픈데, 자노니가 얼마 전 목숨을 구해주었던 영국인 글린던이 그의 연적으로 등장한다.

비올라는 자노니의 비밀을 알아채고는—밀실에서 장미십자회의 힘을 채우는 그를 본다—질겁한다("어째서 내가 전에는 당신의 신비로운 지식에 흠칫 놀라지 않았을까요?"). 그녀는 글린던과 함께 혁명이 벌어지고 있는 파리로 가고, 여차여차하여 단두대 처형을 선고받는다. 두 사람을 따라 파리로 간 자노니는 용감하게 나서서 **자신의** 목을 대신 내어줌으로써 그녀의 목숨을 구한다.

자노니를 배트맨과 스파이더맨 같은 코믹북 슈퍼히어로로의 선구자로 보는 것은 터무니없지 않다. 그리고 보위가 영화에서 맡은 두 인물인 토머스 제롬 뉴턴과 존 블레이록에서 묘하게도(혹은 당연하게도) 자노니의 흔적이 발견된다. 그가 〈지구에 떨어진 사나이〉에서 맡은 외계인 뉴턴은 인간처럼 술과 텔레비전에 지나치게 빠지면서 원래의 힘을 잃으며, 토니 스콧의 영화 〈악마의 키스〉에서 그가 연기한 뱀파이어 첼리스트 블레이록은 자노니의 환생이라 불러도 될 정도다. 왜냐하면 그 역시 18세기 프랑스에서 뱀파이어인 아내를 만나 결혼했기 때문이다.

댄디들이 대부분 그렇듯 불워-리튼도 나이가 들어가는 것을 결코 용납하지 못했다. 초상화가들에게는 자신을 젊은 이로 그리게 했지만, 카메라는 그렇게 쉽게 속일 수 없었다. 1871년 자신의 모습을 찍은 사진을 받아본 그는 "눈보라에 휩쓸려 실종된 퇴직 집사의 유령"같다며 경악했다.

· 같이 들으면 좋은 노래: "Oh! You Pretty Things"
· 이어서 읽으면 좋은 책: 에드워드 불워-리튼의 《다가올 종족》

38

《고래 뱃속에서》
—조지 오웰(1940)

1940년에 조지 오웰(143쪽 참고)은 100권이 넘는 책의 서평을 썼다. 그러니 그가 대체 어떻게 시간을 내서 《고래 뱃속에서》에 포함된 세 편의 훌륭한 에세이를 썼는지 모를 일이다. 〈찰스 디킨스〉와 〈소년 주간지〉는 나름의 방식으로 영국다움이란 무엇인지 생각해보는 글이다. 보위가 항상 관심을 두고 있던 주제인 만큼 그도 그 글에 끌렸을 것이다. 그러나 그를 흥분시킨 것은 양차 대전 사이 파리에서 망명객으로 살아가는 하층민 보헤미안을 다룬 헨리 밀러의 1934년작 《북회귀선》을 기민하게 분석한 〈고래 뱃속에서〉였을 것이다.

오웰은 특정한 역설에 흥미를 느꼈다. 당시 금서로 지정된 밀러의 소설이 다루는 외설적인 소재는 도덕적으로 반듯한 독자들을 소외시켜야 마땅했다. 그러나 실상은 그렇지 않았다. 독자들을 너무도 친숙한 인물들 사이에 둬서 그들에게 벌어진 일이 자신에게도 벌어질 수 있었다고—매음굴에서 쫓겨나 몽파르나스 보도에 쓰러져서 자신이 토한 토사물을 뒤집어쓴 경험이 평생토록 한 번도 없음에도 불구하고—느끼게 만드는 밀러의 재능 덕분이다.

정치적으로 《1984》의 저자는 밀러에게 별 관심이 없었다. 두 사람은 1936년 파리에서 잠깐 만난 적이 있었다. 밀러는 스페인 내전에 싸우러 가는 오웰에게 호의의 표시로 자신이 입던 코르덴 재킷을 주었지만, 자신의 행동으로 파시즘을 멈출 수 있다고 생각하다니 참으로 멍청하다고 그에게 말했다. 그럼에도 오웰은 《북회귀선》을 모두가 읽어야하는 책이라고 생각한다. 문명사회가 무너지든 말든—오웰은 제2차 세계대전으로 그렇게 될 거라고 생각했다—그건 중요하지 않다는 밀러의 믿음을 그 꿋꿋한 불결함에서 읽을 수 있다는 것이다. 그럼으로써 이 작품은 20세기 후반부에 문학이 나아갈 방향을 가리켰으며, (오웰은 이것을 예견하지 못했지만) 특히 비트 문학의 다듬어지지 않은 감수성과 즉각적인 느낌을 내다보았다.

밖에서 벌어지는 거대한 역사적 격변에 소극적으로 무관

심한 채 어둡고 안락한 공간에 틀어박혀 있다는 점에서 밀러는 성경에 나오는 요나와 비슷하다. 그러나 이런 태도는 그를 일반인들과 더 가깝게 해준다. 사람들 대부분은 대체로 소극적이기 때문이다. 오웰은 《북회귀선》이 평범하고 일상적인 경험과 (토하고 배설하고 섹스하는) 신체 활동에 끈질기게 집중하는 것을 좋아했다. 그런 솔직함이 작가와 독자 간에 끈끈하고 공감적인 유대를 만든다. 밀러를 다섯 페이지에서 열 페이지만 읽으면 "이해했다는 데서 오는 안도감이 아니라 **이해받았다**는 데서 오는 안도감"을 느끼게 된다고, 오웰은 말한다. 마치 밀러가 당신에 대해 다 알고 있으며 당신을 위해, 오로지 당신만을 위해 글을 쓰고 있다고 느끼게 된다.

오웰이 삶을 판단하지 않고 그 슬픔과 추함까지 다 받아들이는 밀러를 읽으면서 얻은 (그리고 우리가 얻도록 기대하는) 것은 중산층 대학원생 루 리드가 휴버트 셀비 주니어 (295쪽 참고)를 읽으며 얻었던 바로 그것이며, 나아가 보위가 셀비의 영향을 받아 만든 리드의 노래 "I'm Waiting for the Man"을 들으며 얻었던 그것이기도 하다. 밀러로 인해 불편함을 느낀 사람들도 있겠지만, 결국 (오웰의 표현을 빌리자면) 사람들이 **실제로** 느끼는 감정도 **마땅히** 느껴야 하는 감정만큼이나 중요하다.

· 같이 들으면 좋은 노래: "London Boys"
· 이어서 읽으면 좋은 책: 조지 오웰의 《파리와 런던의 밑바닥 생활》

39

《밤의 도시》

—존 레치(1963)

"쿠르트 바일이나 존 레치의 인물들이 살았을 법한 방탕한
세계를 만들려고 했습니다. (…) 에니드 블라이튼(영국의 아
동문학 작가—옮긴이)의 베케넘과 벨벳 언더그라운드의 뉴욕
사이에 걸쳐진 다리라고 할까. 노디(글램 록 밴드 슬레이드Slade
의 보컬—옮긴이)는 없지만요."

— ⟨Diamond Dogs⟩에 대해 말하는 데이비드 보위

보위는 아마도 휴버트 셀비 주니어(296쪽 참고)를 읽고 벨
벳 언더그라운드를 발견했을 즈음에 《밤의 도시》를 읽었을
것이다. 만약 그랬다면 루 리드의 노래들이 두 책에 얼마나
큰 빚을 지고 있는지를 보며 놀랐을 것이다.

《밤의 도시》는 출간되기도 전에 뉴욕 타임스 베스트셀러 목록에 올랐을 만큼 화제를 뿌렸다. 1950년대 말과 1960년대 초의 게이 뒷골목을 그토록 생생하게 묘사한 책은 이것이 처음이었다. 레치가 창조한 익명의 주인공인 라틴계 '어린 남자youngman'는 의미와 정체성을 찾아 뉴욕, 샌프란시스코, 로스앤젤레스, 시카고, 뉴올리언스를 정신없이 오가며 몸을 판다. 물론 성적 파트너도 찾지만, 그것은 돈을 벌기 위함일 뿐 즐기는 것이 아니라고 스스로를 설득한다. 여기서는 딱 잡아떼는 것이 습성이다. "John, I'm Only Dancing"에 나오는 '그림자 사랑'이 이것이며, 꼬마 진 지니가 도시로 슬그머니 들어가고 나서 하려는 것도 이것이다. 프랑스 소설가이자 사회운동가 장 주네에게 바치는 노래인 "Jean Genie"와 관련하여 말하자면, 비슷한 내용을 가진 주네의 반자전적 작품 《도둑 일기》의 영어 번역본이 이 무렵에 출간되었다.

1975년에 보위는 매력이 자신의 한 부분이라고 노래한다. 《밤의 도시》에서 타임스스퀘어에 있는 게이 나이트클럽 앞의 거대한 간판에 F*A*S*C*I*N*A*T*I*O*N이라는 글자가 박혀 있는데, 그도 알고 있었다. 보위는 이쪽 세계를 시각적 도상으로도 활용했다. 캐밀 파야(344쪽 참고)가 지적했듯이 〈The Rise and Fall of Ziggy Stardust and the Spiders

from Mars〉 앨범 뒤표지를 보면 보위가 불 켜진 전화박스 안에서 남창의 포즈를 취하고 있다. 우아한 손가락과 요염한 엉덩이는 여자처럼 보이지만 풀어헤친 가슴과 불룩한 가랑이는 남창을 나타낸다.

답답한 방에서 창문들을 활짝 열어놓은 느낌이지만, 어조는 축하와 거리가 멀다. 하긴 축하할 것이 뭐가 있겠는가? '밤의 도시'는 심리 상태다. 레치의 주인공은 만나는 남자들과 인연을 맺고자 필사적이지만, 그곳을 찾는 사람들의 복잡한 사정은 차치하고라도 일 자체의 은밀한 성격이 이것을 불가능하게 만든다. 모두가 가면을 쓰고 있다. 모두가 두려워한다. 레치가 말하듯이 이쪽 세계에서는 젊음이 다하면 죽은 거나 마찬가지라는 것도 걸림돌이다(〈Aladdin Sane〉의 어떤 노래를 예견한다). 자리를 차지하려고 기다리는 자들이 항상 있다.

레치는 그로 인한 우울함을 스산한 도시적 시로 승화시킨다. 문법을 파괴하고 소리 나는 대로 표기하는 것은 셸비와 닮았고, 보다 미묘한 방식에서는 케루악을 생각나게 한다. 《길 위에서》의 저자처럼 레치도 문장이 자발적이라는 느낌을 주려고 공을 많이 들였다. 아울러 비밀주의와 가식의 분위기, 노장이 새 얼굴에 밀려난다는 위기감 사이로 다정다감한 서정성이 느껴지도록 여지를 두었다.

· 같이 들으면 좋은 노래: "John, I'm Only Dancing"
· 이어서 읽으면 좋은 책: 존 레치의 《성적 무법자: 다큐멘터리》

40

《프랜시스 베이컨과의 인터뷰》: 나는 왜 정육점의 고기가 아닌가

—데이비드 실베스터(1987)

데이비드 보위는 프랜시스 베이컨과 그의 거칠고 그로테스크한 그림의 열렬한 팬은 아니었다. "두세 작품은 탁월하다고 생각해요." 그는 1998년 〈뉴욕 타임스〉와의 인터뷰에서 말했다. "그러나 그는 빠르게 내려왔어요. 급속하게 힘을 잃었죠."

그럼에도 베이컨은 보위에게 중요한 존재였다. 비록 두 사람은 다른 매체로 활동했지만(보위도 그림을 그렸고 전시회를 열 만큼 이 일을 진지하게 여겼다), 데이비드 실베스터가 25년에 걸쳐 베이컨을 생동감 있고 매력적으로 인터뷰한 것에서 보듯 그들의 작업 방식에는 공통점이 많았다. 보위와 베이컨은 감정적 반응을 유발하기를 원했다. 베이컨은 추상을 활용하여 자신의 작품에서 구상의 측면을 증폭시키고 관객에게 폭력적이면서 절절한 효과를 만들어냈다. 두 사람 모두 자신을 창조적으로 해방하고자 술과 약물에 기댔다. 베이컨은 세 폭짜리 그림 "십자가 책형"을 그릴 때 제정신이 아니어서 자신이 무엇을 하는지 거의 몰랐다고 했고, 보위는 걸작으로 꼽히는 〈Station to Station〉 앨범을 작업했을 때의 기억이 없다는 말을 자주 했다. 두 사람 모두 우연적 요소를 (지배적으로 두지 않으면서) 포섭해야 한다고 열렬히 믿었다. 베이컨은 우연적인 것에 방해받지 않되 그 활력을 확보해야 한다고 말했다.

1970년대 말 그리고 1990년대 중반에 다시 보위가 이런 일을 충실히 하도록 다잡는 역할은 브라이언 이노가 맡았다. 그는 〈Low〉, 〈Heroes〉, 〈Lodger〉, 그리고 〈1. Outside〉 앨범을 함께 작업하면서 우회 전략 카드(139쪽 존 케이지 참고)를 활용하여 보위와 백업 뮤지션들을 유동적이고 불확실한 상황에 붙잡아 두었다. 베이컨은 자신에게는 이런 산파 역할을 하는 사람이 없었다며 애석해했다. T. S. 엘리엇에게 에즈라 파운드Ezra Pound가 했던 역할, 그러니까 무엇을 하고 무엇을 하지 말지를 말해주고 납득할 만한 이유를 대주는 사람이 필요했다고 했다.

20세기 최고의 미술 비평가로 꼽히는 실베스터는 심리치료사처럼 조심스럽게 공감하며 질문을 던졌고, 상세하고 때로는 놀라운 대답들을 얻어냈다. 보위는 1990년대 중반 자신이 편집진에 참여한 잡지 〈모던 페인터스〉에서 트레이시 에민Tracey Emin, 데미안 허스트Damien Hirst, 발튀스를 인터뷰하기 전에 실베스터의 기법을 연구했을까? 만약에 그랬다면 발튀스는 반기지 않았을 것이다. 그가 특별히 보위와 인터뷰하겠다고 허락한 것은 '지적' 대화를 하고 싶지 않았기 때문이다.

실베스터가 만년에 수술을 받고 회복할 때 그의 딸 잰시가 병원에 찾아간 적이 있었다. 그때 그는 활기차게 전화로 이야기하고 있었다. 통화가 끝나고 실베스터가 흐뭇하게 말했다. "내가 누구랑 통화했는지 너는 짐작도 못 할 거다. 데이비드 보위야. 자신의 그림에 대해 내가 어떻게 생각하는지 묻더구나!"

· 같이 들으면 좋은 노래: "The Voyeur of Utter Destruction (As Beauty)"
· 이어서 읽으면 좋은 책: 데이비드 실베스터의 《미국 예술가들과의 인터뷰》

41

《의식의 기원》

—줄리언 제인스(1976)

줄리언 제인스는 전적으로 사변적이지만 사람들이 혹하는 뇌 기능 이론을 주장한 프린스턴 대학의 괴짜 심리학 교수였다. 그는 호메로스의《일리아스》(83쪽 참고) 같은 옛 문헌들을 참고하여 3000년 전까지도 우리 인간은 오늘날과 같은 의식을 경험하지 않았다고 했다. 대신에 그들은 (먹고 말하고 싸우고 만드는) 일상의 활동을 고차원적인 주관적 자각이나 자기성찰 없이 자동 로봇처럼 수행했다.

어째서일까? 그들의 뇌는 양원적으로, 그러니까 두 부분으로 나뉘어 작동했기 때문이다. 우뇌가 결정을 내려 환청—무엇을 할지 지시하는 목소리—을 좌뇌로 보내면 좌뇌는 이것을 '신'의 목소리로 해석하여 묵묵히 따랐다. 수천 년 동안 이런 방식이 지속되었고 모두가 맡은바 목표가 분명했던 엄격한 계급 사회가 이를 굳건하게 지지했다. 그러나 기근과 전쟁이 발생하고 인구가 늘면서 이런 사회에 타격을 주었고, 때로는 어쩔 수 없이 대규모 이주도 하게 되면서 양원적 정신은 무너지기 시작했다. 인간이 자신에게 직접 말을 걸 수 있다는 것을 깨닫게 되자, 그리고 언어 자체도 갈수록 정교하게 발전하면서 신의 목소리는 희미해졌다.

믿기지 않겠지만 《의식의 기원》은 커다란 성공을 거두었다. 일반 독자들은 제인스의 열정과 신나게 거들먹거리는 말투에 열광했다. 책은 이렇게 시작한다. "오, 보이지 않는 시각과 들리는 침묵의 세계는 얼마나 놀라운가, 이런 실체 없는 세계가 정신이라는 것이다!" 동료 과학자들은 그의 아이디어가 신경학적 사실에 바탕을 두고 있지 않다며 회의적인 반응을 보였다. 리처드 도킨스는 그것이 영락없는 쓰레기이거나 천재의 소산이거나 둘 중 하나라고 딱 잘라 말했다.

필립 K. 딕Philip K. Dick이 '기막히게 멋진 이론'이라고 했던 제인스의 논리에 빠져들기란 어렵지 않으며, 보위가 거기서 무엇을 보았는지 짐작하기도 어렵지 않다. 그것은 바로 정신병에 대한 완전히 새로운 접근이었다. 다른 곳에서도 말했지만 이부형 테리가 곤경을 겪는 것을 보고 자란 보위는 조현병에서 부끄러움이 아니라 특별함을 발견한 작가들에게 깊이 공감했다. 제인스는 조현병 환자들이 특정한 행동을 취하도록 명령하는 목소리를 듣거나 보위의 노래 "Look Back in Anger"에서처럼 죽음의 천사를 만나는 것을 보고 조현병을 양원적 정신이 부분적으로 재발한 것으로 여겼다. 이런 점에서 그것은 악령이 들린 것과 비슷할 뿐 아니라 예술적 창조와도 닮았다고 제인스는 생각했다. 특히 의식의 흐름으로 작동하는 다다와 초현실주의와 닮았는데, 이둘은 보위가 각별히 좋아한 예술 운동이었다.

· 같이 들으면 좋은 노래: "Look Back in Anger"
· 이어서 읽으면 좋은 책: 올리버 색스의 《뮤지코필리아: 뇌와 음악에 관한 이야기》

42

《위대한 개츠비》

—F. 스콧 피츠제럴드(1925)

"보위는 정해진 모습 같은 것은 없었어요. 레고 키트 같은 거죠. 나는 멍청하고 제멋대로 구는 그가 마음에 들지 않습니다. 데이비드 보위는 어떤 사람이라고 딱 잘라 말할 수 없어요."

—1976년 잡지 〈피플〉에서 데이비드 보위

F. 스콧 피츠제럴드는 제이 개츠비를 등장시키는 시점을 극적으로 노렸다. 긴장감 있고 형식이 잘 갖춰진 이 중편이 4분의 1 정도 진행될 무렵, 화자인 닉 캐러웨이는 유명한 개츠비의 주말 파티에서 그를 만난다. 그런데 그는 자신이 누구와 이야기하는지 모른다. '웨스트 에그의 트리말키오'가

순간적으로 자신의 카리스마를 억눌렀기 때문이다. 하지만 바로 그 순간 그는 카리스마를 다시 발산하여 따뜻한 공감의 미소를 짓는다. "당신이 이해받고 싶은 만큼 당신을 이해하고, 당신이 스스로를 믿고자 하는 만큼 당신을 믿으며, 당신이 최선을 다해 전하고 싶은 당신의 인상을 정확하게 받았다고 확인시키는" 그런 미소 말이다. 누가 떠오르지 않는가?

그 무렵이면 개츠비를 둘러싼 소문들이 있었다. 그가 어떤 남자를 죽였다는 소문, 전쟁에서 독일 스파이였다는 소문도 있었다. 사람들을 '자네'라고 부르는 그의 억지스러운 버릇과 마찬가지로, 이 모든 것은 불온하고 작위적인 뭔가가 있음을 암시한다. 그래서 제이 개츠비가 실은 노스다코타의 가난한 농부 아들이자 폭력배인 제임스 가츠라는 것이 밝혀질 즈음에는 그것이 그렇게 놀랄 일이 아니다.

그가 과시를 부리는 것은 한때 연인이었고 지금은 야수 같은 톰 뷰캐넌과 결혼한 데이지를 되찾기 위함이다. 닉이 소설의 시작부에서 말하기를, 개츠비는 "결국에는 옳았다"면서 그의 실패를 옆에 붙어 있었던 사람들 탓으로 돌린다. 그러나 개츠비는 그를 모방한 수많은 유명인과 마찬가지로 얄팍하고 허영심 많고 까칠하다. 분홍색 수트와 아름다운 셔츠들을 옷장에서 꺼내 닉과 데이지에게 던지는 뒷골목의

원조 댄디다.

　마지막에 개츠비의 장례식을 앞두고 그의 아버지는 눈물을 흘리며 제임스/제이가 두뇌를 활용해서 출세했다고 말한다. 그러나 실상은 그렇지 않았다. 그는 자신의 외모와 매력과 결단력을 활용한 것이었다. 그는 멘토이자 광산 부호댄 코디가 자신을 선원처럼 차려 입히는 것을 마다하지 않고 기꺼이 그의 요트에 올랐다. 닉이 "모호한 개인 업무"라고 얼버무린 것을 시키려고 그를 고용한 것이다. 보위도 젊었을 때 마임 아티스트 린지 켐프, 작곡가 라이오넬 바트 Lionel Bart와 비슷한 관계였던 적이 있었으므로 이 대목에서 웃었을 것이다.

　《위대한 개츠비》에서 최고의 대사는 개성이라는 것이 일련의 성공적인 몸짓들이라는 것이다. 그리고 최고의 장면은 개츠비가 부두 끝에 서서 맞은편 연안의 작은 초록빛 불빛을 향해 팔을 뻗는 장면이다. 데이지는 멋진 여성이므로 자기에게 손을 내밀어 주리라 믿은 것이다(나는 그렇게 생각하고 싶다).

· 같이 들으면 좋은 노래: "Can You Hear Me?"
· 이어서 읽으면 좋은 책: F. 스콧 피츠제럴드의 《밤은 부드러워라》

43

《플로베르의 앵무새》

—줄리언 반스(1984)

    여러분은 자신이 존경하는 예술가의 머리와 마음속으로 어떻게 들어가겠는가? 어쩌면 아무리 원한다고 해도 불가능할 수 있다. 줄리언 반스의 복잡하기 이를 데 없는 세 번째 책은 전기와 문학 비평과 포스트모던 픽션이 교차하는 지점에 쪼그리고 앉아 셋 모두를 조롱한다. 은퇴한 의사 제프리 브레이스웨이트가 까다로운 화자로 등장하는데, 그는 귀스타브 플로베르의 엄청난 팬이다. 아내를 잃고 상심에 젖은 그는 자신의 영혼에 난 구멍을 메우고자 《감정 교육》과 《보바리 부인》의 저자(80쪽 참고)에 대해 **모든 것**을 알아내려고 한다.

    브레이스웨이트는 그래 봤자 별 소용이 없다는 것을 내심

알면서도 플로베르의 삶의 세세한 사항들에 집착하는 것을 멈추지 못한다. 누군가의 삶을 완전하게 다 설명한다는 것은 유니콘처럼 허황한 것이다. 그는 생각한다. 글은 어째서 우리로 하여금 작가를 뒤쫓게 할까? 왜 우리를 '유물에 환장하는 사람'으로 만들까? 루앙의 플로베르 박물관으로 성지순례를 간 브레이스웨이트는 플로베르가 단편 〈순박한 마음〉을 썼을 당시 책상에 두었다는 박제된 앵무새 룰루를 보고 흥미를 느낀다. 하지만 며칠 뒤에 플로베르가 1843년부터 1880년 세상을 떠날 때까지 살면서 작업했던 곳인 크루아세 기념관을 방문했을 때 거기서도 룰루라고 주장하는 또 다른 앵무새를 본다. 어느 것이 '진짜'일까? 브레이스웨이트는 누군가 답을 아는 사람이 있을지 궁금해한다. 그리고 이 문제에 관심을 둔 사람이 자기 외에 또 있을지도 궁금해한다.

보위의 팬들도 어느 쪽이 '진짜'일까 물을지 모르겠다. 데이비드 보위일까, 데이비드 존스일까? 1984년에 출간되었고 그해 부커상 최종후보에 올랐던 《플로베르의 앵무새》는 보위의 창작 에너지가 하락하던 때와 맞물린다. 그해에 보위는 최악의 앨범 가운데 하나인 〈Tonight〉을 내놓았으며 길을 잃은 듯 보였다. 영리한 이단아 '데이비드 보위'에 점차 흥미를 잃었고 배우와 주류 엔터테이너에 더 치중했다. 그러니까 일상적이고, 스타가 아닌 '데이비드 존스' 페르소

나에 더 가까운 모습이었다. 이런 갈등은 그해에 상영된 줄리언 템플Julien Temple 감독의 장편 뮤직비디오 〈Jazzin' for Blue Jean〉에서 웃음거리로 묘사된다. 여기서 보위는 이국적인 팝 스타 스크리밍 로드 바이런과 평범한 너드 빅, 이렇게 두 사람을 연기한다. 빅은 여자의 환심을 사려고 스크리밍 로드 바이런과의 관계에 대해 거짓말을 한다. 한 대목에서 바이런을 이렇게 놀린다. "나쁜 일을 묵인하고, 섹스에 환장하고, 동양의 환상을 팔아먹는 늙은 여왕! 당신 노래는 음반 재킷보다도 못해요!"

가정적인 남자 데이비드 존스는 자신을 낮추고 금욕적으로 살았다. 소문대로라면 특히 말년에는 대부분의 시간을 이만, 딸 렉시, 애완견 맥스와 함께 맨해튼 아파트에 틀어박혀 책을 읽으며 지냈다. 그러나 국제적으로 유명한 또 다른 자아가 빅토리아 앨버트의 2013년 전시회 〈데이비드 보위 이즈〉에 사용할 물품들을 모으고 있던 그 시기에 데이비드 존스가 익명성을 껴안았다는 사실에서 아이러니를 발견하는 것은 그리 어려운 일이 아니다.

그는 항상 강박적 수집가였다. 심장마비로 쓰러지고 난 뒤로 그는 안 그래도 광범위했던 수집품을 늘리기 시작했다. 자신의 경력과 관련되는 물품들을 죄다 모았고 심지어 몇 년 전에 처분했던 신서사이저도 다시 사들였다. 왜 그렇게 유물에 환장했을까? 보위는 본인의 신화에 별 관심이 없다고 주장했다. 그러나 그것은 사실이 아니었다. 실제로 그는 자신의 제프리 브레이스웨이트였다. 자신에 관한 책들, 심지어 전 부인 앤지에 관한 책들도 사 모으는 강박적 독자였다.

보위가 자서전을 쓰고 있다는 소문이 2000년대 내내 돌았다. 그 대신 우리는 〈데이비드 보위 이즈〉를 보게 되었으니 그리 나쁘지는 않다. 크루아세 기념관에서 제프리 브레이스웨이트는 플로베르가 마지막으로 물을 마셨다는 작은 컵을 보고 울컥했다. 빅토리아 앨버트 박물관에서 팬들은 보위의 립스틱이 묻은 휴지를 보려고 줄을 길게 섰다.

· 같이 들으면 좋은 노래: "Who Can I Be Now?"
· 이어서 읽으면 좋은 책: 줄리언 반스의 《메트로랜드》

44

《잉글랜드 여행기》

— J. B. 프리스틀리(1934)

1970년대 말부터 스위스에 정착한 보위는 영국에는 친구들과 가족들을 보고 공연과 홍보를 하러 가끔 들르는 정도였다. 그렇다고 그가 어린 시절을 보냈던 브릭스톤에서 폭동이 일어나고(1981년 4월 10~12일) 마거릿 대처 보수당 집권하에 실업률이 꾸준히 올라가던 영국 상황을 외면했던 것은 아니다. 1982년 1월 26일, 영국의 실직자가 1930년대 이후 처음으로 300만 명을 넘었다는 공식 발표가 있었다.

이것은 보위가 〈Let's Dance〉에 들어갈 노래들을 만들고 있던 무렵의 일이었다. 그 앨범에 수록된 "Ricochet"에서 보위는 온 세상이 일자리를 기다리고 있다고 노래한다. 지친 북부 억양의 목소리(보위의 목소리)로 수많은 사람이 아직 잠들어 있을 때 일자리 소식을 기다리며 전차 선로, 공장, 기계 부품, 갱도를 꿈꾸는 남자들에 관해 이야기한다.

언어 자체가 이전 시대를 떠올리게 한다. 소설가이자 극작가·비평가였던 J. B. 프리스틀리의 《잉글랜드 여행기》를 보위가 읽은 것이 이 무렵이었을까? 여기에는 자조적인 부제가 붙어 있다. '한 남자가 1933년 가을에 잉글랜드를 여행하면서 보고 듣고 느끼고 생각한 것을 두서없이, 하지만 진실하게 기록한 글.'

《밤의 방문객》의 저자는 최신식 승합 버스를 타고 전국을 돌아다니며 나라가 양분된 것을 본다. 남부는 번영을 누리며 부유했다. 여행의 출발지인 사우샘프턴 항구는 그가 보기에 형편없는 마을이 아니었다. 브리스틀도 사정이 괜찮았다. 담배 공장을 둘러본 그는 인간적으로 운영되는 방식에 갈채를 보낸다. 사람들이 효율적으로 일했고 아무도 일을 그만두려고 하지 않았다.

그러나 그가 브래드퍼드에서 자라면서 잘 알았던 북부의 공장 도시들은 대공황의 직격탄을 맞았다. 무관심과 환멸이 팽배했다. 한때는 정부가 자신들 삶을 더 좋게 만들어 주리라는 기대가 있었지만, 많은 사람이 실망하고 지지를 거두었다. 이런 상황에 프리스틀리는 크게 우려했다. 그는 독일에서 태동하고 있던 것을 알아보았고, 사람들이 정치에 등을 돌리면 "독재가 번성하고 자유가 사멸하는 토양"이 된다는 것을 알았던 것이다.

《잉글랜드 여행기》는 과거에 대한 향수를 바로잡는 역할도 한다. 오늘날 우리는 시내 중심가의 몰락을 우려하며 1930년대에는 상황이 달라서 사람들로 북적였을 거라고 상상한다. 하지만 프리스틀리는 스윈던의 중심가에서 조잡한 가게들과 싸구려 물품들이 난무하는 유감스러운 모습을 본다. 뉴캐슬어폰타인에서 그를 무엇보다 충격에 빠뜨렸던 것은 선박을 만드는 사내들의 요란한 망치질 소리는 간데없고 침묵만이 가득한 것이었다. 예전에는 이곳도 활기 넘치는 곳이었을 거라고 프리스틀리는 생각한다.

재밌는 것은 《잉글랜드 여행기》는 나쁜 소식들을 전함에도 불구하고 위로가 되고 낙관적으로 읽힌다는 사실이다. 이것은 프리스틀리의 어조 때문이다. 그는 여행 중에 만난 사람들을 그야말로 애정을 다해 묘사하면서 상냥하고 꾸밈 없는 어조로 서술한다. 서민들 삶을 이해하는 사람이 되는 것은 프리스틀리에게는 엄청나게 중요한 문제다. 그는 자신을 중간급middlebrow이라고 무시하면서 일반인들의 가난과 고통에 무관심했던 '문학적' 작가들에게 한 방 먹일 기회를 놓치지 않는다. T. S. 엘리엇이 진짜 황무지에 대한 시를 쓰려고 했다면 노스 실즈(뉴캐슬어폰타인 동쪽에 있는 북해 연안 도시―옮긴이)에 가봤어야 한다고 농담을 한다.

한때 총기류와 금속 제조의 중심지였던 잉글랜드 중부의 웨스트 브로미치에서 프리스틀리는 아이들이 창고 지붕에 돌 던지는 소리를 듣는다. 그만두게 하려고 찾아 나서지만 아이들은 이미 달아나버렸다. 이것은 보위가 생각하는 도탄 跳彈, 즉 튕겨 나간 탄환이다. 그가 노래에서 표현하듯이 악마는 가석방을 어기고 도망칠 수는 있었어도, 할 일 없는 자들에게 일거리를 찾아주는 것은 명백히 어렵다. 아이들은 프리스틀리가 자신들 편이라는 것을 알면 놀랄 것이다. 아이들이 돌을 던지고 사방의 유리를 다 박살낸다 해도 그는 뭐라고 하지 않을 것이다.

· 같이 들으면 좋은 노래: "Ricochet"
· 이어서 읽으면 좋은 책: 제프리 무어하우스의 《60년대의 영국: 또 다른 잉글랜드》

45

《빌리 라이어》

ㅡ키스 워터하우스(1959)

보위의 초창기 노래 "There Is a Happy Land"는 키스 워터하우스에게 존경을 표하는 의미로 그의 첫 소설에서 제목을 가져온 것이다. 보위의 전문가 니콜라스 페그에 따르면 1960년대 중반에 보위가 가장 좋아한 작가였다고 한다. 《행복한 나라가 있어요》는 리즈의 주택단지에 살며 어른들에게 자신들의 대화를 숨기고자 비밀 언어로 말하는 열 살 소년과 친구들 이야기이다.

워터하우스의 두 번째 소설 《빌리 라이어》는 출세작이었고 1963년에 톰 코트니와 줄리 크리스티 주연의 영화로 만들어져서 호평을 받았다. 보위의 친구 조지 언더우드는 보위가 이 책을 좋아했음을 확인해 주었지만 영화를 보기 전에 읽었는지 보고 나서 읽었는지는 모르겠다고 했다. 주인공은 요크셔의 가상 마을 스트래더튼에서 장의사 조수로 일하는 열아홉 살의 빌리 피셔로, 그는 아버지가 퇴역한 해군 대령이라는 등 심각한 거짓말들을 일삼는다. 하는 일을 그만두고 런던으로 가서 시나리오 작가로 활동하는 계획을 짜다 그 스트레스가 너무 심하면 암브로시아라는 자신만의 환상의 세계로 도피한다. 그는 사직을 원하지만, 아홉 달 전에 고객들에게 부쳤어야 하는 달력들을 침대 밑에 숨겨놓았다. 각 달 아래에 진부한 격언들이 적힌 달력을 빌리가 근무 중에 화장실 물에 흘려보내는 식으로 처분하는 장면은 워터하우스의 재치가 빛나는 대목이다.

빌리가 두 명의 약혼자인 바버라와 리타를 못되게 대하는 것은 현대 독자들에게 불편할 수 있다. 하지만 여러분도 알다시피 이것은 1950년대 영국이었다. 여성혐오 때문에 빌리의 풍부한 상상력이 빛을 잃지는 않으며, 여성혐오 때문에 데이비드 존스처럼 야심적인 몽상가가 책에서 많은 장점을 발견했다는 사실이 감흥 없이 다가오지도 않는다.

성 정치를 논외로 하자면,《빌리 라이어》는 영국 북부 노동자 계층이라는 배경을 뛰어넘어 런던 교외 브롬리에서 자란 보위를 갑갑하게 옥죈 밀실공포증의 핵심을 아찔하게 매력적으로 담아낸다. 섀드랙 & 덕스버리에서 일하는 빌리의 좌절은 네빈 D. 허스트 광고회사(364쪽 참고)에서 일한 보위의 좀 더 중산층에 가까운 좌절과 거의 동일하다. 다만 차이라면 빌리는 자신의 야망을 두려워한다는 점이다. 그를 가장 잘 이해하는 리즈는 빌리를 물놀이 풀장 모서리에서 노는 아이에 비유한다. 보위에 대해서는 결단코 그렇게 말할 수 없다.

· 같이 들으면 좋은 노래: "There Is a Happy Land"
· 이어서 읽으면 좋은 책: 킹슬리 에이미스의 《럭키 짐》

46

《돌고래를 위한 무덤》

— 알베르토 덴티 디 피랴노(1956)

홍미로운 선정이다. 알베르토 덴티 디 피랴노는 1924년 아오스타 공작의 주치의로 리비아에 와서 1943년 공작이 트리폴리 총독으로 도시를 영국에 넘겨줄 때까지 북아프리카와 동아프리카의 이탈리아 식민지에서 근무했던 이탈리아 의사였다. 《돌고래를 위한 무덤》은 그보다 앞서 나온 덴티의 회고록이자 1955년 '북 소사이어티' 클럽 선정 도서였던 《뱀에 물렸을 때 치료법》의 후속작이다. 두 권 모두 이국적 장소에서 벌어진 의료 사고를 다루고 있지만, 《돌고래를 위한 무덤》은 더 간접적이고 성찰적이며 지역의 민담과 전설들에 더 많은 관심을 보인다. 보위에게 개인적으로 큰 의미가 있는 책이기도 한데, 돌고래처럼 헤엄치고 싶다는

"Heroes"의 유명한 구절에 영감을 주었으며, 그가 종아리에 '이만'의 이름과 돌고래 문신을 나란히 새긴 이유다.

식민지 시대 냄새가 강하게 묻어나지만 그럼에도 이 책에 호감이 간다면 그것은 덴티가 함께 살아가고 일하는 '원주민들'에게 보이는 관용과 겸손함 때문이다. 그는 아프리카 흑인들은 아직 원시적 문명의 단계에 머물러 있다는 당시 백인 유럽인의 표준적 시각을 표명하지만, 이것이 그가 그들과 어울리는 데 부정적 영향을 미치지 않아서 실제로는 그런 시각을 믿지 않는 것처럼 보일 정도다. 그는 그들에게 잘 받아들여지기를 원한다. 그래서 아랍어를 배우고 인류학 공부를 하고, 저도 모르게 그들을 불편하게 하지 않도록 그들의 전통과 관습을 익힌다. 떠돌이 생활을 하는 타크루리 부족과 무슬림 신학에 관해 이야기하다가 모든 종교에는 나름의 광인이 있다는 말을 듣는다. 한 주술사가 아이의 뇌전증을 치료하는 것을 보고 덴티는 의사 특유의 회의적 태도를 거둬들인다.

보위에게 크나큰 감동을 주었고 책의 제목으로 사용되기도 한 이야기는 지역의 무슬림이 덴티에게 들려준 에티오피아의 탐욕스러운 바다 정령의 전설과 카마라의 이야기를 황홀하게 결합한 판타지이다. 전쟁이 끝나고 소말리아 해변에 주둔한 스물두 살의 이탈리아 군인 카마라는 샴보와라고 하는 에티오피아 여자아이를 만나 사랑에 빠진다. 침략자에게 붙잡혀 노예로 팔려갈 위험을 아슬아슬하게 피했던 그녀에게는 남다른 재주가 있다. 상어들 사이에서 헤엄을 치면서도 공격을 받지 않으며 맨손으로 물고기를 잡는 것이다. 어느 밤 샴보와가 물가에 있는데 돌고래 한 마리가 다가온다. 그녀는 어렸을 때 같이 헤엄치며 놀았던 돌고래임을 알아보고 기뻐한다. 그 이후로 돌고래는 정기적으로 찾아와 그녀의 친구가 된다. 가끔 샴보와는 돌고래의 등지느러미를 붙잡고 등에 올라타기도 하는데, 카마라는 그 모습을 경이롭게 쳐다본다. 그에게는 그들 두 문화의 결합을 상징적으로 보여주는 행동이었다. 그가 고향 근처 한 박물관에서 보았던, 포세이돈의 아들 타라스가 난파된 자신을 구해준 돌고래를 타고 있는 이미지가 불현듯 떠오른 것이다.

그러나 카마라와 샴보와의 목가적인 사랑은 너무도 짧았다. 어느 아침에 카마라가 일어나보니 샴보와가 고열로 몸을 부르르 떨고 있고 실룩거리는 눈꺼풀 아래로 눈동자가 왔다 갔다 하고 있었다. 그녀를 살리려는 모든 노력이 실패로 끝났다. 그녀가 죽고 나서, 돌고래도 부상을 당해 피를 흘린 채로 물가에 나타났다. 옛 친구를 보러 온 것인데 자신도 죽고 말았다. 카마라는 돌고래 시체를 바다로 그냥 돌려보내서는 안 되겠다 싶어서 마을 사람들과 함께 샴보와가

묻힌 옆에 돌고래를 위해 새로 무덤을 만들었다.

보위는 2001년 아내 이만의 자서전 《나는 이만이다》의 서문을 쓰면서 《돌고래를 위한 무덤》을 상세히 언급했다. 심지어 그 책 초판에 수록되어 있던 '샴보와'—정말 그녀인지는 모르겠지만—의 벌거벗은 사진을 싣기도 했다. 보위는 1977년 베를린에 있을 때 책을 처음 읽었다면서 "마술적이고 아름다웠다"고 했다. 몇 달 뒤에 기묘한 우연의 일치로 그 이야기에 바탕을 둔 대본이 그에게 건네졌는데, 보위는 영화로 옮기기에는 적합하지 않다고 여겨 응하지 않았다.

세월이 흘렀다. 보위는 이만을 만나 사랑에 빠졌다. 그리고 1991년 어느 날, 이만은 자신의 영화 에이전트로부터 대본을 하나 받았다. 그녀에게 들어온 역할은 소말리아 여성이었고, 그녀와 사랑에 빠지는 유럽인으로 보위가 거론되고 있었다. 이만은 아름다운 이야기이지만 영화로 통할 내용은 아니라고 여겼다.

알고 보니 대본은 《돌고래를 위한 무덤》을 원작으로 한 것이었다. "이와 같은 일들이 항상 우리에게 벌어집니다." 그러면서 보위는 자신과 이만의 이야기가 카마라와 샴보와의 이야기처럼 끝나지 않아 다행이라며 한마디 덧붙였다. "우리는 그럴 수 있다면 오래도록, 한 명이 결국에는 파도 아래로 쓸려 내려갈 때까지 함께 헤엄치고 싶습니다."

· 같이 들으면 좋은 노래: "Heroes"
· 이어서 읽으면 좋은 책: 리처드 라이트의 《블랙 파워: 비애의 나라에서 일어난 반동의 기록》

47

〈로〉(1986-91)

본인도 혁신가였던 보위는 다른 분야, 특히 인접하거나 상호보완적인 분야에서 벌어지는 혁신을 세심하게 포착하는 감각이 있었다. 만화도 그 가운데 하나였다. 1970년대까지도 만화는 원시적이고 세련되지 못하다며 무시를 받았다. 하지만 만화가 주는 저속한 재미는 그대로 유지하되 고급스러운 진지함을 살짝 더하면 어떻게 될까?

만화 잡지 〈아케이드Arcade〉를 창간하고 7호 만에 접어야 했던 쓰라린 경험을 하고 나서 아트 슈피겔만은 다시는 잡지를 만들지 않겠다고 다짐했다. 그러나 그때 아내였던 프랑수아 뮬리François Mouly가 만화 선집을 함께 편집하자고 제안했다. 1980년에 〈로RAW〉가 되는 프로젝트의 목표는 만화를 언더그라운드에서 주류로 끌어올리는 것이었다. 슈피겔만은 언더그라운드가 갈수록 화석처럼 고착화하고 있다며 주류에서 새로운 맥락에 놓이면 보다 폭넓은 사람들에게 읽힐 수 있다고 생각했다.

슈피겔만과 뮬리는 〈로〉가 첫 호로 끝날 거라고 여겼다. 그러나 초판으로 찍은 4500부가 금세 다 팔려 다음 호에 대한 기대가 커졌다. 결국 〈로〉는 1991년까지 이어지면서 S. 클레이 윌슨S. Clay Wilson, 찰스 번스Charles Burns, 벤 캐처Ben Katchor, 크리스 웨어Chris Ware 같은 새롭고 유망한 만화가들을 소개했다. 가장 중요한 기여자는 단연코 슈피겔만 자신이었다. 그가 그린 《쥐》의 첫 연재는 두 번째 호에 실렸다. 아버지의 경험에서 영감을 얻어 만든 지극히 개인적인 프로젝트로, 고양이와 쥐를 통해 유대인 홀로코스트 이야기를 재구성하는 한편, 나치 수용소 생존자와 예술가인 그의 아들의 관계를 탐구한다.

보위가 만화에 보여준 애정에 만화 제작자들은 그가 자신들과 통하는 부류임을 인정하고 자신들 작품에 그를 끌어들이는 것으로 화답했다. 예를 들어 1980년대 말부터 1990년대 초까지 연재된 닐 게이먼의 《샌드맨》에 등장하는 루시퍼라는 캐릭터는 의도적으로 보위와 닮게 그린 것이다. "악마는 데이비드 보위라고 닐이 단호하게 말했어요." 만화가

켈리 존스Kelley Jones는 조 매케이브의《드림 킹과 함께한 시간: 닐 게이먼과의 대화》에서 이렇게 회상했다. "그가 그랬어요. '그여야 해. 자네는 데이비드 보위를 그려. 데이비드 보위를 찾아봐. 아니면 내가 보내줄게. 데이비드 보위가 아니라면 데이비드 보위가 될 때까지 다시 그려야 할 거야.' 그래서 내가 말했습니다. '알겠어. 데이비드 보위란 말이지.'"

· 같이 들으면 좋은 노래: "New Killer Star"
· 이어서 읽으면 좋은 책: 크리스 웨어의《지미 코리건: 세상에서 가장 똑똑한 아이》

48

《반지성주의 시대》

—수전 제이코비(2008)

보위가 죽고 나서 아직은 미국 대통령이 아닌 도널드 트럼프는 자신만의 독특한 방식으로 애도를 표했다. 그는 〈월스트리트 저널〉에 이렇게 말했다. "그가 병을 앓고 있는 줄 몰랐네요. 대단한 친구였어요." 수전 제이코비의 우아한 비판의 글을 존경했던 보위로서는 평생 책 한 권 읽지 않았고 자신이 쓴 책들도 남이 대신 써준 것이라는 소문이 돌았던 남자가 비현실적으로 권력의 정점에 오른 것을 딱히 대단하다고 여기지 않았을 것이다.

수전 제이코비는 2008년에 《반지성주의 시대》를 출간했다. 트위터와 페이스북, 엄청난 규모로 양산되는 가짜 뉴스가 유행하기 전이다. 제이코비는 미국인의 42퍼센트가 모든 생명체는 처음부터 현재의 모습으로 존재했다고 생각한다는 것을, 미국 고등학교 생물 교사의 25퍼센트가 인간과 공룡이 지구에 같이 살았었다고 믿는다는 것을, 미국인의 3분의 2가 정부 부처 세 개나 대법원 판사 한 명의 이름도 대지 못한다는 것을 좌절감을 느낄 만큼 분노하며 지적한다. 종교적 근본주의 때문에 줄기세포 연구나 낙태와 관련하여 의미 있는 대화를 나누지 못함을, '쓰레기 과학'으로 인해 지구 평면설과 백신 반대 운동 같은 반지성적 운동이 발을 붙이게 되었음을 지적한다. 가장 큰 문제는 미국인들이 예전만큼 책을 읽지 않는다는 것이다. 깊고 느리게 사유하는 습관을 잃었고 그 결과로 그들은 역사, 지식, 전문 기술을 더 이상 존중하지 않는다.

우리는 제이코비와 보위를 문화 전쟁에서 같은 편으로 두겠지만,《반지성주의 시대》에는 보위를 발끈하게 만들 수도 있는 요소들이 있다. 제이코비의 말투는 종종 훈계조이고 엘리트적이다. 그녀는 인터넷을 쓰레기 같은 생각들로 이끄는 고속도로라고 부른다(가끔 실제로 그러하다). 그러나 보위는 인터넷의 유토피아적 잠재력을 항상 높게 보았고, 초기에 열렬하게 응원한 사람이었다. 제이코비는 독서의 즐거움은 컴퓨터나 전자기기로 책을 읽는 경험과 상반되는 것이라고 주장한다. 그러나 그녀가 글을 썼을 때는 애플의 아이패드나 아마존의 킨들이 출시되기 전이었으니 지금이라면 다르게 생각할 수도 있다.

제이코비는 자기계발과 연관된다고 보는 중간급 문화가 몰락한 것을 애석하게 여긴다. 1950년대 말에 미시건 주 오키모스에서 자란 그녀에게는 이런 문화야말로 지적 열망을 일깨워준 촉매였으며, 그녀는 모두가 이런 혜택을 누릴 수 있다고 생각한다. 하지만 그녀가 사고를 거의 불가능하게 만드는 원흉으로 비디오, 컴퓨터게임, 요란한 소음을 지목하면서 저격의 목표로 삼은 것은 보위 같은 사람들이다. 역설적인 것은 보위야말로 누구보다 사색을, 그리고 독서와 대화를 사랑했다는 것이다. 교양을 쌓고자 보위보다 더 열심히 정진한 사람은 없다. 외견상 별개로 보이는 예술 형식들을 누구도 보위만큼 확고한 감각으로 연결하지 못했다. 보위라면 제이코비에게 스래시 메탈의 줄기차게 이어지는 소음과 리게티의 〈악마의 계단〉이나 존 케이지의 〈변화의 음악〉 같은 '도저히 들어줄 수 없는' 고급 예술 음악이 무슨 차이가 있는지 설명해보라고 했을 것이다.

하지만 미래의 충격은 우리 모두를 보수적으로 만든다. 보위가 죽을 무렵이면 그가 감지했고 〈1. Outside〉와 〈Heathen〉 같은 앨범으로 표출하려고 했던 밀레니엄의 불안은 세계화와 경제 위기로 한층 가중되었고, 악의에 찬 대중주의 정치의 기반이 되었다. 전에도 그랬을까? 아마 그랬을 것이다. 그러나 트럼프가 대통령에 당선된 날인 2016년 11월 8일 이후에는 이런 새로운 계열의 반지성주의가 가장 파괴적일 수 있다는 제이코비의 견해를 무시하고 넘어가기가 어렵다.

· 같이 들으면 좋은 노래: "I'm Afraid of Americans"
· 이어서 읽으면 좋은 책: 앨런 블룸의 《미국 정신의 종말》

49

《깜둥이 소년》

―리처드 라이트(1945)

보위는 고양이에게 안 좋은 감정이 있었던 걸까?《깜둥이 소년》은 그의 목록에서 고양이를 죽이는 장면(62쪽 미시마 유키오 참고)이 등장하는 두 번째 책이다. 다만 이번에는 처형의 도구가 칼이 아니라 올가미이다. 그리고 네 살이던 리처드 라이트와 그의 동생이 고양이를 죽인 것은 나쁜 마음에 죽이고 싶어서가 아니라 곧 떠나게 되는 엄한 아버지가 그러라고 시켰기 때문이다. 그들이 한 짓을 보고 어머니는 질겁하여 무덤을 만들어주라고 리처드에게 시킨다. 얼마 전 그녀는 할머니 집에 무심코 불을 지른―그저 커튼이 불에 타면 어떻게 될지 궁금해서―리처드를 의식을 잃을 정도로 때렸다.

라이트가 1920/30년대 미국 남부에서 자란 어린 시절을 회고한 이 책은 앞서 1940년에 출간되어 그에게 당대 최고의 미국 흑인 작가라는 명성을 안겨준《미국의 아들》만큼이나 잔혹하고 거침이 없다.《미국의 아들》에서 백인 여성을 살해하여 재판을 받는 비거 토머스 같은 흑인들은 (라이트가 속하는 자연주의 계열의 다른 소설들에서처럼) 관념적인 운명이나 결함 있는 유전자 때문이 아니라 그들을 가난하고 소외되게 만드는 조직적인 인종차별 때문에 파멸을 맞는 것이다. 아름다운 순간들이 있지만—라이트는 들꽃 향기, 흙먼지 냄새, 히코리 태우는 냄새를 그야말로 생동감 있게 그려낸다—모든 것에, 그리고 모두에게 만연해 있는 것은 백인에 대한 두려움이다.

라이트가 출신과 교육의 한계를 넘어 명망 있는 작가로 성장한 것을 보면 재능과 잠재력이 남달랐던 것이 틀림없다. 그러나 불가지론 입장과 질문하는 습성 때문에 늘 골칫거리 취급을 받았던 멤피스에 계속 남았더라면 그는 아무것도 이루지 못했을 가능성이 크다.《깜둥이 소년》의 후반부는 그가 시카고로 건너가서 자신의 삶에서 가장 소중하게 여기는 것들을 지키려는 노력을 보여주는데, 이 대목은 책을 베스트셀러로 만들어줄 힘이 있었던 '이달의 책' 클럽이 라이트의 어린 시절에 관한 대목만 원했기에 초판에서는 잘

려나갔다. 시카고에서 라이트는 온갖 허드렛일을 하고 손에 잡히는 대로 다 읽었고 공산당에서 점차 적극적으로 활동해 갔다. 그도 말했듯 다른 대안이 없었다. 남부에서는 백인들이 모든 것을 만들고 통제했으므로 그의 잠재력이 제대로 발휘될 턱이 없었다.

흑인 아내와 혼혈 딸을 둔 보위는 이 책을 읽고 움찔했을 것이다. 그리고 다시 읽으며 마음속에 새겼을 것이다. 가수로 활동하는 내내 보위는 흑인 아티스트들을 옹호했으며 그들이 주류 백인 매체에 홀대당하는 것을 비판했다. 1983년 MTV와의 인터뷰에서 보위는 방송국이 흑인이 나오는 비디오를 "새벽 두 시 반"에만 튼다며 불만을 나타냈다. 이에 대해 VJ는 MTV는 뉴욕과 로스앤젤레스의 시청자들만이 아니라 모든 시청자를 생각해야 한다면서 중서부의 어떤 마을에서는 "프린스나… 다른 흑인들 얼굴이 연이어 나오면 소스라치게 놀랄" 수 있다고 대답했다. 때로는 발전이 참으로 더디게 이루어지는 것 같다.

· 같이 들으면 좋은 노래: "A Better Future"
· 이어서 읽으면 좋은 책: 리처드 라이트의 《미국의 아들》

50

〈비즈〉(1979~현재)

　기차 안에서 보위가 영국 최고의 화장실 유머 만화 잡지 〈비즈〉를 읽고 있는 사랑스러운 사진이 있다. 방귀쟁이 조니, 고상한 치질 씨, 성차별주의자 시드, 그리고 (내가 좋아하는) 씰룩거리는 엉덩이 얼굴의 염소가 나오는 잡지다. 보위는 누가 옆에서 간질이기라도 하듯 자지러지게 웃고 있다. 이것이 뜻밖으로 여겨진다면, 1971년 6월 글래스톤베리 무대에서 보위가 "Oh! You Pretty Things"의 다른 버전인 "I'd Like a Big Girl With a Couple of Melons"('멜론처럼 커다란 가슴을 가진 처자를 원해')를 부르며 즐거워했음을 기억하자.

　〈비즈〉는 1979년 뉴캐슬어폰타인에서 보건사회보장부 사무직으로 일하던 크리스 도널드와 동생 사이먼, 친구 짐

브라운로가 창간한 잡지다. 뉴스 채널 〈어니언〉의 풍자 정신을 미리 엿볼 수 있고 아동용 만화 〈비노〉(107쪽 참고)를 심술궂게 외설적으로 패러디한 요소도 들어 있는데, 나오자마자 인기를 얻었고 특히 학생들이 열광적으로 좋아했다. 피터 쿡과 더들리 무어가 연기한 '데릭 앤 클라이브Derek and Clive' 만담 듀오를 보위가 얼마나 좋아했는지 생각한다면, 그가 〈비즈〉에 열광했음은 너무도 당연하다. 1990년에 그는 '팝 페이지'를 주관했다. 잡지가 팬진으로 출발했음을 인정하듯 밴드들로부터 돈을 받고 보위의 탑 텐 차트에 이름을 올리는 기회를 주는 코너였다. "너무도 적정한 가격인 5파운드만 내면 히트곡을 기록할 수 있다니 얼마나 흐뭇한 일입니까." 그는 이렇게 썼다. "요즘은 5파운드로는 그렇게 좋은 물건을 살 수 없어요. 내가 새로 낸 싱글 두 장 정도는 사겠네요. 하지만 여러분은 한 장만 원하겠죠. 친구를 위해 또 한 장을 사지 않는다면 말이에요."

· 같이 들으면 좋은 노래: "Over the Wall We Go(All Coppers Are Nanas)". 배우 폴 니콜라스, 일명 '오스카'를 위해 1967년 보위가 작곡한 노벨티 송.
· 이어서 읽으면 좋은 책: 《프램리 이그재미너》(동명 패러디 신문 웹사이트의 기사들을 모아놓은 책—옮긴이)

51

《거리》

—앤 페트리(1946)

보위의 밴드에서 흑인 베이시스트였던 게일 앤 도시Gail Ann Dorsey는 보위가 자신에게 《거리》를 추천했다고 기억한다. 흑인 여성이 쓴 소설로는 최초로 100만 부 이상 팔린 기념비적인 소설이다. 이 책이 그토록 성공을 거둔 이유는 보위가 책을 추천하기로 마음먹은 이유와 똑같다. 신중하고 세심하게 인물들을 설정하면서 1940년대 할렘에서 홀로 아이를 키우는 젊은 여성이 겪는 곤경을 저널리스트의 엄밀함으로 묘사하여 강력한 힘을 발휘하기 때문이다. 페트리가 분명하게 밝힌 목표는 독자의 머릿속에서 폭탄이 터지는 경험을 하게 하는 책을 쓰는 것이었다.

우리는 루티 존슨과 여덟 살 아들 버브가 새로 들어가 살

집인 116번가 음침한 공동주택을 살펴보는 모습을 보며 그들을 응원한다. 지하철 광고가 보여주는 멋진 부엌을 갖춘 집에서 살아가는 백인들과는 완전히 다른 세상이다(그들의 부엌에서 일하는 사람은 흑인이다). 우리는 일터에서 돌아온 루티가 친구들과 놀지 않고 구두를 닦기 위해 발판을 준비하는 버브를 보고 뺨을 때리는 장면에서 움찔한다. 그녀는 백인들이 여덟 살 흑인 아이에게 기대하는 것을 아들이 하도록 두지 않을 참이다. 그녀는 사명감을 가지고 가난과 폭력으로부터 아들을 보호하려고 한다.

루티는 대단히 씩씩하지만 빈민가의 삶은 그런 그녀도 지치게 만든다. 지역의 포주인 헤지스 부인을 요리조리 피하고, 신선하게 보이려고 방부액을 뿌린 오래된 소고기를 사지 않으려고 꼼꼼하게 살피지만, 그녀는 어떻게 해도 승자가 되지 못한다. 할렘에서 루티는 계속해서 성폭행의 위험을 느끼며 살아간다. 그런 처지인데도 그녀가 부유한 백인 가정의 하녀로 일하게 되었을 때, 백인 여성들 모두는 흑인 여성들이 매춘부라는 생각을 갖고 있다.

작가인 페트리가 외부자인 중산층 흑인 여성이었다는 사실도 소설이 힘을 발휘하는 데 도움이 되었다. 그녀는 1908년 코네티컷에서 약사와 발 치료사의 딸로 태어났으며 그녀가 살았던 올드 세이브룩은 백인들이 주로 사는 마을이었다. 페트리는 약사 교육을 받고 가업을 돕다가 1938년에 결혼하여 남편과 함께 뉴욕으로 갔다. 할렘에서 〈피플스 보이스〉(1942년부터 1948년까지 뉴욕에서 발행된 좌파 흑인 신문—옮긴이)의 기자로 일하면서 루티 같은 여성을 처음으로 접하게 되었다. 페트리는 인종차별을 몰랐던 것은 아니지만 그렇게 냉혹하고 집약적인 형태의 인종차별은 본 적이 없었다. 1944년 페트리는 컬럼비아 대학에 등록하여 문예 창작을 공부했으며, 호튼 미플린 장학금 2400달러를 받아 《거리》를 집필할 수 있었다. 종종 같은 범주로 묶이는 리처드 라이트(226쪽 참고)와 마찬가지로, 그녀의 목표는 슬로건을 앞세우는 것이 아니라 독자를 친밀한 합의, 도저히 거부할 수 없는 합의로 끌어들임으로써 힘을 발휘하는 저항 문학을 만드는 것이었다.

· 같이 들으면 좋은 노래: "Day-In Day-Out"
· 이어서 읽으면 좋은 책: 앤 페트리의 《내로우스》

52

《표범》

—주세페 토마시 디 람페두사(1958)

1960년대 세대의 록스타들은 한때 무엇을 해도 용인되는 신과 같은 존재였지만 그들도 경력의 정점에서 내려와야 했다. 아마도 그때 그들이 느꼈던 심정은 1860년에서 1910년에 이르는 정치적 격변기에 시칠리아를 무대로 하는 주세페 토마시 디 람페두사의 황홀한 소설에 나오는 살리나 공작 돈 파브리치오 코르베라와도 비슷했을 것이다. 그가 대표하는 옛 시칠리아 귀족은 소설 첫머리에서 가리발디가 이끄는 이탈리아 통일 운동 리소르지멘토로 인해 위협에 처한다. 아마추어 천문학자로 불교도와 같은 우주적 아이러니를 이해하는 그는 오래된 질서가 바뀌어 수백 년간 자족적으로 지배해왔던 자신의 계급이 밀려나게 될 운명임을 알아본다. 아직은 화려한 영광이 가시지 않았다. 그러나 정원을 걷던 돈 파브리치오는 막 피어나는 꽃의 향기가 부패의 냄새와 소름 끼치게 닮았음을 깨닫는다.

보위도 이렇게 느꼈을까? 중년에 그에게 밀어닥친 세상에서 밀려난다는 느낌은 2000년대가 되면 한발 물러나 있었다. 그러나 그는 그것이 언제든 다시 돌아올 수 있다는 것을 알았다. 게다가 죽음이 코앞에 와 있다는 것도 알았다. 보위의 재기를 알린 2002년 앨범 〈Heathen〉의 첫 곡 "Sunday"에서 현실을 냉정하게 인식하는 가사를 듣고 있으면 조카이자 피후견인인 탄크레디가 돈 파브리치오에게 건네는 조언이 생각난다. 탄크레디는 현실 정치에 뜻을 두고 통일 운동에 가담하는데, 자신의 행동이 시칠리아의 지배 계급에게 생존의 기회가 된다고 생각하며, 현재 상태를 유지하기 위해서는 기꺼이 변화해야 한다고 믿는다.

영적으로 도덕적으로 삶의 모든 것은 타협이다. 누구도 자신이 무엇을 남기게 될지 알 수 없다. 보위는 《표범》을 읽으며 또 다른 메시지를 찾았을 수도 있다. 예술가는 말년에 가까워질 때 최고의 작품을 내는 경우가 많다는 것, 그리고 이런 작품은 시간이 한참 흐른 뒤에야 진가를 인정받을 수 있다는 것 말이다. 자신의 증조부를 모델로 하여 돈 파브리치오를 구상한 자산가 람페두사는 시간의 대부분을 케이크

가게에서 독서와 명상을 하는 것에 썼으며, 1954년 그의 나이 쉰일곱 살이 되어서야 《표범》을 쓰기 시작했다.

책이 출간되는 것을 보지 못하고 죽은 람페두사에게는 아이러니하게도 《표범》은 죽음을 다룬 멋진 소설이다. 무엇보다 최고의 죽음 **장면**을 담고 있다. 일흔세 살의 공작, 한때는 화가 나면 저도 모르게 나이프를 구부릴 정도로 힘이 셌던 공작은 여러 차례 뇌졸중을 겪으면서 몸을 못 쓰게 되었다. 호텔에서 팔걸이 의자에 앉아 노쇠한 다리에 담요를 덮은 채, 그는 자신의 삶을 돌아보며 행복했던 순간과 슬프거나 불안했던 순간 가운데 어느 쪽이 더 많았는지 생각한다.

람페두사는 공작의 죽음을 그야말로 쓸쓸하게 묘사한다. 소설 맨 마지막 장면은 한층 더 서글프다. 이제 어느덧 나이 지긋한 부인이 된 그의 딸 콘체타는 밖을 내다보다가 수염 달린 네 발 짐승이 창문 밖으로 뛰쳐나가는 것을 본다. 잠깐 동안 그녀는 가문의 상징인 표범이라고 생각한다. 사실은 아버지가 사랑했던 박제된 그레이트 데인 벤디코를 쓰레기통에 집어 던진 것이었다.

· 같이 들으면 좋은 노래: "Sunday"
· 이어서 읽으면 좋은 책: 카를로 레비의 《그리스도는 에볼리에 머물렀다》

53

《화이트 노이즈》

─돈 드릴로(1985)

《화이트 노이즈》에는 전직 스포츠 기자였다가 학계로 온 머리 제이 시스킨드가 중서부의 한 칼리지에서 함께 가르치는 소설의 화자 잭 글래드니에게 히틀러 연구 학과를 만든 공로를 칭찬하는 장면이 있다. 약삭빠르고 영리하고 앞을 내다보는 판단이라고 말한다. 시스킨드 본인도 엘비스 프레슬리를 주제로 하고 싶은 것이 바로 그거다.

좋든 나쁘든 간에 여러분이 손에 들고 있는 이 책은 보위 연구라고 할 만하다(비꼬는 뜻으로 하는 말이 아니다). 실제로 이 책은 《화이트 노이즈》의 최고 이론가인 시스킨드가 쓸 수도 있었고 어쩌면 그가 훨씬 더 잘 썼을 것이다. 그가 잭을 데리고 '미국에서 가장 사진이 많이 찍힌 헛간'을 보러 가는 장면에서 그는 현대적 현실의 핵심을 포착한다. 헛간은 '가장 사진이 많이 찍힌' 곳이라는 소문을 듣고 몰려와 사진을 찍어대는 관광객들로 둘러싸여 있다.

1985년 전미도서상 픽션 부문 수상작인 《화이트 노이즈》는 브롱크스 출신인 돈 드릴로의 출세작이다. 이 책으로 갑작스럽게 그는 소설가뿐만 아니라 예언자로, 포스트모더니즘의 대사제로, 즉 움베르토 에코와 장 보드리야르 같은 유럽의 거인들에 맞먹는 미국의 지성으로 떠올랐다. 《모욕》(274쪽 참고)과 마찬가지로 여기에도 비어 있는 느낌, 약품 처리의 느낌, 엔트로피의 느낌이 있다. 문화의 어두운 에너지dark energy를 취해 인물들의 실존적 고통의 수치를 최대한 정확하게 잴 수 있는 자료라도 되듯 해석한다. 《화이트 노이즈》가 소셜미디어가 등장하기 전에 나왔다는 사실은 흥미롭다. 그런 소설이 재미있고 특히 몇몇 대목에서는 데굴데굴 구를 만큼 재미있다는 것은 놀라운 일이다.

이 책이 우리에게 안겨준 많은 선물 가운데 가장 중요한 것은 '유독가스 공중유출 사건'이라는 용어를 대중화시켰다는 것이다. 화학물질 유출 사고가 일어난 뒤에 유독한 검은색 구름이 마을을 뒤덮는 것을 가리키는 말이다. 잭의 가족은 대피를 나갔다가 가상 대피 훈련, 그러니까 현재 그들이 하고 있는 '진짜' 대피를 위한 예행연습에 휘말리게 된다. 시뮬라

크르가 실재의 것보다 더 낫고 더 유용하고 더 '현실'일까?

《화이트 노이즈》에는 죽음이 스토커처럼 따라다닌다. 글래드니의 아내 배비트는 죽음의 공포를 극복하고자 '다일러'라고 하는 시약을 복용한다. 고급 나치즘 강의를 듣던 한 학생이 히틀러 암살 모의에 대해 질문하자 잭은 죽음을 향해 나아가는 것이 모든 모의의 본질이라고 대답한다. 보위가 자신의 '죽음의 앨범'으로 예감했음이 틀림없는 〈Blackstar〉 앨범을 작업할 무렵이면, 온 힘을 다해 열심히 일하는 것이 그의 다일러가 되었다. 죽음은 티베트에서는 예술이라고, 머리는 잭에게 말한다. 보위는 그것이 서양에서도 가능함을 보여주었다.

· 같이 들으면 좋은 노래: "Something in the Air"
· 이어서 읽으면 좋은 책: 돈 드릴로의 《언더월드》

54

《머리 없음에 대하여》

—더글라스 하딩(1961)

1940년대 초 어느 날, 영국의 건축가 더글라스 하딩은 히
말라야를 도보로 여행하다가 충격적인 깨달음에 사로잡혔
다. 자신의 머리가 없다는 깨달음이었다. 그가 나중에 영국
불교협회를 위해 쓴 얇은 책《머리 없음에 대하여》에서 주
장하듯이 이것은 웃기려고 하는 말이 아니다. 머리가 없다
는 것은 심각한 문제다.

약에 취해 헛소리하는 것으로 들리겠지만 하딩이 말하고
자 하는 바는 단순했다. 우리는 머리를 자아의 중심으로, 의
식이 저장되는 하드디스크 같은 것으로 생각한다. 하지만
사진이나 반사된 이미지 같은 인위적인 틀을 통해서 볼 뿐
남들이 우리를 보듯 자신의 머리를 보지는 못한다. 그렇다

면 우리가 누구인지 어떻게 알겠는가? (보위는 "Changes"에서 이 '테스트'를 잠깐 생각해보더니 그 문제로 고민하기에는 삶이 너무도 빨리 지나간다고 했다.) 하딩은 이런 질문에 너무도 충격을 받아 생각을 할 수 없을 지경이었다. 단어가 떠오르지 않았다. 과거와 미래의 시간 감각이 죄다 사라졌다. 자신의 이름과 성별은 물론 자신이 어떤 유형의 동물인지도 잊었다. 정체성, 지위, 개성을 나타내는 전통적인 표식들 모두가 민들레 씨앗처럼 흩어지고 말았다.

하딩이 설명하는 상태를 불교 용어로는 '불이不二'라고 한다. 대개는 집중명상을 통해 자아를 초월하는 의식의 상태에 이르는 것을 가리킨다. 앞서 비트 작가들과 불교의 대중화에 앞장섰던 앨런 와츠(《선의 길》의 저자) 같은 이들이 그랬듯이, 1960년대 말의 반문화 진영에서도 티베트불교와 선불교 모두를 열렬하게 받아들였다. 유토피아 반물질주의 태도에 공감했고, 불교에서 말하는 몰아沒我의 경지가 LSD를 복용하고 나서 자아가 해체되는 것을 느껴본 사람들에게 와닿았던 이유도 있다. 비틀스의 "Tomorrow Never Knows"의 가사는 《티베트 사자의 서》에서 많은 것을 가져왔다. 그들은 약물 체험의 권위자acid guru 티머시 리어리와 리처드 앨퍼트가 쓴 《환각 경험》이라는 책을 통해 이 책을 접했다.

보위가 티베트불교에 관심을 두게 된 계기는 열세 살 때

튜즈데이 롭상 람파가 쓴 《람파 이야기》를 읽으면서였다. (람파의 정체는 데번 주 출신의 전직 배관공 시릴 호스킨Cyril Hoskin 으로 밝혀졌는데, 그는 한 불교 수도승의 영혼이 자신의 몸속에 들어왔다고 주장하며 오컬트를 주제로 한 유사-회고록을 여러 권 펴냈다.) 《람파 이야기》와 오스트리아 산악인 하인리히 하러의 《티베트에서의 7년》은 티베트를 주제로 한 보위의 초기 노래들, 대표적으로 첫 앨범에 수록된 "Silly Boy Blue"와 〈Space Oddity〉 앨범의 "Wild Eyed Boy from Freecloud"에 명백하게 영향을 주었다. 1967년 9월, 보위는 스코틀랜드 에스크데일뮤어에 있는 불교 명상 센터에 찾아갔다. 1968년 5월에는 런던 라운드하우스에서 그의 친구 마크 볼란의 밴드 티라노사우루스 렉스Tyrannosaurus Rex의 게스트로 참여하여 중국의 티베트 침공을 주제로 마임 공연을 했다. 그 무렵에 그는 한 불교 스승 밑에서 배웠고, 나중에 밝히기를 한 달 만에 삭발하고 수도승으로 살기로 서약했다고 했다.

보위는 종교와 관련되는 일이라면 항상 관심이 많았지만, 특히 불교는 그에게 중요한 것으로 남았다. "불교와 관련하여 처음에 내게 매력적으로 다가왔던 많은 것들이 지금도 영향을 주고 있습니다." 보위는 1996년 〈데일리 텔레그래프〉에서 이렇게 말했다. "인생무상이라는 개념, 실용적으로 집착할 만한 것은 존재하지 않는다는 생각, 인생은 너무도 짧으므로 우리에게 가장 소중하다고 여기는 것들도 언젠가는 다 내려놓아야 한다는 생각 같은 것들이죠." 이를 보여주듯 보위가 죽고 그의 시신은 발리에서 불교 의식에 따라 화장되었다.

· 같이 들으면 좋은 노래: "Changes"
· 이어서 읽으면 좋은 책: 헤르만 헤세의 《싯다르타》

55

《카프카가 유행이었다》

— 아나톨 브로야드(1993)

1946년, 일본과의 전쟁에 참전했던 미국 군인 아나톨 브로야드가 뉴욕 힙스터의 성지 그리니치빌리지에 왔다. 정부가 주는 군 장학금으로 교육의 기회를 누리면서 매혹적이고 달콤한 보헤미안의 삶을 즐기기 위해서였다. 이 회고록은 그로부터 40년 뒤에 쓰였지만 당시 〈뉴욕 타임스〉 수석 서평가로 활약하던 브로야드는 자신이 위독한 병에 걸렸음을 알고는 책을 마무리하지 않은 채로 두었다. 어색하지만 각고의 노력 끝에 군인에서 학자로 변모한 그의 이야기가 여기에 담겨 있다. 섹스를 열외로 하면 책보다 더 중요한 것은 없었던, 지금은 사라지고 없는 공동체를 차분하고 명료하게 돌아보는 책이다. 아름답고 감동적이고 쓸쓸하게 재밌다.

책은 그리니치빌리지 인물들을 신랄하게 묘사하되 부당하게 헐뜯지는 않는다. 델모어 슈워츠Delmore Schwartz(나중에 시러큐스 대학에서 루 리드를 가르치게 되는), 아나이스 닌Anaïs Nin, 당시 뉴욕에 들렀던 케이틀린 토머스Caitlin Thomas와 딜런 토머스Dylan Thomas 등이 나오지만 가장 눈길을 끄는 것은 브로야드가 화가 '셰리 도너티'(에즈라 파운드·찰리 파커·윌리엄 개디스William Gaddis의 친구이거나 연인이었던 '비트족의 여왕' 셰리 마르티넬리Sheri Martinelli의 필명)와의 특이한 관계를 설명하는 대목이다. 그녀는 자신의 예술에서만이 아니라 삶에서도 전위적이었다. 결코 속옷을 입지 않았으며, 브로야드가 능글맞게 설명하는바 예술, 섹스, 정신질환의 최신 조류들을 받아들였다. 한번은 심장병이 있다며 브로야드에게 자신의 예술가 친구들이 사는 아파트 꼭대기 층까지 자신을 안고 계단을 오르도록 했다. 도너티는 그를 유혹하는 기술조차 추상적이었다. 자신은 오르가슴을 원하지 않아서 한 번도 느껴본 적이 없다고 그에게 말했다.

브로야드가 죽고 나서 그가 스스로에 대해 밝힌 사실에 감추어진 부분이 있었음이 드러났다. 그는 성인이 된 이래로 백인으로 통했지만 실은 혼혈 혈통이었다. 출신을 상관하지 않는 그리니치빌리지의 분위기에 힘입어 그는 뉴올리언스의 프렌치쿼터에서 자라면서 감내해야 했던 크레올의 정체성을 벗어던질 수 있었다. 하지만 그런 사실을 모르고 자란 자식들에게는 복잡한 문제를 안겼다. 작가로 성장한 그의 딸 블리스 브로야드Bliss Broyard는 본인의 작품에서 이 문제를 상세히 파고들었다.

그러나 그가 변모를, 특히 좌절된 변모를 써내려가는 대목은 무척이나 아름답다. 브로야드는 심리치료사들에게 털어놓기를, 소설 속 인물들은 하나같이 사랑으로 고양되는데 자신은 왜 아직도 그런 경험이 없는지 모르겠다고 한다. 섹스는 만족스럽지만 그것으로 충분하지 않다. 섹스로는 사랑이 물리적인 것을 초월한다고 강조하는 대다수 예술을, 사랑이 불어넣는 감정들의 극한을 설명할 수 없다.

결국 이 책은 보위가 사랑한, 예술적 현장을 다룬 책이다. 현장의 마술과도 같은 총체적 에너지를 담고 있으며, 예술가의 행동—속옷을 입지 않는다던가 하는 사소한 행동도 포함하여—이 무엇을 할 수 있고 무엇을 해야 하는지에 대한 대중의 인식을 확장함으로써 더 큰 문화를 바꾸어가는 것을 보여준다.

· 같이 들으면 좋은 노래: "(You Will) Set the World on Fire"
· 이어서 읽으면 좋은 책: 아나톨 브로야드의 《나의 질환에 취하여, 그리고 삶과 죽음에 관한 다른 글들》

56

《리틀 리처드의 삶과 시대》

—찰스 화이트(1984)

현란하고 양성적인 무대를 선보였던 리틀 리처드는 단연코 보위에게 가장 지대한 영향을 미친 인물이었다. 그의 독보적인 무대 연출을 학구적으로 면밀하게 연구한 사람은 보위만이 아니었다. 슬라이 스톤, 믹 재거, 조지 클린튼, 그리고 가장 명백하게는 프린스가 있었다. 이만은 결혼 1주년을 맞아 보위에게 리틀 리처드의 수트를 선물로 사주었다.

조지 언더우드는 보위와 함께 리틀 리처드의 공연을 보러 갔던 때를 기억한다. 리틀 리처드가 무대에서 공연하다가 심장마비인 듯한 증상으로 쓰러졌을 때는 가수가 죽는 모습을 보게 되는 줄 알았다고 한다. 진행자가 무대에 올라와 여기 온 사람들 중에 혹시 의사가 없는지 물었다. 그 순간 그와 보위는 모든 음악가가 자기 악기로 돌아가기 시작한 것을 눈치챘다. 리틀 리처드가 손을 위로 들고 "아윕밥 알루밥 알롭밤붐!"을 외쳤고, 청중들은 열광했다.

뜻밖일 수도 있겠지만, 보위에게 로큰롤의 세계를 알려준 은인은 그의 아버지였다. 아동복지재단 '바나도'에서 홍보 담당자로 일하던 헤이우드 존스는 어느 날 회사에서 받은 최신 7인치 싱글들을 가방에 잔뜩 담아 집으로 왔다. 거기에는 패츠 도미노Fats Domino, 척 베리Chuck Berry, 프랭키 라이먼 앤 더 틴에이저스Frankie Lymon and the Teenagers의 음반과 함께 리틀 리처드의 "Tutti Frutti"도 있었다. 보위는 78회전에 맞춰진 낡은 그라모폰에 리틀 리처드 음반을 올려놓고 손으로 턴테이블을 돌려 적절한 속도가 되도록 했다고 한다. 마침내 음악이 흘러나왔고, 난생처음 그의 심장은 "흥분으로 거의 터질" 지경이었다. "이런 음악은 비슷한 것도 들어본 적이 없었어요. 에너지와 생기, 무지막지한 반항이 방안을 가득 채웠죠. 나는 신의 음성을 들었어요. 이제 신을 만나보고 싶었습니다."

조지아 주 메이컨에서 리처드 페니먼으로 태어난 리틀 리처드는 강력하게 내리치는 피아노와 가성으로 내지르는 고함으로 1955년 미국 음악계를 혼자서 바꿔놓았다. 닉 콘(46쪽 참고), 그레일 마커스(103쪽 참고)의 책과 함께 읽어야 하는 찰스 화이트의 책은 리틀 리처드의 활동이 침체했을 때 출간되었지만, 책이 성공하면서 그가 재기하는 데 도움을 주었다. 화이트는 리처드의 삶에서 핵심적인 인물들을 모두 인터뷰하여 그들 말을 중간에 끊지 않고 길게 인용했고 자신의 역할은 최소한으로만 했다. 그 효과는 실로 짜릿하다.

본인의 승인을 받고 출간한 것이지만, 전기는 어두운 구석도 살펴본다. 리처드의 초창기 동성애 경험에 대해, 계속해서 들었던 모욕에 대해("그들은 나를 계집애, 창녀, 괴짜, 호모라고 불렀어요"), 인종적 편견에 대해("사람들은 자신의 자리를 알고 그 자리에 그냥 있어요"), 어린 시절 겪었던 끔찍한 학대에 대해 솔직하게 밝히고 있다. 성적으로 벌인 실수들은 하나도 그냥 넘어가는 법이 없다. 병이나 상자에 변을 보고는 어머니가 발견하도록 부엌 찬장에 놓아두었던 그의 어릴 적 버릇이 궁금하다면, 여러분은 제대로 찾아온 것이다.

· 같이 들으면 좋은 노래: "Suffragette City"
· 이어서 읽으면 좋은 책: 척 베리의 《척 베리 자서전》

57

《원더 보이스》

―마이클 셰이본(1995)

　《원더 보이스》는 아이러니한 성취다. 글감이 떠오르지 않아 곤란한 상황을 소재로 하여 근사한 소설을 썼으니 말이다. 실은 그 이상이다. 창작의 궁전에 이르는 길이 얼마나 험난한지, 그 과정에서 발을 헛딛는 건 얼마나 쉬운지 보여준다. 피츠버그 대학에서 글쓰기를 가르치며 소설을 쓰는 그래디 트립은 7년째 《원더 보이스》 작업에 매달리고 있다. 이제 초고가 2611페이지에 달하지만 출판까지는 요원하다. 약물 남용과 무의미한 자극 추구, 자신의 재능을 알아차리지 못하는 무신경함이 결합한 탓이다. 셰이본은 이렇게 무기력한 그를 몰아붙이고 일종의 감정교육을 하기 위해 혹독한 상황을 마련했다. 아내 에밀리는 트립을 떠나고, 그가 있는 대학의 총장이자 그의 정부인 새러는 그의 아이를 임신하게 된다. 옛 친구이자 편집자 크랩트리는 여장남자를 데리고 뉴욕에서 오고, 프랭크 카프라Frank Capra에 집착하는 성실하고 아마도 게이인 그의 학생 제임스 리어는 소설을 하나 썼다며 들고 오는데 꽤 괜찮아 보인다.

보위가 수년에 걸쳐 엄청난 양의 약물을 복용했음을 고려할 때, 그가 트립과 같은 상황에 처하지 않은 것이 오히려 이상한 일이다. 보위는 2004년에 심장마비로 쓰러질 때까지 대단한 작업정신을 발휘하여 놀랄 만큼 꾸준하게 앨범을 발매했다. 트립이 마리화나 복용으로 작업을 지체한 것과 같은 일은 보위에게 일어나지 않았는데, 어쩌면 그저 마리화나와 코카인의 차이일 수도 있다. 그렇더라도 트립이 과잉과 모험을 사랑하는 것에는 보위와 비슷한 면이 있다. 트립의 미완의 제자 리어에게서도 그런 면이 나타난다. 리어의 진정한 재능은 브리콜라주의 감각이지만─자신이 좋아하는 카프라 영화의 부분들을 엮어서 이야기를 만든다─너무도 당당하게 멋지게 해내므로, 완성된 작품은 다른 누구의 것도 아닌 명백히 그의 것이다.

셰이본은 일곱 달 만에 《원더 보이스》를 완성했다. 플로리다에 야구장을 건설하는 건축가가 주인공인 소설 《분수도시》에 5년을 매달렸다가 장르를 오가는 트립의 대작처럼 비대하고 끔찍하다는 것을 깨닫고 포기한 다음에 쓴 것이었다. 앤젤라 카터의 《서커스의 밤》(155쪽 참고)과 비슷하게 장황한 플롯을 자랑하는 《원더 보이스》는 마리화나 중독자가 주인공으로 나오는 피카레스크 소설로 볼 수 있다. 복잡하고 산만하고 길게 이어지는 이야기shaggy dog story의 진수를 보여준다. 실제로 소설에는 개가 등장하기도 한다. 리어가 총으로 쏴 죽인 개의 사체를 트립이 자동차 트렁크에 싣고 소설이 진행되는 내내 돌아다닌다. 트렁크에는 죽은 보아뱀, 튜바, 마릴린 먼로가 조 디마지오와 결혼하던 날 입은 재킷도 들어 있다.

《원더 보이스》는 시끌벅적하고 터무니없으며 그러므로 끔찍해야 한다. 작가들이 등장하는 소설이 대부분 그렇듯이 말이다. 그러나 트립은 너무도 불운한 사람이며, 재치로, 싸구려 호러와 판타지에 대한 무한한 사랑으로 우리의 환심을 산다. 마지막은 회복의 이야기로 끝맺는데 중독 경험이 있는 보위로서는 남다른 감회를 느꼈을 것이다. 여기서 회복은 진정으로 행복한 사건이다. 우리가 트립과 작별할 즈음이면 그는 약을 완전히 끊고 새로운 대학에 새로 임용되어 새로운 세대의 학생들에게 자신의 수상쩍은 지혜를 전달한다.

- 같이 들으면 좋은 노래: "Survive"
- 이어서 읽으면 좋은 책: 마이클 셰이본의 《캐벌리어와 클레이의 놀라운 모험》

58

《한낮의 어둠》
—아서 쾨슬러(1940)

인간의 얼굴을 짓밟는 군홧발은 보위의 초창기 노래 "We Are Hungry Men"에서 "1984", "The Next Day", "Scream Like A Baby"에 이르기까지 계속 모습을 드러낸다. 1980년 앨범 〈Scary Monsters (and Super Creeps)〉에 수록된 "Scream Like A Baby"에는 게이 평화주의자가 화자로 등장하는데, 그는 친구 샘과 함께 눈가리개를 하고 쇠고랑을 찬 채 어디론가 끌려가서는 정부의 구미에 맞게 사회에 통합되는 법을 배울 때까지 약물을 주입당한다.

여기에서 《시계태엽 오렌지》와 《1984》의 그림자가 어른거리지만, 전체주의를 오싹하게 비판한 쾨슬러의 《한낮의 어둠》도 이 대열에 포함할 수 있다. 이 소설의 배경이 되는 스탈린 치하 러시아에서는 많은 유명한 옛 볼셰비키 당원들이 터무니없는 혐의로 체포되어 반역죄로 유죄 선고를 받고 투옥되거나 처형되었다.

이야기는 처음부터 암울한 어조로 아이러니하게 시작된다. 주인공 루바쇼프는 자신의 손으로 세운 정권에 의해 체포되어 고문당하고 반역죄로 재판을 받는다. '당'을 지배하는 자는 모두가 '일인자'라고 부르는 사람(스탈린)이며, 그의 천연색 초상화가 모든 침대나 간판에 걸려 있다. 일인자는 빅 브라더의 원형이고, 보위가 "If You Can See Me"에서 탐욕의 혼이요 절도의 군주라고 일컫는 존재다. (보위는 이 노래를 설명하는 세 단어로 '십자군', '폭군', '지배'를 골랐다.)

쾨슬러는 우리를 루바쇼프 옆에 붙여둔다. 그래서 그가 수감 생활을 하고, 먹을 것을 받지 못해 실망하고, 벽을 두드려 옆방 동료와 소통하며 두려운 흥분을 느끼고, 당의 간부로서 일했던 과거를 회상할 때 우리도 그와 똑같이 경험한다.《한낮의 어둠》이《1984》와 다른 점은 사상을 좀 더 전면적으로 다룬 소설이라는 점이다. 오웰도 간파했듯이, 이 소설의 핵심은 루바쇼프와 그의 사건을 담당하는 두 장교, 이렇게 세 명 간의 지적 논쟁이다. 볼셰비키 옛 동지인 이바노프는 루바쇼프가 무죄임을 알지만 그것이 중요한 게 아니라는 것도 안다. 젊고 야심적이고 신념에 찬 글레트킨은 사냉감을 쪼는 맹금류와도 같다. 결국 루바쇼프는 자신이 반역자라고 진심으로 믿게 되어 자백하고 사살된다.

1905년 부다페스트에서 태어난 쾨슬러는 세 차례 투옥된 본인의 경험을 바탕으로 이 소설을 썼다. 스페인 내전 때 프랑코 정권에 의해, 프랑스에서 포로수용소에, 영국으로 도망쳤을 때는 불법 이민자로 펜톤빌 교도소에 투옥된 바 있었다. 쾨슬러가 프랑스에 살 때 독일어로 썼던 그 원고는 그의 연인이자 조각가 다프네 하디Daphne Hardy가 영국으로 몰래 빼돌려야 했다. 소설이 성공하면서 그는 닥터 A. 코스틀러라는 필명으로 섹스 백과사전을 쓰는 등 돈벌이를 위해 어쩔 수 없이 했던 일들을 더이상 하지 않아도 되었다.

· 같이 들으면 좋은 노래: "Scream Like A Baby"
· 이어서 읽으면 좋은 책: 아서 쾨슬러의 《기계 속 유령》

59

《진 브로디 선생의 전성기》

—뮤리얼 스파크(1961)

외견상 보면 뮤리얼 스파크의 걸작은 영감을 주는 교사가 주인공으로 나오는 얇고 재밌는 소설이다. 많은 사람에게 익숙한 유형의 인물이다. 보위에게도 그런 교사가 있었는데, 기타리스트 피터 프램튼Peter Frampton의 아버지로 브롬리 기술고등학교에서 예술을 가르쳤던 오언 프램튼Owen Frampton이 바로 그였다. 보위는 1958년에 '11세 시험'에 합격했지만 예술에 대한 명성에 이끌려 보다 학구적인 브롬리 그래머스쿨 대신 브롬리 기술학교를 선택했다. 브로디 선생과 마찬가지로 프램튼도 교육이란 뭔가를 '집어넣는' 것이라기보다 이미 존재하는 것을 '끌어내는' 것이라고 믿었다. 피터 프램튼은 〈인디펜던트〉에서 이렇게 설명했다. "아버지는 학생들에게서 예술에 대한 열정을 찾아내는 데 선수셨어요." 브로디 선생처럼 그도 흔하지 않은 수단을 활용했다. "아버지는 예술관으로 들어가는 문을 열어놓고 아이들이 기타를 들고 들어와서 버디 홀리Buddy Holly의 노래를 연주하게 하셨어요."

《진 브로디 선생의 전성기》는 어떻게 보면 카리스마의 힘에 관한 소설이다. 하지만 카리스마에 흔히 수반되는 섹스와 배신에 관한 소설이기도 하다. 고상한 에든버러의 노처녀 진 브로디는 보수적인 마샤 블레인 학교에서 자신을 따르는 '무리'에게 록스타 같은 존재다. '크림 중의 크림crème de la crème'이라고 불리는 모니카, 샌디, 로즈, 메리, 제니, 유니스를 매료시킨다. 교과과정을 경멸하는 브로디 선생은 수업시간에 전쟁터에서 싸우다 죽은 자신의 애인 이야기나 털어놓는다. 화가 조토에 대한 칭찬을 늘어놓지만 무솔리니와 히틀러도 그녀가 숭상하는 인물이다. 수상쩍게도 질서와 통제를 사랑하는 그녀다운 취향이다.

브로디 선생은 제자들에게 헌신적이며 그들에게서도 마찬가지로 헌신을 기대한다. 그러나 자신의 팬들에 의해 살해되는 '나환자 메시아'와 마찬가지로 그녀도 자신의 무분별한 성적 행동으로 인해 샌디에게 배신당하고 만다. 그녀의 무리에서 가장 통찰력 있는 친구답게 샌디는 브로디 선

생이 스스로를 떠받들고 자신이 만든 종교의 수장 노릇을 한다는 것을 알아차린다. 브로디 선생은 극단적인 개인주의를 설파하며 각자 가진 독보적인 성취를 추켜세운다. 예컨대 모니카는 수학 실력이 뛰어나고, 로즈는 성적 매력이 넘친다. 하지만 그녀가 진정으로 원하는 것은 자신의 무리가 자신과 똑같은 클론이 되는 것이다. 이를 보여주듯 미술 교사 테디 로이드가 그리는 그녀 아이들 그림은 하나같이 브로디 선생을 닮았다.

간결하면서 긴장감이 팽팽하여 순수한 형식으로 된 소용돌이파(379쪽 참고) 습작처럼 보일 정도다. 《진 브로디 선생의 전성기》는 단행본으로 나오기 전에 잡지 〈뉴요커〉의 한 호에 전체가 다 소개되었다. 과장된 격언들을 모아놓은 것에 불과한 인물에 우리를 그토록 몰입시킨다는 데 이 소설의 힘이 있다. 그녀의 모든 것이 다 연기다. 딱딱한 표면에 유약을 발라놓은 것 같다. 한마디로 씬 화이트 듀크 같은 인물이다.

· 같이 들으면 좋은 노래: "Ziggy Stardust"
· 이어서 읽으면 좋은 책: 뮤리얼 스파크의 《가난한 소녀들》

60

《꼭대기 방》
—존 브레인(1957)

　존 브레인은 '담배는 몸에 이로우므로 많이 피울수록 오래 산다'라고 적힌 스티커를 담뱃갑에 붙이고 다닐 만큼 대단한 애연가였다. 《꼭대기 방》('앵그리 영맨' 소설의 신호탄이 된)은 도서관 사서로 일했던 그의 데뷔작으로 베스트셀러가 되었고 엄청난 사회적 파장을 일으켰다. 젊은 시절 보위도 자신의 삶에 크나큰 영향을 미치리라고 기대하며 경건한 마음으로 이 책을 읽었을 것이다.

　영화로도 만들어져서 상업적 성공을 거두었지만, 1959년에 스크린으로 보여줄 수 있는 것에는 한계가 있었다. 책은 달랐다. 《채털리 부인의 연인》의 판매금지가 풀리기 전에 출판되었음에도, 《꼭대기 방》은 놀랄 정도로 야한 구석이 많다.《채털리 부인의 연인》처럼 이 책도 놀이터에서 몰래 돌려가며 읽었을 것이다.

브레인은 1922년 브래드퍼드에서 태어났고, 아버지가 하수처리장에 취직하면서 근처 새클리로 이사를 했다.《빌리 라이어》(212쪽 참고)와 마찬가지로《꼭대기 방》도 더 나은 삶을 꿈꾸는 노동자 계층의 커지는 열망을 담고 있다. 빌리 피셔가 중산층이나 전문직이 되고자 한다면, 브레인은 돈을 많이 벌고 싶다. 실제로 브레인에게는 대단히 구체적인 야망이 있었다. 한 기자에게 이렇게 털어놓았다. "보석으로 치장한 벌거벗은 여자 두 명을 내 양쪽에 태우고 롤스로이스로 브래드퍼드 시내를 달리는 겁니다."

소설의 주인공 조 램튼이 출세를 위해 벌이는 일은 인정사정없고 소시오패스 기질마저 보인다. 가상의 도시 윌리로 가서 회계 사무실에 취직한 그는 부유한 집 딸인 순진한 소녀 수전을 꼬드긴다. 하지만 그가 이용해온 또 다른 나이 많은 여자 앨리스로 인해 그들의 관계는 꼬이고 만다. 램튼이 수전을 임신시키고 결혼하려는 차에 앨리스가 자살해버린 것이다.

《꼭대기 방》은 브레인에게 평생 꿈꾸던 부를 안겨주었다. 노동계층의 작가는 사회주의 성향을 나타낸다는 경향을 뒤집고 그는 요크셔에서 서리의 고급 주택가로 이사했고, 〈스펙테이터〉에 '영국은 어디로 가고 있는가?'라는 분노의 글을 썼으며, 킹슬리 에이미스 같은 우파 작가들과 어울렸다.

《꼭대기 방》의 속편은 성공했지만, 젊었을 때 결핵을 앓아 침대에 붙어 있었던 경험에 바탕을 두고 쓴 그의 최고작 《보디》를 포함하여 이후의 소설들은 큰 반향을 일으키지 못했다. 신작이 나올 때마다 브레인이 친절한 한마디를 기대하고 책을 보내곤 했던 킹슬리 에이미스는 이렇게 썼다. "특이한 사항을 발견했는데, 모든 등장인물이 이민을 갈 때 명예훼손 전문가의 조언이라도 받은 듯 현실의 누구도 쓰지 않는 독특한 이름―레질라 캐터마운틴, 메네데무스 에이블포트―을 갖고 있다." 보위도 이런 점에서는 뒤지지 않는다. 그는 한 인물에게 알제리아 터치슈리크라는 이름을 준 적이 있다.

· 같이 들으면 좋은 노래: "Love You Till Tuesday"
· 이어서 읽으면 좋은 책: 존 브레인의 《보디》

61

《숨겨진 복음서, 영지주의》

—일레인 페이절스(1979)

보위의 막연한 개인적 우주론이 가장 충만하게 표현된
것은 〈Station to Station〉 앨범(160쪽 엘리파스 레비 참고)이다.
보위는 이 앨범에서 잘 알려지지 않은 오컬트 관련 책들을
곳곳에서 언급한다. 그가 코카인으로 정신이 오락가락했을
때 그의 깊숙한 부분을 차지했던 또 다른 것으로 영지주의
가 있다. 보위는 세상이 돌아가는 방식을 설명해주는 은밀
한 지식을 찾는 과정에서 밀교들에 관심을 보였는데, 영지
주의는 이런 많은 밀교의 뿌리가 되는 것이다.

영지주의는 예수가 죽고 나서 수백 년간 존재했던 여러
형태의 기독교들을 통칭해서 부르는 말이다. 초기 교회를
만든 창시자들에 의해 이단으로 몰린 바람에 공식적인 판본

의 기독교가 되지 못했다. 예를 들어 영지주의자들은 신을 아버지뿐만 아니라 어머니로도 여겼고, 예수의 부활은 실제로 일어난 사건이 아니라 신화라고 생각했다. 죄악에 빠지게 만든 것은 인간이 아니라 세상을 만든 창조자라고 믿었는데, 영지주의자들에게 창조자는 신이 아니라 데미우르고스다. 데미우르고스는 자신을 보좌하는 아르콘의 도움을 받아 인간들을 물질계에 가둬두고 그들이 처한 곤경의 본질을 보지 못하게 한다. 하지만 선택받은 소수는 그노시스—더 높은 수준의 깨달음, 영적 진리의 직관적 이해—를 얻는다. 아마도 보위는 약물 복용으로 미친 듯이 우쭐한 마음에 자신도 그중 한 명이라고 여겼을 것이다.

일레인 페이절스는 1945년 이집트 마을 나그함마디 근처에서 발견된 영지주의 자료들을 연구하여 그 결과를 1979년에 책으로 출간했고, 베스트셀러가 되었다. 그 무렵이면 보위는 좀 더 온전한 정신을 회복한 터였지만 그럼에도 그는 여전히 이 책에 환호했을 것이다. 페이절스는 초창기 기독교가 사람들이 생각한 것 이상으로 훨씬 더 다양하고 괴상하고 복잡한 모습이었음을 우아하고 정확하게 보여준다. 예컨대 도마복음은 '공식적인' 4대 복음서—마태복음, 마가복음, 누가복음, 요한복음—보다 먼저 쓰였을 수도 있다. 도마복음에서 예수는 완전히 새로운 격언들을 설교한다. 예를 들면 이런 것이다. "너희 안에 있는 것을 밖으로 드러낸다면 그것으로 너희는 구원을 받게 될 것이요. 너의 안에 있는 것을 밖으로 드러내지 않는다면 드러내지 않음으로 너희는 멸하게 될 것이다."

보위는 영지주의를 먼지 쌓인 박물관 유물이 아니라 유효한 종교로 바라보았던 것 같다. 그는 1997년 〈Q〉와의 인터뷰에서 "무신론과 일종의 영지주의 사이에서 왔다갔다 해야 하는 필요성이 내 안에 항상 자리하고 있다"고 언급했다. "내가 필요로 하는 것은 삶을 살아가고 죽음에 대처하는 방식에서 영적으로 균형을 잡는 것입니다." 목록에 있는 다른 어떤 책보다도 《숨겨진 복음서, 영지주의》는 그가 그런 목적을 이루는 데 도움이 되었을 것이다.

· 같이 들으면 좋은 노래: "Word on a Wing"
· 이어서 읽으면 좋은 책: 일레인 페이절스의 《계시록: 요한계시록에 나타나는 비전, 예언, 정치》

62

《인 콜드 블러드》

— 트루먼 커포티(1966)

트루먼 커포티는 1973년 앤디 워홀에게 "데이비드 보위는 재능 있는 인물"이라고 말했다. "믹 재거가 섹시하면 오줌 싸는 개구리도 섹시하다"고 했던 사람으로서는 후하게 평가한 셈이다. 이에 보답하듯 보위도 1966년에 출간되어 '범죄 실화' 장르를 개척한 커포티의 흥미진진한 '논픽션 소설'(저자의 표현)《인 콜드 블러드》를 자신의 목록에 포함했다. 이 책이 설득력 있게 직접적으로 와 닿는 것은 커포티가 픽션의 기법을 활용하여 그저 다큐멘터리 보도물에 불과하던 것을 새로운 예술 형식으로 승화시켰기 때문이다.

집필에 6년이 걸린《인 콜드 블러드》는 1959년 11월 15일, 서부 캔자스 주 작은 마을 홀컴을 발칵 뒤집어놓은 일가족 살해 사건의 끔찍한 이야기를 다룬다. 부유한 농부 허브 클러터와 아내, 두 아이가 총에 맞아 숨졌고 허브는 목까지 베였다. 페리 스미스와 딕 히콕이 범인으로, 가석방 중이던 두 사람은 클러터의 집 금고에 현금이 잔뜩 있다는 소문을 듣고 그들을 찾아간 것이다.

커포티가 철저하게 조사했음은 의심의 여지가 없다. 그의 어린 시절 친구 하퍼 리가 여기에 도움을 준 것으로도 유명한데, 아직은 그녀가 《앵무새 죽이기》로 명성을 얻기 전이었다. 리의 역할은 커포티와 함께 홀컴 마을에 가서 분위기를 좋게 만들고 그가 인터뷰하고 싶어하는 마을 주민들의 믿음을 얻는 것이었다. 시골 농부들은 뉴욕에서 온 괴짜처럼 보이는 사람에게 선뜻 협조하려고 하지 않았기 때문이다.

그도 그럴 것이 커포티는 누가 봐도 괴짜였다. 사람을 내려다보는 듯한 태도, 요란한 의상, 신경질적인 고음의 목소리는 곧 그의 전매특허가 되었고, 커포티는 홀컴은 물론이거니와 뉴욕에서도 보기 드문 당당한 게이였다. 1966년 글로리아 스타이넘Gloria Steinem이 잡지 〈글래머〉에 쓴 글에서 리는 이렇게 말했다. "그는 달에서 내려온 사람 같았어요. 주민들은 트루먼 같은 사람은 한 번도 보지 못했어요." 참으로, 그는 지구에 떨어진 사나이였다! 그러나 《인 콜드 블러드》는 보위도 직관적으로 알았던바, 아웃사이더라는 존재—혹은 스스로를 아웃사이더로 포장하는 것—는 훗날 대단한 이득으로 돌아온다는 것을 보여준다.

· 같이 들으면 좋은 노래: "I Have Not Been to Oxford Town"
· 이어서 읽으면 좋은 책: 트루먼 커포티의 《카멜레온을 위한 음악》

63

《민중의 비극》:
러시아 혁명 1891-1924
—올랜도 파이지스(1996)

보위를 알았던 사람들은 그가 말년에 책을 평소보다 훨씬 더 많이 읽었다고 말한다. 그는 역사와 관련된 책은 무엇이든 좋아했다. 힐러리 맨틀의 《울프 홀》 같은 소설도, 러시아 혁명의 역사를 924페이지에 걸쳐 서술한 이 논픽션 대작도 좋아했다. 이 책은 앤서니 버지스의 《지상의 권력》(404쪽 참고)과 마찬가지로 들고 다니기가 무거워서 아마존 킨들로 출간된 것이 그렇게 반가울 수가 없다.

《1984》(144쪽 참고)와 《한낮의 어둠》(255쪽 참고), 《소용돌이 속으로》(325쪽 참고)를 좋아하는 팬이라면 결국에는 상세하고 권위 있는 《민중의 비극》을 찾는 것이 논리적 귀결이다. 이 책에서 파이지스는 1917년 혁명의 이야기를 양방향으로 확장한다. 그는 1891년 러시아 대기근을 혁명의 출발점으로 보며, 레닌이 죽은 1924년이면 스탈린 정권의 핵심 요소가 되는 일당 독재정치와 개인숭배가 완성되었다고 생각한다.

보위는 소련을 몸소 체험한 바 있었다. 1973년 4월 '지기 스타더스트' 일본 투어를 마치고 돌아오는 길에 그는 소련을 처음으로 방문했다. 밝은 빨강머리를 하고 플랫폼부츠를 신어 우스꽝스럽게 뛰는 모습으로 어린 시절 친구이자 코러스 보컬인 제프 맥코맥과 함께 항구도시 나홋카에서 모스크바까지 시베리아 횡단열차를 타고 갔다.

시베리아 횡단철도는 러시아와 극동 지방의 무역을 활성화하고자 1890년대에 건설되었다. 1917년 혁명 이후 내전이 일어났을 때 이곳은 콜차크가 이끄는 백군을 지지하는 체코슬로바키아 군단과 볼셰비키가 다투는 주요 격전지가 되었다. 그 이후로는 바뀐 것이 그렇게 많지 않았다. 일반 승객들은 여전히 비좁은 객실에서 나무 의자에 기대어 잤다. 보위와 수행원들은 세면 시설은 열악했지만 깨끗한 침구가 마련된 '1등석soft class' 객차를 이용했다. 보위는 옆에서 그를 돌보기로 지정된 두 명의 건장한 러시아 여인 도냐와 넬야를 대동하고 기모노 차림으로 기차 안을 돌아다녔다.

그가 기차를 타고 가면서 목격한 시베리아 마을의 가난

함은 (상대적으로) 호화로운 자신의 처지와 대비되어 그의 뇌리에서 떠나지 않았다. "사람들이 대체 겨울을 어떻게 살아내는지 모르겠습니다." 그는 잡지 〈미라벨〉에서 이렇게 되뇌었다. 세월이 흘러 파이지스의 책을 읽고 나서야 그는 기근이 절정이던 1921~2년에 많은 러시아 농부들이 인육을 먹음으로써 겨울을 버텨냈음을 알게 되었다. 아이들을 먹이기 위해 물불 가리지 않았던 어머니들은 죽은 사람의 팔다리를 잘라서 솥에 넣었다. 친척을, 심지어는 먼저 죽은 어린아이를 먹는 지경에 이르기도 했는데, 아이들은 살이 부드러워 맛이 좋았다고 한다.

차르 니콜라이 2세와 가족들이 지하실에서 처형된 이파티예프 저택이 있는 스베르들롭스크(현재는 원래 이름을 되찾아 예카테린부르크)에서 보위는 처음으로 기차에서 내렸다. 그의 개인 사진작가 리 블랙 차일더스Leee Black Childers가 사진을 찍으려고 할 때 제복을 입은 경비 두 명이 다가와서는 몸으로 그를 제지했다. 곧바로 보위는 영화촬영용 카메라로 촬영하기 시작했다. 두 명의 경비가 더 나타나서 그를 체포하려고 했다. 철도 승무원 둘이 끼어들고 나서야 보위와 차일더스는 열차 안으로 안전하게 돌아올 수 있었다. 도냐와 넬야는 열차가 출발할 때까지 입구를 막아섰다.

이런 소동에도 불구하고 보위는 8일 동안 5750마일을 여행하며 즐거워했다. "내 눈으로 직접 보지 않았다면 그토록 광활하게 펼쳐진 때 묻지 않은 자연스러운 나라를 결코 상상하지 못했을 겁니다." 〈미라벨〉에서 그가 말했다. 그는 모스크바에서 사흘을 머물며 크렘린을 방문하고 굼 백화점에서 쇼핑을 했다. 실망스럽게도 살 만한 기념품은 비누와 속옷밖에 없었고, 카페테리아에서 점심으로 주문한 미트볼은 먹을 게 못 되었다.

1976년 4월 두 번째 러시아 방문은 이기 팝까지 대동하여 규모가 더 커졌고 더 곤란한 문제를 겪었다. 국경에서 바르샤바에서 출발한 모스크바행 기차를 탈 때 KGB 요원들이 그들을 에워쌌다. 수색 과정에서 보위가 이동식 도서관에 담아간 괴벨스와 알베르트 슈페어 관련 책들 때문에 KGB의 의심을 샀다. 보위는 자신이 만들려고 하는 영화를 위해 조사하는 것이라고 했다.

· 같이 들으면 좋은 노래: "Station to Station"
· 이어서 읽으면 좋은 책: 올랜도 파이지스의 《속삭이는 사회: 스탈린 시대 보통 사람들의 삶, 내면, 기억》

64

《모욕》

—루퍼트 톰슨(1996)

루퍼트 톰슨의 매혹적인 네 번째 소설은 꿈속에서 혹은 조현병의 망상 속에서 산다는 것이 어떤 느낌일지 생생하게 보여준다.

시작은 단순명료하다. 《모욕》은 슈퍼마켓의 주차장에서 머리에 총상을 입은 후 시력을 잃게 된 마틴 블롬의 이야기이다. 병원에서 깨어난 블롬은 남은 생애 동안 시각장애인이 될 것이며, 다만 실제로 보고 있다는 생각이 들 만큼 말도 안 되게 현실적인 환각에 시달릴 수 있다는 말을 듣는다. 그래서 블롬이 밤에 시력을 되찾은 것처럼 보일 때 우리는 처음에는 그럴 리 없다며 무시하지만, 그는 새로운 야행성 삶을 살기 시작한다. 약혼녀 및 부모와 결별하고, 네온불빛의 술집과 호텔을 전전하며 괴짜 무리들과 어울리고, 니나라고 하는 여성과 새로운 관계를 맺는다. 그러다가 이제까지 완전하게 시각장애인인 척했던 마틴이 자신의 진짜 상태를 니나에게 털어놓자 그녀는 행방불명이 된다.

그런데 그의 진짜 상태는 어떻게 된 것일까? 어쩌면 블룸은 죽은 몸인지도 모른다. 앞뒤가 맞거나 논리적이거나 확실한 구석이 거의 없다. 톰슨은 날짜와 장소를 모호하게 처리한다. 1970년대일 수도 있고 1990년대일 수도 있다. 주요 사건들이 벌어지는 도시는 구역 이름으로 볼 때 파리 같지만, 등장인물들은 이름에서 동유럽 출신의 느낌이 난다. 이런 불확실성은 장르로도 이어져서 소설 중간에 이르렀을 때 《모욕》은 갑자기 방향을 180도 홱 튼다….

1990년대 중반 〈1. Outside〉 앨범이 나올 무렵 보위는 전통적인 내러티브 형식에 대한 불편함을 털어놓았다. 잡지 〈뮤지션〉에서 말하기를 자신의 작품을 이어주는 가닥은 "내가 파편화된 내러티브 감각에 가장 편안함을 느낀다는 것을 마침내 깨달았다는 겁니다. (…) 깔끔한 끝맺음이나 시작은 지나치게 완전하게 보여요." 보위도 알았겠지만, 프랑스 비평가 롤랑 바르트는 1970년에 자신의 책 《S/Z》에서 '독자적readerly' 텍스트와 '작가적writerly' 텍스트를 유용하고 유익하게 구별했다.

독자적 텍스트는 현실적인 인물들이 현실적인 환경에서 살아가는 명확하고 단순한 플롯을 갖는다. 그런 텍스트는 이해하기 쉽지만 바르트가 보기에는 독자가 책을 읽으면서 책의 현실을 구성하는 역할을 인정하지 않으므로 사기다. 이와 달리《모욕》같은 작가적 책은 이런 역할을 인정한다. 독자에게 조각그림을 건네주고 이렇게 말한다. "어서 해봐. 너도 작업에 참여해야지. 어디를 배경으로 하는지, 장르가 어떻게 되는지, 화자가 왜 중간에 바뀌는지, 네가 알아챈 여러 보위 관련 언급들(예컨대 마틴이 지팡이로 패턴을 그리는 '담청색 카펫')이 실제로 거기 있는지, 아니면 너의 상상력이 과하게 작동하여 만들어낸 것인지 말해봐."

톰슨이 1997년 로마에 살고 있을 때, 〈인터뷰〉가 그에게 연락하여 유명한 사람이 훨씬 덜 유명한 사람을 인터뷰하는 새로운 연재물을 기획 중인데 참여할 생각이 있는지 물었다고 한다. 자신이 어느 쪽을 맡게 될지 곧바로 알아차린 그는 누가 자신을 인터뷰하게 되는지 물었다. 그리고 '데이비드 보위'라는 대답을 들었다. 보위가《모욕》을 아주 인상 깊게 읽어서 저자를 만나보고 싶어 한다는 것이었다. "그들이 다시 연락하겠다고 해서 연락이 오기를 기다렸습니다." 톰슨은 〈가디언〉의 한 흥미로운 기사에서 이렇게 회상했다. "그러나 날이 가고 몇 주가 지나도 연락이 오지 않는 겁니다.

인터뷰는 결국 진행되지 않았어요. 나는 보위를 만나기는커녕 이야기도 못 해봤습니다."

· 같이 들으면 좋은 노래: "What in the World"
· 이어서 읽으면 좋은 책: 루퍼트 톰슨의 《떠나는 꿈》

65

《달아날 곳이 없어》:
소울 음악의 이야기

—게리 허시(1984)

게리 허시의 《달아날 곳이 없어》는 록스타들이 좋아할 수밖에 없는 책으로—믹 재거는 두 번 읽었다고 그녀에게 말하기도 했다—2년 뒤에 출간된 피터 거랄닉의 《달콤한 소울 음악》(334쪽 참고)과 비슷한 주제를 다룬다. 이 책이 덜 엄숙하게 여겨진다면 그것은 허시가 순수주의자의 결벽에서 상대적으로 자유롭기 때문일 것이다. 거랄닉은 모타운을 경멸한다. 그러나 허시는 베리 고디Berry Gordy의 디트로이트 히트곡 공장이 블루스·소울·가스펠을 잘 다듬어서 흑인·백인 모두가 사랑하는 대량 생산품으로 만들어낸 것에 매료되었다.

허시는 〈롤링 스톤〉에서 일하며 잡지 최초의 여성 객원 편집자가 되었는데, 까다로운 인터뷰 상대자를 다루는 솜씨가 탁월하여 '호두까기 기구nutcracker'라는 별명으로 불렸다. 야생마를 길들이는 그녀의 솜씨 덕분에 기분 좋은 추억들을 많이 끌어냈다. 스크리밍 제이 호킨스, 아레사 프랭클린, 벤 E. 킹, 윌슨 피켓, 제임스 브라운, 아이작 헤이스, 〈Thriller〉 앨범을 내기 전의 마이클 잭슨 등등, 수많은 가수와 음악가들이 음악에 대한 이해가 높고 본인의 의견을 강요하기보다 그들이 말해야 하는 것을 듣는 데 관심이 많은 그녀에게 호감을 느껴 흔쾌히 속마음을 털어놓았다.

호킨스는 무대 연출의 일환으로 얼룩말 줄무늬의 관棺에서 등장하곤 했는데, 한번은 벤 E. 킹과 드리프터스의 멤버들이 관 뚜껑을 닫아놓는 바람에 숨을 쉬지 못한 적이 있었다고 했다. 브라운은 빗으로 연주하고 빨래통을 두드려 저음을 내는 등 자신의 많은 솜씨를 감옥에 있을 때 익혔다고 회상했다. 시시 휴스턴은 그녀에게 딸이 노래하는 모습을 보여주었다. 십대의 휘트니 휴스턴은 뼈대가 가늘고 예쁘고 쓰나미도 물리칠 수 있을 만큼 폐활량이 좋았다고 허시는 적었다. 마이클 잭슨은 그녀에게 샌타바버라에 짓고 있는 흥미로운 저택을 구경시켜 주었는데, 곧 네버랜드라는 이름으로 전 세계에 유명해지게 되는 (그런 다음에는 악명을 떨치

소울 트레인

게 되는) 바로 그곳이었다.

여기 나오는 많은 인물은 허시와 인터뷰한 1980년대 초에 마흔 줄에 접어들었다. 추억팔이 공연을 하며 그럭저럭 살아갔고, 사실상 음반은 더이상 팔리지 않았다. 메리 웰스는 공연은 생활비를 벌기 위한 일이라고 힘주어 말했다. 다이애나 로스 같은 이들은 여전히 슈퍼스타였지만, 꼭 최고의 목소리를 가져서만이 아니라 **존재감** 때문에 최고 자리를 지킬 수 있었다. 그녀가 무대에서 말하는 내용은 아마도 베리 고디가 써주었겠지만, 그녀는 그것을 어떻게 전달해야 하는지 그리고 사람들이 자신을 사랑하게 하려면 얼마나 노력해야 하는지 정확하게 알았다. 어느 것 하나 쉬운 일이 없었다고 허시에게 털어놓았다.

보위는 사랑하는 소울 아티스트들과 견주어 볼 때 자신

에게 부족한 면이 있음을 당연히 알았다. 그는 자신이 1970 년대 중반에 만들기 시작했고 그 이후로도 여러 차례 손댄 바 있는 펑크와 R&B 기반의 음악이 저속하고 진실하지 않다고 우려했다. 1976년 〈플레이보이〉와의 인터뷰에서 그는 〈Young Americans〉 앨범을 가리켜 "완전한 플라스틱 소울 음반", "백인 영국인이 만들고 부른, 무자크(배경음악) 시대에 살아남은 인종적 음악의 찌부러진 잔재"라고 했다. 살짝 가혹한 평가다. 보위는 자신이 이룩한 성과에도 불구하고 가장 최고는 항상 자신의 능력 너머에 있다고 여긴 듯하다.

· 같이 들으면 좋은 노래: "Right"
· 이어서 읽으면 좋은 책: 찰스 샤어 머리의 《크로스타운 트래픽: 지미 헨드릭스와 전후 시대의 팝》

66

《브릴로 상자를 넘어》:
탈역사적 관점에서 본 시각 예술

—아서 C. 단토(1992)

누가 뭐래도 보위는 도전을 두려워하지 않았다.《브릴로 상자를 넘어》는 컬럼비아 대학 철학 교수 아서 단토가 쓴 고섬유질 에세이들을 모아놓은 책이다. 여기서 그의 관심사는 수프 통조림과 브릴로 상자 같은 일상용품들을 예술로 탈바꿈시킨 팝 아트를 검토하는 것이다. 1960년대 평등주의의 산물인 팝 아트는 갑갑하고 고루한 예술 현장에 숨통을 틔웠고, 사람들이 예술을 경외심을 갖고 숭배하며 이해하는 분위기를 몰아냈다.

팝 아트는 철학적으로도 충격을 주었다. 뒤샹이 1917년에 자신이 쓰던 변기를 "샘물"이라는 제목을 붙여 전시했듯, 워홀도 그냥 봐서는 무엇이 예술이고 무엇이 예술이 아

앤디 워홀,
(영화 〈바스키아〉, 1997)

닌지 분간할 수 없음을 보여주었다. 실례를 들어서 예술을 가르칠 수도 없다. 단토는 실제로 대상에 예술의 지위를 부여하는 맥락을 떠나서는 어떤 것도 예술로서 존재하지 않는다고 말한다. 어떤 예술작품이 역사적으로 '어울리는' 장소가 어디인지 우리가 인식하는 것도 맥락을 찾기 위함이다. 팝 아트는 예술과 현실이 확연하게 나뉘지 않는 지점에 존재하므로 이런 접근 방식 자체를 약화시킨다. 그래서 예술은 역사적 종말에 이르고 철학이 된다고 단토는 주장한다.

그렇다면 예술은 무엇을 하려고 노력해야 하는가 하는 질문이 여전히 남는다. 단토는 미국국립예술기금이 1989년 워싱턴 DC의 한 갤러리에서 열린 로버트 메이플소프의 노골적인 사진전을 후원한 것을 두고 일어난 논란에서 기금 측을 옹호한다. 그의 주장인즉슨 예술은 반대의견을 내고 도발할 자유가 있어야 비로소 의미 있는 것이 될 수 있다는 것으로, 보위도 틀림없이 여기에 동의했을 것이다. 어질러진 방의 상징적 의미를 살펴보는 다른 에세이에서 단토는 트레이시 에민의 1998년 문제작 "나의 침대"—콘돔, 보드카 술병, 더러운 속바지 등 일상의 소소한 쓰레기들이 너저분하게 널린 에민 자신의 침대—를 섬뜩하리만치 정확하게 예견한다. 보위는 에민과 친구이므로 이런 우연의 일치에 즐거워했을 것이다. 보위는 〈인디펜던트〉에서 에민의 작품이 "일부 비평가들이 심오한 맥락이라고 부르는 것"을 의도적으로 배제함으로써 "개성을 찬양"했다며 높이 평가한 바 있다.

· 같이 들으면 좋은 노래: "Andy Warhol"
· 이어서 읽으면 좋은 책: 신시아 프리랜드의 《과연 그것이 미술일까?》

67

《맥티그》

―프랭크 노리스(1899)

보위의 얼룩지고 흉한 '영국식 치아'는 그의 특징적인 외모 가운데 하나였다. 그러나 1990년대 후반에 그는 흉한 이들을 뽑아내고 임플란트 시술을 받아 희고 빛나는 할리우드 미소를 갖게 되었다. 다행히도 그의 시술을 맡았던 치과의사는 맥티그보다 솜씨가 좋았다. 맥티그는 세기말 샌프란시스코의 삶을 다룬 프랭크 노리스의 소설에 나오는 짐승 같은 룸펜 반영웅이다.

맥티그―우리는 그의 이름을 결코 알지 못한다―는 삼류 치과의사다. 그가 아는 변변찮은 기술은 아버지가 일했던 광산에 드나들던 "돌팔이나 다름없는" 떠돌이 치과의사에게서 배운 것이다. 맥티그는 그가 일하는 모습을 지켜보

고 "필요한 책들도 많이" 읽었다. "워낙 구제불능으로 아둔
하여 그가 이해한 것은 거의 없다시피 했지만" 아무튼 맥티
그는 노동자들의 거주 구역인 폴크 스트리트에서 우체국 건
물 위층에 '치과 가게'를 차렸다. 그의 짐승 같은 힘은 뜻밖
의 도움이 되기도 한다. "자주 그는 외과용 집게도 없이 엄
지와 손가락만으로 까다로운 치아를 뽑아내곤 했다."

　여러 충격적인 장면 중 첫 번째는 친구인 마커스가 치아
가 망가진 사촌 트리나를 맥티그에게 데려올 때 일어난다.
맥티그는 에테르를 주입하여 그녀의 의식을 잃게 한 다음
자기 안에서 "흑표범이 도약하듯 갑작스럽게 이는 동물적
충동"에 굴복하여 그녀를 겁탈할까 잠시 고민한다. 결국에
는 "입을 한껏 벌리고 천박하게" 키스만 하기로 마음을 정
한다.

　《맥티그》는 윌리엄 S. 버로스, 휴버트 셀비 주니어(296쪽

참고), 존 레치(189쪽 참고)에 앞서 삶의 지저분한 측면에 자연주의적 초점을 맞춘 생생하고 매혹적인 작품이다. 인간의 운명은 인종과 계급 같은 요인들로 미리 정해져 있다는 노리스의 믿음은 등장인물은 물론 플롯 단계에도 덕지덕지 묻어 있다. 특히 소설의 반유대주의는 오늘날 독자들에게 충격적으로 와 닿는다. 하지만 수준 높은 코미디 감각을 보여주는 탁월한 순간들이 있다. 일례로 맥티그가 처가 식구들에게 좋은 인상을 주려고 극장에 데려갈 때 그는 극장에 한 번도 가본 적이 없어서 긴장감에 땀을 흘리지만, 트리나의 남동생 오거스트는 그보다 더해서 공연 도중에 오줌을 지린다.

· 같이 들으면 좋은 노래: "A New Career in a New Town"
· 이어서 읽으면 좋은 책: 시어도어 드라이저의 《시스터 캐리》

68

《거장과 마르가리타》

— 미하일 불가코프 (1960)

악마의 등장은 항상 달콤한 법이다. 스탈린 시대 러시아를 풍자하여 많은 사랑을 받은 불가코프의 소설에서는 악마가 보위처럼 짝눈 — 한쪽 눈은 검은색, 다른 쪽은 녹색 —을 가졌다. 수상쩍은 '외국인' 볼란드 교수는 사탄이 변장하고 나타난 것인데, 그는 모스크바의 파트리아르흐 연못에서 문학잡지 편집장 베를리오즈와 시인 이반 베즈돔니에게 접근한다. 베를리오즈가 동료에게 신이 존재하지 않는다고 말하는 것을 엿듣고 화가 난 그는 본디오 빌라도가 예수 앞에서 손을 씻을 때 자신이 그곳에 있었다고 그들에게 말한다. 그러고는 사람이 자기 운명을 통제하지 못한다는 자신의 논점을 입증하고자 예언을 한다. 베를리오즈가 기름에 미끄러져서 목이 잘려 죽게 된다는 것이다. 조금 뒤에 기차역에서 실제로 이런 일이 벌어진다.

베즈돔니는 경악하여 사람들에게 볼란드와 그의 수행원들의 위험에 대해 경고하려 한다. 담배를 피우며 크기가 사람만 한 검은고양이 베헤못, 턱수염을 기르고 코안경과 둥근 모자를 쓴 혐오스러운 몰골의 수행원 코로비예프(일명 파곳) 등이 그 수행원들이다. 그러나 베즈돔니는 조현병으로 내몰려 정신병원에 수감되어 그곳에서 거장을 만나는데, 그는 본디오 빌라도에 대한 소설을 썼다며….

보위에게는 세계 최고의 쇼맨 P. T. 바넘Barnum처럼 되고 싶다는 소망이 늘 있었다. 1974년 '다이아몬드 도그스' 투어를 위해 마련한 헝거 시티 무대는 위압적인 마천루를 배치하고 모터를 장착한 다리와 크레인으로 보위를 하늘에서 관객 위로 내려오게 함으로써 그전까지 록 공연이 제공하지 못한 새로운 연극적 연출을 선보였다. 그런 전력을 볼 때 보위는 《거장과 마르가리타》에서 볼란드와 그의 괴짜 패거리가 모스크바 바리에테 극장 무대를 차지하고 흑마술 공연을 펼치는 대목을 읽으며 틀림없이 좋아했을 것이다. 먼저 그들은 카드 마술을 선보인다. 베헤못이 볼란드를 향해 카드를 던지자 파곳이 "어린 새처럼" 입을 벌려 중간에서 한 장 한 장 집어삼킨다. 관객의 "탄성과 즐거운 웃음소리"가 들리는 와중에 천장에서는 진짜 돈다발이 쏟아진다. 가장 인상적인 장면은 사회를 보는 벵갈스키가 정신을 차리고 볼란드가 관객에게 최면을 걸고 있다고 나무랄 때 벌어진다. 격분한 파곳은 베헤못에게 솜씨를 보여주라고 말한다. 그러자 고양이는 벵갈스키에게 달려들어 발톱으로 그의 윤기 있는 머리털을 움켜쥐고는 머리를 두 번 돌려 목에서 뜯어낸다. 관객의 반응은 짐작했던 그대로이다.

2500명의 관객이 한목소리로 비명을 질렀다. 목의 찢긴 동맥에서 피가 분수처럼 솟구쳐서 그의 셔츠 앞부분과 연미복을 적셨다. 머리가 없는 몸통은 우둔하게 버둥대다가 바닥에 고꾸라졌다.

그러나 이것이 다가 아니다! 볼란드는 지켜보는 관객이 무엇을 원하는지 찬찬히 생각하더니 그들의 잠재된 동정심을 들어주기로 한다. 벵갈스키의 머리를 원래 있어야 하는 곳에 붙여주기로 한 것이다. 상처 하나 없이 말끔하게 그의 머리가 제자리로 돌아갔다.

불가코프는 1940년에 죽기 직전 마술과도 같은 우여곡절 끝에 소설을 완성했다. 원고는 불타지 않는다. 소설에서 볼란드가 거장에게 하는 유명한 말인데, 이것은 억압하려는 시도에도 진실은 항상 승리한다는 것을 불가코프 식으로 말한 것이다. 그러나 불가코프는 스탈린의 비밀경찰에게 발각될까 두려워서 《거장과 마르가리타》 초고를 불태웠다. 기억을 되살려가며 원고를 다시 썼고 침상에서 죽어갈 때도 아내에게 고친 원고를 구술해주고 있었다. 소설은 1966년에야 출간되어 선풍적인 인기를 끌었고 힙한 사람들에게 필독서가 되었다. 믹 재거는 여기서 영감을 받아 "Sympathy for the Devil"을 만들었다. 오컬트주의와 반정신의학, 정치적 알레고리와 슬랩스틱 코미디가 뒤섞인 이 책은 보위가 평생 곁에 두고 즐긴 개박하catnip였다.

· 같이 들으면 좋은 노래: "Diamond Dogs"
· 이어서 읽으면 좋은 책: 미하일 불가코프의 《개의 심장》

69

《패싱》

— 넬라 라슨(1929)

소말리아 출신의 무슬림 아내와 혼혈 딸을 둔 보위는 인종적 정체성 문제에 예민할 수밖에 없었다. 1992년 4월 29일 로스앤젤레스에서 집을 구하던 그와 이만은 흑인 택시 운전사 로드니 킹을 구타한 네 명의 LA 경찰이 무죄로 풀려나면서 촉발된 인종 폭동에 휘말렸다. 여기서 영감을 받아 보위가 만든 "Black Tie, White Noise"에는 당시 그의 마음을 사로잡았던 주제인 인종 간 문제의 복잡함에 대해 고심한 흔적이 역력하다. 그는 〈NME〉에서 이렇게 말했다. "우리가 서로의 차이를 알아보고 이해하기 시작한다면, 그리고 모두에게서 백인과 똑같은 특징을 찾지 않는다면, 진실하고 의미 있는 통합을 이룩할 가능성이 훨씬 커질 겁니다."

《패싱》은 피부색이 밝은 혼혈인 넬라 라슨이 쓴 두 편의 소설 가운데 두 번째 소설이다. 그녀는 간호사로 일하며 글을 써서 1920년대 미국 흑인들의 지적 운동인 할렘 르네상스를 대표하는 작가가 되었다. 책의 제목이 주제를 대변해 준다. '패싱passing'은 다른 인종의 일원으로 받아들여지는 것을 말한다. 피부색의 장벽을 넘어 다른 인종 행세를 하는 것은 라슨의 삶에서는 가능한 일이었다.

소설은 어려서 함께 자란 두 혼혈 여성 아이린 레드필드와 클레어 켄드리의 이야기이다. 그들은 각자의 삶을 살다가 한 식당에서 우연히 마주친 이후로 서로의 삶에 다시 들어서게 된다. 할렘에서 흑인으로 살아가는 아이린은 클레어가 백인 행세를 할 뿐만 아니라 자신의 진짜 인종적 정체성을 숨기고 인종차별주의자인 존과 결혼했음을 알게 된다. 이어지는 비극은 거의 예정된 수순을 따르지만, 라슨은 과장된 사건 진행을 재치 있게 넘어간다. 그녀는 그저 계급의 긴장과 성적 긴장—《패싱》은 레즈비언 텍스트로도 읽힌다—에, 그리고 지나치게 이것저것 캐묻지 않는 것이 편하고 안전한 어색한 중간 지대에 살면 어떤 심리를 갖게 되는지에 관심이 있을 뿐이다.

· 같이 들으면 좋은 노래: "Telling Lies"
· 이어서 읽으면 좋은 책: 칼라 캐플런의 《할렘의 미스 앤: 흑인 르네상스의 백인 여성들》

70

《브루클린으로 가는 마지막 비상구》

— 휴버트 셀비 주니어(1964)

스미스의 앨범 〈The Queen Is Dead〉는《브루클린으로 가는 마지막 비상구》의 한 섹션에서 제목을 가져온 것이다. 책은 1950년대 말 브루클린의 빈민가를 배경으로 마약 중독자, 폭력배, 사회 부적응자 들의 살벌하고 불운한 삶을 충격적으로 묘사한 여섯 개 섹션으로 이루어져 있다. 게이임을 밝히지 않은 기계공 해리, 몸을 팔며 살아가는 트랄랄라 같은 인물들이 나오며, 트랄랄라가 끔찍하게 윤간당하는 장면은 소설에서 가장 논란이 되었다. 영국에서 출간되고 이듬해인 1967년에 음란죄로 민간 기소되었다가 나중에 철회되었는데, 이런 식으로 공격받은 책으로는 마지막이었다.

보위는 영향력 있는 인사였고 훗날 친구이자 협업자가

팩토리

루 리드

브루클린 다리

되는 루 리드 덕분에 자신이 알아차리기 전부터 이 책과 인연을 맺었다. 리드에게 셸비의 책은 성스러운 경전이었다. 그는 그 소리적 요소들, 투박하게 구두점이 들어가는 문장, 그리고 인용부호 대신에 세심한 어조의 차이로 대화를 나타내는 방식을 좋아했다. "나는 셸비가 아니었다면 아무것도 아니에요. 내 생각은 그렇습니다." 리드는 2013년 〈텔레그래프〉의 믹 브라운Mick Brown에게 이렇게 말했다. "그는 두 지점을 잇는 일직선이었습니다. 머뭇거리는 법이 없어요. 여러 음절의 단어는 나오지도 않아요. 그야말로 신입니다. (…) 이것이 로큰롤이 아니라면 무엇이죠?"

기본적으로 셸비의 이야기를 노래로 만든 리드의 "I'm Waiting for the Man"은 보위에게 깊은 인상을 주었다. 보위는 당시 매니저였던 케네스 피트가 뉴욕에서 가져온, 사전 배포용으로 제작한 〈The Velvet Underground And Nico〉 아세테이트 디스크로 1966년 12월에 그 곡을 처음 들었다. 곧바로 매료되어 당시 자신이 몸담고 있던 밴드(버즈Buzz)에게 곡을 익히자고 했고 일주일 만에 무대에서 연주했다. "재미있게도 나는 세상의 누구보다 먼저 벨벳의 노래를 커버하게 되었다." 보위는 2003년 〈배너티 페어〉에 이렇게 썼다. "앨범이 나오기도 전에 그렇게 했다. 모드의 정신은 그런 것이다."

· 같이 들으면 좋은 노래: "I'm Waiting for the Man"(벨벳 언더그라운드 노래 커버)
· 이어서 읽으면 좋은 책: 휴버트 셀비 주니어의 《레퀴엠》

71

《이상한 사람들》:
세상을 당황하게 만든 놀라운 이야기들

—프랭크 에드워즈(1961)

보위는 벨기에 예술가 기 펠라에르트에게 앨범 〈Diamond Dogs〉의 표지 디자인을 맡기면서 그가 보위를 '개-인간'으로 묘사한 것이 잘 드러나도록 프릭쇼 콘셉트로 꾸며줄 것을 주문했다. 이를 강조하기라도 하듯, 타이틀곡은 토드 브라우닝Tod Browning 감독과 그의 영화 〈프릭스〉를 언급한다. 1932년 신체 기형과 극단적인 질환이 있는 서커스 공연자들을 실제로 등장시켜서 논란을 일으킨 바로 그 영화다. 보위가 신체적으로든 정신적으로든 괴상한 것에 관심을 보인 것은 과학으로 설명할 수 없는 초자연적인 것에 대한 그의 평생의 관심과 일치한다.

《이상한 사람들》은 《과학보다 이상한》의 후속작이다. 에드워즈는 1940년대부터 미국에서 거짓말 같은 황당한 사연들을 소개하는 라디오 방송을 진행했는데, 이 책은 그것을 바탕으로 한 것이다. 샴쌍둥이, 비단처럼 보드라운 검은색 털이 온몸에 나 있는 아기, 숨결로 불을 지를 수 있는 남자, 잃어버린 물건이 어디에 있는지 '꿈'을 통해 알아내는 1830년대 버몬트의 십대 소녀, 일명 '잠자는 루시' 등이 등장한다. 거인과 난장이는 부지기수이며, 초능력 탐정도 있고, 죽었다가 다시 살아난 사람들 사례도 여러 건이다.

그중 두 이야기가 눈에 띈다. 하나는 심각한 기형을 앓은 가엾은 조지프 메릭Joseph Merrick의 사연이다. 보위는 1980년에 브로드웨이 연극에서 자신이 연기하여 갈채를 받은 캐릭터인 '엘리펀트 맨'을《이상한 사람들》에서 처음으로 접했을 것이다. 다른 하나는 잠을 전혀 자지 않아도 된다고 주장하는, 인디애나 주 앤더슨에 사는 남자 이야기다. 그의 이름은 (기대하시라!) 데이비드 존스이며 그의 사연은 1895년 12월 11일 지역 신문에 단신으로 소개되어 전해졌다. 존스는 131일을 연속으로 깨어 있었으며 먹고 말하는 것은 평소와 다름없었다고 한다. 기자에게는 젊었을 때 줄담배를 피워서 이렇게 된 게 아닐까 생각한다고 털어놓았다. (담배라면 누구에게도 뒤지지 않던 보위는 분명 이 대목을 읽으며 웃었을 것이다.)

"이런 이상하고 기이한 많은 이야기는 십대 시절 나를 매료시켰고 그때부터 내 곁에 있었습니다." 보위는 1980년 〈엘리펀트 맨〉을 홍보하는 인터뷰에서 〈NME〉의 앵거스 매키넌Angus Mackinnon에게 말했다. "온몸에 털이 난 여자부터 입술이 열다섯 개인 사람에 이르기까지 그와 같은 이야기라면 하나도 빼놓지 않고 열심히 읽었어요. 메릭에 관한 공부도 당연히 했고요."

이후의 책들에서 에드워즈는 UFO 주제에 매달렸고 미국 정부가 외계인 방문의 증거를 숨기고 있다고 널리 알려 세상을 떠들썩하게 했다. 그는 군이 실제로 외계 비행물체를 체포하기 위해 '일곱 단계 접촉' 계획을 준비하고 있다고 주장했다. 1960년대 말에 보위는 자주 UFO를 찾으러 나갔다. 토니 비스콘티, 싱어송라이터 레슬리 던컨Lesley Duncan과 함께 런던 남부의 건물 옥상으로, 북쪽으로는 햄스테드 히스로 갔다. 그는 초기 노래 "Memory of a Free Festival"에서 무지개의 눈으로 하늘을 샅샅이 살펴본다는 멋진 구절로 이때의 추억을 그렸다. 2013년 "Born in a UFO"에서는 1950년대 B급 영화 감성으로 이런 주제를 표현하기도 했다. 여기서 화자는 A라인 치마에 앙드레 페루자 신발을 신은 미래주의 양식의 유령이 우주선에서 걸어 나와 자신을 나무쪽으로 밀쳐 겁탈하는 상상을 한다. 그녀가 들고 있는 지갑에 태양이 비쳐 철이 반짝거린다. 미시마 유키오(59쪽 참고)의 책

《태양과 철》을 능글맞게 암시하는 대목이다.

"일 년간 천문대를 드나들었을 때는 하루 예닐곱 번 목격하기도 했습니다." 그는 1975년 〈크림〉에서 이렇게 회상했다. "정기적으로 찾아왔어요. 우리는 6시 15분이 되면 다른 함대를 만나게 되리라는 것을 알았습니다. 그들은 30분가량 한 자리에 머물다가 자신들이 그날 한 일을 확인한 후 사라졌습니다."

· 같이 들으면 좋은 노래: "Born in a UFO"
· 이어서 읽으면 좋은 책: 에리히 폰 데니켄의 《신들의 전차》

72

《메뚜기의 날》

—너새네이얼 웨스트(1939)

베를린에서 지내던 보위는 1977년 말이면 도시를 평가하는 나름의 안목을 갖춘 듯하다. 〈NME〉 기자 찰스 샤어 머리Charles Shaar Murray에게 자신이 앞서 거주했던 도시인 로스앤젤레스를 가리켜 "세상에서 가장 끔찍한 변기통"이라고 한 것을 보면 말이다. 머리는 로스앤젤레스에서 사는 것은 결코 보고 싶지 않은 영화 촬영장에 갇혀서 지내는 것과 같다고 했다. 보위는 그보다 더 나쁘다고 거들었다. "대본은 또 얼마나 기만적이고 간교한데요. 그렇게 소름 돋는 영화는 세상에 둘도 없을 겁니다. 그곳에 있으면 영락없는 희생자가 된 기분입니다. 누군가가 줄을 매달아서 조정하는 것 같다니까요."

아마도 이런 이유에서 보위가 찍은 영화들 대부분은 미국 영화가 아니었다. 미국 영화라 해도, 데이비드 린치David Lynch(〈트윈 픽스〉)나 줄리언 슈나벨Julian Schnabel(〈바스키아〉) 같은 감독들이 스튜디오 시스템 바깥에서 작업한 영화들이었다. 〈지구에 떨어진 사나이〉는 촬영은 미국에서 했지만 영국 감독(니콜라스 뢰그)이 영국 스태프들을 데리고 영국 자본으로 찍은 영화였다. 그러니 보위는 나름 일관성이 있는 셈이다.

할리우드와 유명인 문화의 도덕적 공허함을《메뚜기의 날》만큼 잘 담아낸 소설은 없다(보위는 도널드 서덜랜드가 주연을 맡은 존 슐레진저John Schlesinger 감독의 1975년 영화로 이를 먼저 접했을 것이다). 뉴욕의 부유한 부동산 개발업자 아들로 태어난 저자(본명 네이선 웨인스타인)는 가족이 월스트리트 대폭락으로 모든 재산을 날리는 것을 보며 아메리칸드림의 허상을 폭로하는 일에 매진하기로 했다. 호텔 매니저로 잠깐 일했던 그는 1933년에 컬럼비아 영화사의 계약직 시나리오 작가로 고용되었다. 당시 그 영화사 회장은 폭군으로 악명 높은 해리 콘Harry Cohn이었다. 웨스트는 B급 영화의 시나리오를 썼으며, 그 외의 시간에는 싸구려 호텔에서 돌아다니고 포르노 파티에 참석하고 게이바에 드나들며《메뚜기의 날》에 필요한 자료들을 모았다.

웨스트의 친구 F. 스콧 피츠제럴드가 《마지막 거물》이라는 책에서 할리우드를 다루며 해리 콘과 어빙 솔버그Irving Thalberg 같은 업계의 먹이사슬 정점에 있는 거물들 이야기에 집중했다면, 웨스트는 바닥에 있는 가련한 인물들에 더 관심을 두었다. 한몫 단단히 잡으려는 괴짜들과 패배자들뿐만 아니라 햇빛과 화려함을 찾아 캘리포니아에 왔지만 지루한 현실에 속았음을 깨닫고 "분기탱천한" 퇴직자들도 그가 관심을 두는 인물들이다. "매일 그들은 신문을 읽고 영화를 보러 갔다. 신문과 영화는 그들에게 폭력, 살인, 성범죄, 폭파, 사고, 밀회, 화재, 기적, 혁명, 전쟁 이야기를 선사했다. 이런 정보들을 매일 접하면서 그들은 세련된 사람이 되었다."

이런 블랙코미디에서 그나마 가장 멀쩡한 사람은 영화 세트장 화가 토드 해켓이다('토드Tod'는 독일어로 '죽음'이라는 뜻이며 '해켓'은 그가 '돈 받고 일하는 예술가hack'라서 붙인 이름이다). 예일대학교 미대에서 공부한 그의 꿈은 로스앤젤레스가 불타는 장면을 그림으로 그리는 것이다. 우리는 해켓을 어떻게 이해해야 할지 결코 알지 못한다. 웨스트는 그를 가리켜 "여러 상자가 포개져 있는 중국 상자처럼 모든 성격을 다 담고 있는 대단히 복잡한 젊은이"라고 했는데, 이런 점에서는 보위와도 닮았다. "대학물 먹은" 교양인인 해켓은 외견상 소설의 흐름에서 중심적인 인물이지만, 실은 그 역시도 그가 지옥으로 내려가면서 만나게 되는 부랑자들만큼 이나 정처 없이 떠돈다. 열일곱 살의 배우 지망생으로 토드 가 오싹하게 겁탈의 욕망을 품는 페이, 걸핏하면 성질을 내 는 난쟁이 에이브 쿠직, 양손이 제대로 말을 듣지 않는 수줍 은 성격의 호텔 경리로 아이오와에서 요양차 캘리포니아로 온 호머 심프슨 같은 인물들 말이다.

《메뚜기의 날》은 에벌린 워의 《타락한 사람들》(369쪽 참 고)을 더 암울하게 바꾼 미국식 버전처럼 전개되며, 마찬가 지로 초현실적인 분위기의 장면으로 끝난다. 할리우드 대 로의 극장 밖에서 폭동이 일어나 호머가 군중 속으로 휩쓸 려 들어가고 토드는 정신이 혼미해진다. 경찰이 토드를 차 에 태워 집으로 데려갈 때 그는 자신의 굳게 다문 입술을 만 져보고서야 요란한 사이렌 소리를 내는 것이 자신이 아니라 자신이 타고 있는 차임을 깨닫는다.

· 같이 들으면 좋은 노래: "Cracked Actor"
· 이어서 읽으면 좋은 책: 에벌린 워의 《사랑받은 사람》

73

《요코오 타다노리》
─요코오 타다노리(1997)

　　1972년 가을 '지기 스타더스트'를 들고 미국 투어에 나선 보위는 얼마 전 뉴욕 현대미술관에서 있었던 요코오 타다노리의 개인전을 간발의 차이로 놓쳤다. 하지만 유행에 늘 민감했던 보위는 피터 블레이크Peter Blake를 비롯하여 1960년대 말 사이키델릭 포스터 예술과 상통하는 요코오의 도발적인 콜라주를 몰랐을 리가 없으며, 일본의 그래픽 디자이너가 1967년 뉴욕을 처음 방문하여 팝 아트의 대사제들인 앤디 워홀, 재스퍼 존스Jasper Johns, 톰 웨슬만Tom Wesselmann으로부터 따뜻한 환대를 받았다는 것도 틀림없이 알았을 것이다.

　　보위가 일본 문화에 관심을 두게 된 것은 현대 일본 작곡가 타케미츠 토루Takemitsu Toru의 음악을 자신의 댄스 수업

야마모토 칸사이
←

에 활용한 마임 교사 린지 켐프 덕분이며, 1973년 봄에 보위가 일본 투어를 했을 무렵에는 이질성alienness에 대한 은유로서 일본이 가진 거대한 잠재력을 그가 갑작스럽게 인식하기라도 한 듯 '일본에 대한 사랑Japanophilia'으로 폭발했다. 그해 〈멜로디 메이커〉와의 인터뷰에서 그는 이렇게 말했다. "잉글랜드를 제외하면 내가 살 만한 곳이라고 여기는 나라는 일본밖에 없어요." 일본 문화는 1970년대 초 영국에서 새로운 존재로 부각했다. 빅토리아 앨버트 박물관에서 일본 판화(1973년 《부유하는 세계》)와 데구치 오니사부로 Deguchi Onisaburo(1974년 《오니사부로의 예술》)를 주제로 전시회가 열렸고, 가부키 연극이 1972년 6월 런던 새들러스 웰스 극장에서 공연되었다. 그러므로 보위가 일본 문화를 자신의 예술로 흡수한 것은 참으로 혁신적이긴 하지만 이런 맥락과 연관된 셈이다.

보위는 일본의 미적 세계에 몰입했다. 가부키 연극의 요소들을 자신의 공연에 도입했고, 일본에 있을 때는 가장 유명한 온나가타(여성 역할을 맡는 남자 배우) 가운데 한 명인 반도 타마사부로Bando Tamasaburo에게서 가부키 분장 수업을 듣기도 했다. 보위는 요지 야마모토Yohji Yamamoto가 디자인한 옷을 입었고, 스키타 마사요시Sukita Masayoshi에게 자신의 사진을 찍도록 했다(〈Heroes〉 앨범 표지 사진이 그의 작품이다). 구로사와 아키라, 오시마 나기사 영화에 심취했으며(나기사와는 1982년에 〈전장의 크리스마스〉를 작업하기도 했다), 요코오의 친구 미시마 유키오(59쪽 참고)의 소설에도 매료되었다.

미시마에게 요코오 타다노리의 예술은 일본인들이 마음속에 꼭꼭 숨겨두는 용납할 수 없는 모든 것을 나타냈다. 요코오가 말하고자 한 것은 전통적인 일본의 방식—'우키요에'라고 하는 옛 목판화 기술로 표현되는—과 팝 아트의 소비주의 간의 긴장이었다. 섹스, 죽음, 폭력 또한 그의 집착물이다. 자신의 이름을 제목으로 내세운 그의 유명한 초기 작품을 보면 열여섯 방향으로 뻗어가는 햇살을 나타낸 욱일기, 요코오 본인의 아기 때 사진, 밧줄에 목을 매고 죽은 남자를 그린 만화 이미지 아래에 "스물아홉의 나이에 절정에 이르고는 죽었다"라고 적은 문구가 등장한다. 기성세대들은 경악했다. 그러나 요코오는 부모에게 반기를 든 첫 번째 일본 청년 세대였다. 1970년 도쿄의 마츠야 긴자 백화점에서 그의 개인전이 열려 엿새 만에 7만 명의 관람객을 모을 즈음이면 그는 이미 국제적인 스타였다.

· 같이 들으면 좋은 노래: "Crystal Japan"
· 이어서 읽으면 좋은 책: 앤젤라 카터의 《불꽃놀이: 아홉 편의 불경한 글》

74

《십대》: 청년 문화의 탄생
—존 새비지(2007)

보위가 말년에 가장 즐겨 본 텔레비전 프로그램은 1890
년대부터 1910년경까지 버밍엄의 칩사이드 지역을 공포로
떨게 했던 범죄 조직 '피키 블라인더스Peaky Blinders'의 활약
을 다룬 드라마 〈피키 블라인더스〉였다. 그들은 어디서 왔
을까? 존 새비지가 십대 문화가 등장하기까지의 역사를 다
룬 이 역작에서 보여주듯이 1870년부터 도시화로 인해 가
족 해체가 일어났고, 부모가 맞벌이를 나가 방치된 아이들
이, 몸단장에 열을 올리는 잉여인간들이 도시 거리를 활보
했다.

투표권이 없고 폭력을 일삼는 청년에 대한 보위의 관심
은 뒤늦게 노래로 표현되었다. 〈The Next Day〉에 수록된

"Dirty Boys"가 그것으로, 보위가 《십대》를 읽고 나서 작곡한 곡임이 거의 틀림없다. 그는 거리를 떠도는 잔혹한 부랑아들의 이야기를 읽으면서 바나도 재단의 홍보 일을 했던 아버지 헤이우드가 집에 와서 들려주었던 이야기를 떠올렸을 것이다. 이런 아이들에게는 옷이 너무도 중요했다. 페이긴(찰스 디킨스의 《올리버 트위스트》에서 아이들에게 소매치기를 시키는 악당―옮긴이)을 연상시키는 "Dirty Boys"의 화자가 핀칠리 바자회를 보러 가는 길에 창문을 박살내려고 크리켓 배트를 훔치기 전에 아이들에게 사주는 깃털 모자를 쓰면 "Diamond Dogs"에 나오는 해적 캐릭터 '할로윈 잭' 같은 멋쟁이가 된다.

십대의 개념은 1950년대에 만들어진 것이라는 신화를 타파하기 위해 괴테, 루소, 그리고 19세기 말 러시아에서 망명한 마리 바시키르체프Marie Bashkirtseff의 유아론적 일기까지 살펴보는 《십대》에서 피키 블라인더스는 중요한 버팀목 역할을 한다. 1904년에 심리학자 G. 스탠리 홀Stanley Hall은 열네 살에서 스물네 살 사이의 시기를 특정한 스트레스에 시달리는 별도의 단계로 정의한 최초의 사람이 되었다. 그러나 그는 사춘기를 그저 미국의 현상으로, 젊은 나라가 내보이는 자유와 가능성의 부산물로만 여겼다. 다른 나라에서도 비슷한 현상이 발견되리라고는 생각하지 않았다.

보위의 사춘기는 1950년대 영국의 칙칙한 기준으로 볼 때 상대적으로 평온했음을 여기서 다시 언급하고 싶다. 모든 정보를 종합해보면 그의 아버지는 그에게 갖고 싶은 것을 모두 갖게 해주었다. 음반과 악기를 사주고 그를 기금 모금 콘서트에 데려가 앨머 코건Alma Cogan, 토미 스틸Tommy Steele 같은 당대의 스타들을 접하게 해주었다. 그러니 보위가 십대 초반에 가장 좋아한 음반이 프랭키 라이먼 앤 더 틴에이저스의 "I'm Not a Juvenile Delinquent(나는 비행청소년이 아니에요)"였다는 것은 너무도 당연한 일처럼 보인다. 실제로 사춘기에 데이비드 존스는 컵 스카우트 대원으로 열심히 활동했다. 스카우트가 원래 '강한 기독교' 정신을 함양하는 영국 공립학교와 비슷하게―그리고 새비지가 상세하게 설명하듯 히틀러 소년단과도 비슷하게―사회 통제의 도구로 시작했다는 사실은 다행히도 모른 채, 그는 모닥불 옆에 앉아 우쿨렐레 연주하는 법을 배웠다.

이런 상황을 완전히 바꿔놓은 것이 있었다. 미국이라는 존재, 그리고 미국이 나타내는 모든 것―재즈, 비트족, 할리우드―을 그의 이부형 테리가 열렬하게 사랑한 것이었다. 보위는 테리를 통해 미국을 접하며 급진적인 열망을 마음에 품었고 기성의 관점에 대담하게 도전했다. 새비지의 말처럼 미국은 청년 문화를 상품화하는 면에서 남들보다 앞서갔다.

비틀마니아 이전에 미국 소녀들은 루돌프 발렌티노와 프랭크 시나트라에 열광했다.

보위는 1950년대 이전 청년 문화들의 상징들을 조사하여 자신만의 시각적 스타일을 마련했다. 특히 '빛나는 청춘들Bright Young Things'(1920년대 런던의 젊은 보헤미안 귀족들에게 언론이 붙여준 별명—옮긴이) 가운데 가장 아름다운 존재였던 스티븐 테넌트Stephen Tennant에게 완강하게 집착했다. 보위는 윤기가 흐르고 양성적인 테넌트의 외모를 〈Young Americans〉 앨범 표지 사진에서 차용했는데, 이것은 스티브 스트레인지Steve Strange, 데이비드 실비언David Sylvian 같은 뉴 로맨틱스 뮤지션들보다 몇 년 앞서는 것이었다. 보위가 1983년 〈Let's Dance〉 앨범에서 이런 스타일을 되살렸을 무렵이면, 솔직히 말해 살짝 철 지난 유행이었다.

새비지의 말처럼 '빛나는 청춘들'은 역겨운 엘리트주의에도 불구하고 뭔가를 열망한다는 면에서 최초의 영국 청년 문화였다. 가장 유행을 선도하고 가장 화려하게 빛나는 이 청춘들은 한층 높은 수준의 아름다움, 일종의 전염적인 황홀함이었고 이런 특징은 세월이 흐르면서 팝 스타의 전유물이 되었다. 그러나 팝 스타들도 나이를 먹는다. 오십 대에 접어든 보위는 비록 자신의 시대가 저물었음을 알지 못할 만큼 둔감하지는 않았지만, 그럼에도 새로운 부족을 찾아 두리번거리는 피터 팬 같은 존재였다. 2013년에 그가 다시 복귀했을 때 무엇보다 충격적으로 와 닿았던 것은, 찰스 샤어 머리가 "노인의 얼굴"이라고 부른 것을 세상에 보여주기로 보위가 드디어 마음먹었다는 사실이었다.

· 같이 들으면 좋은 노래: "Dirty Boys"
· 이어서 읽으면 좋은 책: 존 새비지의 《잉글랜드의 꿈: 섹스 피스톨스와 펑크 록》

75

《봄의 아이들》

—월러스 서먼(1932)

　자신의 삶을 픽션으로 만들면 자신이 어떻게 그려질까 궁금했던 보위는 내부의 시각으로 예술계 현장을 비판한 풍자 소설에 이끌렸다. 그의 목록에서 이런 책으로 가장 확실한 예는 에벌린 위의 《타락한 사람들》(369쪽 참고)이다. 이와 비슷한 계열의 《봄의 아이들》은 1920년대 할렘 르네상스(혹은 '뉴 니그로' 운동)에 몸담았던 이들을 그야말로 거칠게 담아낸 실화 소설이다. 살짝 무리가 있지만 넬라 라슨(293쪽 참고), 랭스턴 휴스Langston Hughes, 조라 닐 허스턴Zora Neale Hurston 같은 문인들, 그리고 화가 에런 더글러스Aaron Douglas와 조각가 오거스타 새비지Augusta Savage를 여기에 포함할 수 있다. 《봄의 아이들》에는 '니거라티(nigger(흑인)와 literati(문학 지식인)를 합친 조어—옮긴이) 저택'이라고 이름 붙인 할렘의 적갈색 벽돌 주택에서 함께 살아가는 이 예술가들이 나온다.

서먼은 흑인 공동체 내에 만연한 피부색 편견을 다룬 소설《블랙베리는 검을수록》(1929)으로 가장 잘 알려져 있다. 켄드릭 라마Kendrick Lamar는 여기서 영감을 받아 같은 제목의 노래 "The Blacker The Berry"를 만들었는데 이 곡이 수록된 앨범 〈To Pimp a Butterfly〉는 보위도 높게 평가했다. 지칠 줄 모르는 에너지로 동료들을 놀라게 했던 서먼은 쇼맨십이 있었고 기회를 놓치는 법이 없었다. 그는 희곡도 썼으며 영향력 있는 흑인 모더니즘 잡지 〈파이어!!〉를 공동 창간하기도 했다. 그러나 서먼은《봄의 아이들》에서 자신의 분신인 레이몬드를 빌어, 흑인 작가들은 압박감 때문에 제대로 된 작품을 만들어내지 못한다는 비관적인 개인 의견을 표명한다. 그가 허스턴을 바탕으로 만든 인물인 스위티 메이 카는 미시시피에서 보낸 어린 시절의 감상적인 이야기를 백인 독자들을 겨냥하여 계속해서 내는 진짜 이유가 돈을 쉽게 벌기 위해서라고 인정한다.

양성애자인 서먼—결혼은 했지만 1925년에 동성애로 투옥된 바 있다—은 한편 시민권을 선전하는 흑인 예술을 만들려고 하다 보면 자신과 친구들이 작품에서 중요하게 여기는 퇴폐적이고 보헤미안적인 특징들이 밀려나게 된다며 걱정했다. 흑인 예술은 항상 대의를 위해 봉사해야만 할까? 어째서 오스카 와일드와 조리스-카를 위스망스Joris-Karl Huysmans 같은 유미주의자들의 영향을 받아서는 안 되는가? 《봄의 아이들》은 이런 질문들을 던지며 소설 말미에 간접적으로 답을 준다. 동성애자임을 공개적으로 밝힌 흑인 예술가 리처드 브루스 뉴전트Richard Bruce Nugent를 모델로 만든, 소설에서 가장 흥미로운 인물 폴 어비언은 공식적인 뉴 니그로 세계에서 용납하지 않는 다양한 피부색의 남자 성기를 그리는 화가다. 소설 마지막에서 그는 자신이 방금 완성한 소설《우 싱: 게이샤 맨》이 사람들의 주목을 받게 하려고 욕조에서 손목을 그어 자살한다.

어비언은 자신이 직접 디자인한 진홍색 가운과 밀랍 염색한 스카프를 걸쳐 시신이 아름답게 보이도록 연출한다. 하지만 볼거리 연출에 지나치게 몰두하느라 원고를 욕실 바닥에 그냥 둔 바람에 넘쳐흐른 물 때문에 전혀 읽을 수 없는 상태가 된다.

보위가《봄의 아이들》에 관심을 보인 것은 1980년대 뉴욕에서 활동한 예술가 장-미셸 바스키아Jean-Michel Basquiat에 대한 그의 사랑(보위는 그의 작품을 소유하기도 했다)에서 파생된 것일 수도 있다. 할렘 르네상스를 대표하는 흑인 예술가들처럼 바스키아도 정체성과 소속감 문제로 고민했다. 백인

일색인 미술계는 그의 작품을 높게 평가했다. 그러나 바스키아가 원시주의적 매력을 보여주는 쿨함의 상징으로 선심 쓰듯 취급되었다고 보는 사람들이 있었다. 그래피티를 하던 열아홉 살의 바스키아를 자신의 품으로 끌어안은 앤디 워홀은 그를 보살폈을까, 아니면 그의 재능과 에너지를 거머리처럼 빨아먹었을까? 보위는 줄리언 슈나벨의 1996년 영화 〈바스키아〉에서 워홀의 역할을 맡았을 때 이런 문제를 충분히 의식하고 있었다. 그는 한 텔레비전 인터뷰에서 찰리 로즈Charlie Rose에게 말하기를 "앤디가 경계심을 갖고 있었다고… 이것이 미래의 세계일 수도 있다고 그가 인식했다고" 생각한다고 했다.

· 같이 들으면 좋은 노래: "Andy Warhol"
· 이어서 읽으면 좋은 책: 월러스 서먼의 《블랙베리는 검을수록》

76

〈다리〉

—하트 크레인(1930)

　유럽의 모더니즘을 견인한 힘이 절망이었다면, 미국의 모더니즘은 여기에 짭짤하고 낭만적인 멋을 더했다. 개방적이고 결코 냉소적이지 않으며, 신생국가에서 기계 시대에 새로운 가능성을 발견하는 흥분으로 활기가 넘친다. 보위는 2000년대 초에 맨해튼에 정착하고 나서 그야말로 뉴요커다운 삶을 살았다. 그리고 뉴요커라면 당연히 미국 모더니즘의 걸작인 하트 크레인의 예지적인 시 〈다리〉를 사랑한다. 어찌나 유명한 작품인지 보위는 친구 윌리엄 보이드와 함께 장난으로 만든 가상의 예술가 냇 테이트(65쪽 프랭크 오하라 참고)가 여기서 영감을 받아 "한때는 전설이었지만 지금은 거의 완전히 잊힌" 드로잉 연작을 창작하게 했다.

오하이오 주에서 태어난 크레인(그의 아버지는 링 모양의 사탕을 발명한 사람이다)은 고등학교를 중퇴하고 독학으로 공부했다. 하버드대학교를 졸업한 친구 맬컴 카울리Malcolm Cowley가 언급했듯이, 그가 아는 지식에는 커다란 빈자리들이 있었지만 그럼에도 T. S. 엘리엇과 대결하여 이기려는 욕망만큼은 대단했다. 크레인은 스물세 살이던 1923년에 광고 카피라이터로 일하며 〈다리〉를 쓰기 시작했는데, 비평가 고엄 먼슨Gorham Munson에게 보낸 편지에서 자신이 "'미국'의 신비로운 종합"을 시도했다고 했다. 〈다리〉는 그가 과대평가되었다고 여긴 〈황무지〉를 낙관적으로 다시 쓴 것이다.

형식과 기능의 통합을 보여주는 상징으로 그가 선택한 브루클린 다리는 뉴욕 외곽 자치구와 시내를 연결하는 동맥이다. 다리는 1883년에 완공되었지만 워낙에 대단한 기술적 성취여서 1920년대에도 여전히 새롭게 느껴졌다. 크레인은 몰랐던 사실인데, 그는 다리 건설에 결정적 공헌을 한 공학자 워싱턴 뢰블링Washington Roebling과 똑같은 주소지에 살았다. 브루클린 다리의 숭고한 신화가 그의 삶에 스며들어 있었음을 보여주는 증거다. 보위는 다리의 음악적 느낌을 크레인이 시로 포착한 것에 매료되었을 것이다. 〈다리〉의 마지막 섹션 '아틀란티스'에서 재즈를 연상시키는 리듬이 대표적인 예이다.

케이블 가닥을 붙들어 매, 아치를 그리며

위로 솟은 길, 빛에 따라 방향을 바꾸는 현의 비상,

일렁이는 달빛이 팽팽하게 수 마일을 뻗으며

소곤대는 북적임에, 철선의 텔레파시에 싱코페이션을 준다.

화강암과 강철이 투명한 그물망이 되어,

오션 보표로 환하게 빛나면, 밤이 되었다는 표시.

불가사의한 목소리들이 명멸하며 출렁이는 흐름을 이룬다.

마치 신이 현을 만들어낸 것처럼.

강압적이고 과장된 수사를 너무도 즐겼던 크레인은 모더니즘의 기준으로 보더라도 난해한 작품을 남겼다. 엘리엇이 그랬듯이 이것은 의도적이었다. 크레인은 비록 충격적이거나 혼란스럽거나 비논리적으로 보이더라도 현재의 목소리를 포착해야 한다고 믿었다. 그가 이보다 더 중요하다고 믿은 것은 은유의 논리였다. 엘리엇처럼 크레인도 고전적인 저자들로부터 끌어왔다. 그의 경우에는 단테, 말로, 라블레, 멜빌, 휘트먼이었다. 그는 (맬컴 카울리의 말에 따르면) 이런 저자들의 책을 거의 고급 공학 교과서라도 되듯 천천히 유심히 읽었다.

어떤 비평가들은 크레인 작품의 모호함이 어정쩡하게 감춘 그의 동성애 성향과 연관되어 있다고 본다. 그래서 그가 시에 숨겨놓은 암호화된 언급들을 찾는데, 예컨대 사랑을 "다 탄 성냥이 소변기에서 스케이트를 타는"것에 비유한 대목은 크루징cruising(성적 파트너를 찾아 공공장소를 돌아다니는 것—옮긴이)을 가리킨다고 주장한다. 〈다리〉가 대체로 냉담한 반응을 얻자 그는 과음을 더욱 일삼았고, 결국 서른두 살에 바다에 몸을 던져 자살했다.

· 같이 들으면 좋은 노래: "Heathen (The Rays)"
· 이어서 읽으면 좋은 책: 하트 크레인의 《하얀 건물》

77

《소용돌이 속으로》

—예브게니아 긴즈부르크(1967)

《1984》(144쪽 참고)와 《한낮의 어둠》(255쪽 참고)으로 인해 전체주의에 눈을 뜨게 된 보위는 이 주제에 대해 좀 더 상세하게 파고들었던 듯하다. 예브게니아 긴즈부르크의 첫 번째 책은 1930년대와 40년대 스탈린 치하에서 18년간 투옥과 유배를 겪은 이야기를 담은 회고록이다. 솔제니친의 《수용소 군도》와 더불어 "지식인 생존 서사"—올랜도 파이지스가 학술지 〈히스토리 워크숍 저널〉에서 사용한 말이다—의 대표작 가운데 하나이자, 사건이 일어나고 수십 년 뒤에 쓰인 책으로 당시 소비에트의 삶에 대한 정보를 담은 귀중한 출처이다.

《소용돌이 속으로》가 영국에서 출간된 것은 1967년으로, 역사학자 로버트 콘퀘스트의《대공포: 30년대 스탈린의 숙청》이 나오기 한 해 전이다. 콘퀘스트의 책은 인류에 반하는 스탈린의 끔찍한 범죄와 영국 지식인들이 알고도 모르는 척 공모한 것을 폭로하고자 흐루쇼프가 막 공개한 자료를 바탕으로 했다. 보위가《소용돌이 속으로》를 처음 접한 것은 아마 이 무렵이었을 것이다. 그렇다면 그가 〈Space Oddity〉에 수록된 "Cygnet Committee"를 썼을 때 이 책을 염두에 두고 있었을 가능성이 있다. 이 곡의 주인공은 보위가 잡지 〈인터뷰〉에서 "스스로를 좌파라고 믿는 준자본가"라고 설명한 남자인데, 그에 의해 유토피아가 좌절되는 이야기를 모호하게 담고 있다.

언론인이자 역사를 가르치는 교수였던 긴즈부르크는 충실한 공산당원이었지만 스탈린의 오른팔 세르게이 키로프가 암살되고 나서 벌어진 대숙청 때 당에서 쫓겨나고 테러 혐의로 기소되었다. 그녀의 남편은 그들이 아내를 체포한다면 체포를 면할 수 있는 당원은 한 명도 없다고 했다. 그러나 그것이 요점이다. 죄를 지었든 아니든, 설령 무슨 일이 벌어지고 있는지 전혀 알지 못하더라도, 여전히 유죄였다. 긴즈부르크가 자신은 키로프를 알지 못했고 그가 암살된 레닌그라드에 산 적도 없다고 항의했을 때, 그건 중요한 게 아니라는 말을 들었다. 그녀와 같은 견해를 가진 사람들이 그

를 살해했으므로 그녀 역시 도덕적으로 형사적으로 죄가 있다고 했다.

긴즈부르크는 1949년에 악명 높은 콜리마 수용소에서 풀려났지만, 마가단이라는 도시에서 유배 생활을 계속했다. 감옥에 있을 때 첫 남편이 죽어 마가단에서 재혼을 하고 딸을 입양했다. 1955년 마침내 '복권'된 그녀는 모스크바로 거처를 옮겼고, 그곳에서 《소용돌이 속으로》를, 그리고 1982년에 속편 《소용돌이 속에서》를 출간했다.

《한낮의 어둠》을 상기시키는 에피소드도 있다. 긴즈부르크와 감방 동료 랴마는 암호를 사용하여 벽을 두들기며 다른 수감자들과 소통하는데, 그 암호라는 것이 그녀가 예전에 읽은 한 회고록에서 완전히 기억해낸 것이다. 외로움과 고립감이 인간의 기억을 날카롭게 만드는 것을 보면 놀랍다. 수감과 강제 노동이라는 암울하기 그지없는 순간들까지도 기억해내는 긴즈부르크의 재능은 《소용돌이 속으로》를 특별하게 만드는 요소다. 인격을 말살당하는 고통을 이보다 더 가슴 뭉클하게 묘사할 수는 없다.

· 같이 들으면 좋은 노래: "The Chant of the Ever Circling Skeletal Family"
· 이어서 읽으면 좋은 책: 알렉산드르 솔제니친의 《이반 데니소비치의 하루》

78

《비트족의 영광의 나날》

―에드 샌더스(1975)

시인과 작가로 지금도 활발하게 활동하는 에드 샌더스는 정치 풍자를 하는 뉴욕의 아방가르드 포크 밴드 퍼그스The Fugs의 창립 멤버다. 퍼그스는 대서양 양쪽에서 반문화의 열광적인 지지를 받았다. 폴 매카트니는 1966년 런던 세인트 제임스에서 '인빅타 서점 앤드 갤러리'를 운영하는 친구 배리 마일스를 통해 그들을 알게 되어 일찌감치 팬이 되었다(반문화 중심지였던 인빅타는 당시 매카트니의 여자 친구였던 여배우 제인 애셔의 오빠 피트 애셔Pete Asher가 공동 소유주로 있었다). 그곳에서 매카트니가 처음으로 산 책이 에드 샌더스의 시집 《피스 아이》였다. 매카트니는 누군가 귀찮게 사인을 해달라고 하면 가끔 퍼그스의 창립 멤버이자 퍼커션을 연주하는 멤버의 이름(툴리 쿠퍼버그Tuli Kupferberg)을 쓰기도 했다. 보위는 비슷한 무렵에 매니저 케네스 피트를 통해 퍼그스를 알게 되었다. 피트가 밴드명을 제목으로 한 그들의 세 번째 앨범을 그에게 건네준 것이다. 보위는 〈배너티 페어〉에서 그들을 설명하기를 "가사면에서 역사상 가장 폭발력을 지닌 언더그라운드 밴드 가운데 하나"라고 했는데, 옳은 말이다 (1968년에 나온 그들의 앨범 〈It Crawled Into My Hand, Honest〉의 수록곡 "Wide, Wide River"를 염두에 두고 한 말일 것이다). 샌더스는 다른 활동도 활발하게 펼쳤다. 뉴욕 로어 이스트사이드에 피스 아이 서점을 차렸고, 〈퍽 유: 예술 잡지〉라고 하는 급진적 잡지를 발행했으며, 자신의 시를 읽을 때 반주 삼아 연주하도록 펄스 리라pulse lyre라고 하는 악기도 발명했다.

원래는 두 권으로 출간했다가 합본한 《비트족의 영광의 나날》은 황금기(대략 1960년대와 70년대)의 로어 이스트사이드를 배경으로 하는 이야기들과 유령이 나오는 짧은 이야기시sho-sto-gho-pos('short story ghost poems')를 모아놓은 책이다. "미국 헌법에 보장되어 있지만 사람들이 사용하지 않는 자유가 엄청나게 많다"는 인식을 공유하는 "비트 투쟁 열성 당원들"이 피스 아이에 모여들던 시절이었다. 시인이자 영화 제작자 샘 토머스(샌더스 본인을 대신한 허구의 인물)가 주인공으로 등장한다. 그가 사는 로어 이스트사이드는 실제의 그곳과 가까운 모습을 보여줄 때도 있고, '무정부주의자 석탄 공동사업체' 회원들이 '야광 동물 극장'을 찾을 수도 있을 법한 상상 속 모습일 때도 있다. 아무튼 항상, "물욕과 탐욕과 전쟁"에 맞서 혼란과 공동체와 유토피아의 가능성을 무모하게 찬양한다.

· 같이 들으면 좋은 노래: 보위가 초창기 밴드 라이어트 스쿼드The Riot Squad와 함께 라이브로 연주한 퍼그스의 "Dirty Old Man"(애석하게도 녹음이 남아 있지 않다)

· 이어서 읽으면 좋은 책: 에드 샌더스의 《퍼그 유》: 피스 아이 서점, 퍽 유 출판사, 퍼그스, 로어 이스트사이드의 반문화의 비공식적인 역사

79

《북위 42도》

— 존 더스 패서스(1930)

20세기 초반 몇십 년의 미국을 이해하고 싶다면 이 책이 좋은 출발점이다. 보위도 그렇게 미국을 배웠다. 하긴 로큰롤이 어디서 유래했겠는가? 오늘날에는 읽는 사람이 드물지만 출간 당시 압도적인 찬사를 받았던 존 더스 패서스의 《북위 42도》는 침울한 자연주의 효과를 내기 위해 시각 예술에서 콜라주, 몽타주, 독특한 타이포그래피 같은 모더니즘 기법들을 가져왔다(그는 화가이기도 해서 자신의 책 표지를 직접 디자인했다). 그의 아버지는 포르투갈 이민자의 아들로 회사 변호사였다. 첫 아내와 별거할 때 버지니아의 한 미망인과 외도했고 그 결과로 1896년에 존이 태어났다. 두 사람은 1910년에야 정식으로 결혼했는데, 그 무렵이면 존은 유럽에서 공부 중이었다. 이런 시절 타지에서 외로운 시간을 보낼 때, 책은 그의 유일한 위안이 되었다.

《북위 42도》는 《1919》(1932), 《거금》(1936)과 더불어 더스 패서스가 거창하게 이름 붙인 '미국 3부작'을 이루는 첫 번째 책이다. 그가 구급차 운전병으로 복무했던 제1차 세계대전 직전을 배경으로 한다. '단순명료한' 내러티브로 이루어진 섹션들은 열두 명의 인물들의 교차하는 삶을 다룬다. 좌파 정치에 몸담고는 아내와 아이를 떠나 멕시코 혁명군이되는 전직 외판원 인쇄업자 '맥' 매크리어리, 오만한 인테리어 디자이너 엘리너 스토다드 등이 나온다. 그러나 더스 패서스에게 소설을 쓴다는 건 국가의 해악을 진단하는 것을 목표로 삼아야 하는 수준 높은 저널리즘이었다. 이것이 그가 다큐멘터리 자료들을 소설 곳곳에 끼워 넣은 이유다. 뉴스 헤드라인과 기사, 팝송 가사를 인용한 68편의 '뉴스릴', 의식의 흐름을 기술하여 우리로 하여금 그의 삶을 간접적으로 들여다보게 하는 51편의 '카메라의 눈', 유명한 인물들(헨리 포드, 우드로 윌슨, 이사도라 던컨)의 삶을 흥미롭고 살짝 짓궂게 요약한 27편의 간략한 전기가 곳곳에 들어간다.

더스 패서스는 3부작에 진실을 최대한 담아내려고 사전조사에 만전을 기했다. 맬컴 카울리는 그가 기차를 타고 미국 곳곳을 여행하며 캐롤라이나의 방적공장, 켄터키의 탄광

촌 등 사회적 갈등이 벌어질 만한 곳은 어디든 갔다고 회상한다. 1960년대가 되면 사회 정의에 앞장섰던 그가 마르크스주의를 버리고 극단으로 돌아섰다는 것이 믿기지 않는다. 그는 우파 자유주의자들 편에 서서 잡지 〈내셔널 리뷰〉에 기고하고, 배리 골드워터와 리처드 닉슨을 지지했다.

하지만 미국 3부작에서 다루는 주제는 아주 헛되게 소모되는 잠재력, 그리고 노동과 자본의 갈등이다. 평범한 사람들이 부와 성공을 추구하는 과정에서 어떻게 망가지는지 보여준다. 이것은 보위가 "Young Americans"에서 살펴보았던 영역이다. 어린 여자를 임신시키고 나중에는 화장실 바닥에서 구걸이나 하는 음흉한 떠돌이를 다룬 브루스 스프링스틴 풍의 통렬한 노래 말이다. 여기서 부유한 자와 가난한 자의 간극―보위는 스위트룸을 가졌고 그는 패배했다―은 감정을 태워버릴 정도로 극명하다. 마지막에 가면 그를 무너뜨리고 울게 할 빌어먹을 노래 한 곡도 남아 있지 않다.

· 같이 들으면 좋은 노래: "Young Americans"
· 이어서 읽으면 좋은 책: 존 더스 패서스의 《맨해튼 트랜스퍼》

80

《달콤한 소울 음악》:
리듬 앤 블루스와 남부의 자유의 꿈

―피터 거랄닉(1986)

십대 시절부터 소울의 열렬한 팬이었던 보위는 〈Diamond Dogs〉("1984", "Sweet Thing")에서 처음으로 소울의 요소를 자신의 음악에 가져왔다. 앨범 발매에 맞춰 진행된 미국 투어는 갈수록 흑인적인 분위기를 띠게 되었고, 루서 밴드로스Luther Vandross와 당시 보위의 여자 친구이던 아바 체리Ava Cherry 같은 흑인 가수들의 가세로 완연한 소울 공연이 되었다. 수십 년 동안 보위의 기타리스트로 활약하게 되는 카를로스 알로마Carlos Alomar는 흑인 음악에 대한 보위의 지식이 해박한 것을 보고 놀랐다. 보위가 최고로 꼽는 앨범에는 제임스 브라운의 1963년 앨범 〈Live at the Apollo〉가 있었다. 그렇기에 아폴로 극장 전속 밴드에서 연주했고 브라운, 월슨 피켓, 벤 E. 킹과 함께 공연도 다녔던 알로마가 1974년 4월 룰루Lulu의 녹음 세션에서 처음 만난 자신을 그 극장으로 데려가자 보위는 무척이나 흥분했다. 알로마는 〈Young Americans〉 앨범에 결정적인 기여를 했다. 대부분의 녹음을 필라델피아의 시그마 사운드에서 진행했는데, 이로써 보위는 이 스튜디오에서 녹음한 최초의 백인 뮤지션이 되었다.

〈Young Americans〉로 보위는 미국에서 스타가 되었다. 그 무렵에 그가 한 인터뷰들을 보면 앨범에 대한 이중적 태도가 읽힌다. 스스로를 혐오하는 마음에서 "플라스틱 소울"이라고 무시하는가 하면, 앞선 작업들에는 드러나지 않는 감정의 진심이 담겨 있다고 인정하기도 했다. 〈멜로디 메이커〉에서 그가 말하기를 〈Young Americans〉 이전까지는 "콘셉트, 아이디어, 이론을 내세우려 했으므로 과학소설의 패턴"을 활용했다고 한다. 그러나 〈Young Americans〉는 달랐다. "그저 감정의 충동"에 따랐다.

《달콤한 소울 음악》에서 음악사학자 피터 거랄닉은 이런 감정의 충동이 어디서 비롯되었는지 밝힌다. 소울을 탄생시킨 시대와 환경을 깊게 파헤친 매력적인 이 책에서 거랄닉은 가스펠이 세속적으로 옷을 갈아입은 음악이 소울이라고 대단히 구체적으로 정의한다. 소울은 "남부 소울의 삼각지대"인 멤피스·메이컨·머슬 숄즈에서 주로 만들어져서 1954

년 레이 찰스가 성공한 이후로 대중화되었고, 1960년대 초 시민권 운동과 함께 절정에 이르렀으며, 스택스 같은 레이블이 두각을 나타내게 했던 순수하고 정돈되지 않은 열정이 사그라든 1970년대가 되면 창작의 방안으로 소모되었다.

제임스 브라운, 솔로몬 버크, 아레사 프랭클린, 오티스 레딩, 샘 쿡…. 거랠닉은 이런 각각의 아티스트를 성실하게 조명하지만 전성기에 비극적으로 생을 마감한 샘 쿡에 유난히 마음이 끌린다. 제리 웩슬러Jerry Wexler는 쿡을 가리켜 "역사상 최고의 가수"라고 딱 잘라 말한다. 저널리스트였다가 프로듀서로 전향한 웩슬러는 '리듬 앤 블루스(R&B)'라는 용어를 만들어낸 사람이며, 아멧 어테건Ahmet Ertegun과 함께 (그리고 아레사 프랭클린, 윌슨 피켓 등으로부터 약간의 도움을 받아) 애틀랜틱 레코드를 미국에서 가장 막강한 음반사로 만들었다.

《달콤한 소울 음악》은 학구적이고 관점이 분명하다. 그리고 비슷하지만 분위기가 더 화기애애한 게리 허시의 《달아날 곳이 없어》(279쪽 참고)가 모타운까지 범위를 넓혀 다이애나 로스, 메리 웰스, 글래디스 나이트, 마블리츠 등을 다룬 것과 비교하면, 《달콤한 소울 음악》은 남성 중심적인 시야를 견지한다. 순수주의자다운 면이 있었던 거랠닉은 모타운이 비겁하게도 백인 청중의 환심을 사려 했다고 경멸한다. 비록 자신이 《달콤한 소울 음악》을 쓰면서 흑인 음악가들에 대해 가졌던 다소 순진하고 낭만적인 생각들을 떨쳐내는 계기가 되었다고 말하긴 했지만 말이다.

거랄닉의 진가가 발휘되는 대목은 개별 노래들에 집중할 때다. 예컨대 가스펠과 R&B의 경계를 허문 오리올스의 1953년 히트곡 "Crying in the Chapel"을 설명하는 대목이 그렇다. 오티스 레딩과 기타리스트 스티브 크로퍼Steve Cropper가 스튜디오에서 손발을 맞춰가며 "(Sitting On) The Dock of the Bay"를 만들어낸 과정을 (지역 신문 보도를 바탕으로) 사랑스럽게 설명하는 대목도 인상적이다. 비틀스로부터 영감을 받은 이 곡은 1967년 레딩이 죽고 나서 발표되어 미국 차트 1위를 차지했다. 스택스 레이블의 명곡 "Knock On Wood"를 다시 불러 1974년 영국에서 인기를 얻은 보위로서는 이 대목을 읽으며 흐뭇했을 것이다. 원래는 에디 플로이드의 곡이지만 1967년 앨범 〈King & Queen〉에서 오티스 레딩과 칼라 토머스가 멋지게 커버하여 부른 바 있다.

· 같이 들으면 좋은 노래: "Win"
· 이어서 읽으면 좋은 책: 피터 거랄닉의 《경솔한 사랑: 엘비스 프레슬리의 진짜 모습을 밝히다》

81

《송라인》

—브루스 채트윈(1987)

오스트레일리아를 사랑했던 보위는 1983년부터 1992년까지 시드니의 엘리자베스 베이 해안가에 아파트를 갖고 있었다. 보통 그곳에 가면 한 달가량 머물며 내륙의 사막이나 퀸즐랜드 북부의 열대우림을 다녀오는 전초기지로 활용했다. 1983년 초에 보위는 "Let's Dance"와 "China Girl"의 비디오를 오스트레일리아에서 촬영했다. "Let's Dance" 비디오는 강력하고 때로는 초현실적인 정치적 알레고리로, 보위가 백인들의 오스트레일리아 원주민 문화 약탈에 관심이 많음을 보여준다. 거의 마지막 장면에서 보위는 등 뒤로 거대한 태양이 지고 있는 사막에서 기타를 들고 혼자 서 있는데, 헝클어진 금발의 모습이 꼭 브루스 채트윈을 닮았다. 채트윈은《파타고니아》를 통해 영국 여행 문학을 새로 개척한 잘생기고 박식한 이야기꾼으로, 그의 이름을 널리 알린《송라인》을 쓰기 위해 오스트레일리아에도 다녀갔다.

난해하고 단편적인 글들이 이어지는《송라인》은 채트윈이 유목생활을 하는 오스트레일리아 원주민들의 전통을 취재하러 1980년대 초중반에 오스트레일리아를 여러 차례 방문한 것을 회고록과 픽션의 기법을 혼용해가며 기록한다. 그가 특별히 관심을 두는 것은 '송라인'이라고 불리는 추링가-길이다. 이것은 제각기 다른 언어를 사용한 원주민 조상들이 대륙을 돌아다니며 남긴 보이지 않는 길들의 체계를 가리킨다. 그들은 길을 걸으면서 노래를 불러 신성한 공간들에 이름을 붙이고 이야기를 더했다. 노래를 통해 땅이 세상에 존재하도록 한 것이다. 그래서 그들은 그저 노래를 부름으로써 단조로운 지형의 사막에서 방향을 잃지 않고 수백 마일씩 돌아다닐 수 있었다.

찰스 브루스 채트윈은 1940년 세필드에서 사무 변호사의 장남으로 태어났다. 그는 오랫동안 소더비 경매회사에서 일하다가 고고학을 공부하기 위해 회사를 그만두었고, 결국에는 학업도 접고 작가로 전향했다. 친구들은 그를 매력적이고 자신감 있고 유쾌한 사람으로, 수다스럽고 붙임성 좋은 사람으로 기억한다. 영화감독 제임스 아이보리James Ivory는

"할리우드"
피터 샤이어

"에어 파워"
바스키아

그가 "아름답고 여리고 현실 감각은 부족한 아이 같은 사람"이었다고 했다. 그러나 채트윈은 갑작스럽게 말도 없이 사라져버리는 우울한 외톨이이기도 했다. 결혼 후에도 남녀를 불문하고 외도를 일삼았던 그는 1989년에 에이즈로 죽었는데, 친구들에게는 중국에서 희귀한 균에 감염되어 병을 앓고 있다고 말했다.

그가 책에서 서술한 감정적으로 예민하고 우연이 난무하는 경험들이 실제로는 과장하고 심지어 날조하기도 한 것임이 드러나면서 채트윈은 사후에 평판이 떨어졌다. 이런 상황은 '사실'에 결코 큰 관심을 두지 않았던 작가에게는 매몰찬 운명처럼 보인다. 채트윈의 다른 책들과 마찬가지로《송라인》도 '여행은 정도의 차이가 있을 뿐 항상 허깨비 같은 것'이라는 호르헤 루이스 보르헤스의 금언에 바탕을 두며, 이 책을 사랑하는 팬들에게는 영감을 불러일으키는 힘이 인류학적 현실에 바탕을 두었는지 아닌지보다 더 중요하다. 채트윈 본인도 자신의 삶에서 진실과 거짓말이 분명하지 않듯 픽션과 논픽션의 경계가 자의적이라고 보았다. 많은 사람이 모방한 그의 산문 스타일은 군더더기가 없고 세심하다. 드러내는 것만큼 감추는 것도 많다.

채트윈은 한곳에 오래 머물지 못했다. 그는 모든 인간이 자신처럼 이곳저곳 돌아다니며 살았음을 증명하고 싶었던 것 같다. 보위는 정확히 말하면 방랑자 기질은 결코 아니었지만, 정처 없이 떠도는 것과 예술적 성공 사이에 상관관계가 있다는 낭만적인 생각에 동의했다. "내가 사는 거처는 어디에도 존재하지 않습니다." 1977년 그가 〈NME〉의 찰스 샤어 머리에게 한 말인데, 우연히도 채트윈의 《파타고니아》가 출간되어 대단한 호평을 받은 바로 그 해였다. (보위는 그 책을 읽거나 책에 관한 이야기를 들었을까?) "거처로부터 완전히 자유로워야 합니다. 거처 비슷한 것, 예컨대 장기 임대한 아파트 같은 것이 있으면 이루 말할 수 없이 갇힌 기분이 들어요." 엘리자베스 보언Elizabeth Bowen이 강박적 여행자의 심리에 대해 진단한 것—어떤 사람이 낯설게 느껴질 때면 차라리 낯선 어딘가에 있는 게 더 쉽고 마음이 편한 것이라고 했다―을 머리가 인용하자 보위의 눈빛에 자기도 그 마음을 알 것 같다는 표정이 돌았다. 그는 다음 앨범(1979년의 〈Lodger〉)에서 끊임없이 돌아다니는 삶에 중독되어 '여행하는 사람'을 찬양했다.

· 같이 들으면 좋은 노래: "Move On"
· 이어서 읽으면 좋은 책: 브루스 채트윈의 《파타고니아》

82

《성의 페르소나》: 네페르티티로부터
에밀리 디킨슨까지의 예술과 퇴폐

─캐밀 파야(1990)

미국의 학자 캐밀 파야가 《성의 페르소나》로 학계를 넘어 크나큰 성공을 거둔 것은 도서관에서 폭죽이 터진 것과 비슷하다. 보위는 자신에 관한 글을 읽는 것을 좋아했으므로 이 책에서 본인이 난데없이 거론되는 것을 보고 좋아했을 것이다. 여기서 파야는 '중성'의 외계인 모습을 한 (《지구에 떨어진 사나이》 무렵의) 보위를 '음흉한 눈길의 요정' 오브리 비어즐리Aubrey Beardsley(19세기 말 빅토리아 시대 영국의 삽화가─옮긴이)와 비교하고, 앙상했던 〈Young Americans〉 시절의 그를 '복장 도착의 시대'라고 부르면서 인조인간 마네킹에 비교한다. 그런데 그를 이런 식으로 묘사하는 건 아무래도 이상해 보인다.

  파야는 오늘날 문화가 몰락하여 무의미한 파편들이 되었다는, 보위가 선호하는 이론을 야멸차게 대하지만, 그럼에도 이 책에는 보위의 세계관과 통하는 대목이 많다. 파야가 보기에 서양 예술은 질서정연한 남근적 아폴로 세계와 파괴적인 지하세계의 신 디오니소스 세계 사이를 오간다. 학계나 학술지 같은 서양 문화의 문지기들은 폭력과 성에 치중하는 이런 디오니소스 차원을 인정하지 않으려 한다. 그러나 어리석은 일이다. 도덕관념이 없는 본능의 삶을 그렇게 쉽게 묵살할 수 없기 때문이다. 벨벳 언더그라운드, 초현실주의, 《보바리 부인》(80쪽 참고), 《시계태엽 오렌지》(36쪽 참고)를 포괄하는 디오니소스 전통에 자신을 두었던 보위는 당연히 이를 묵살하지 않았다.

《성의 페르소나》가 출간되었을 때 파야는 필라델피아 공연예술 칼리지에서 임시직 교수로 있었다. 그녀는 1960년대 말부터 연구해온 자료들을 바탕으로 쓴 이 책을 내줄 출판사를 찾느라 9년을 보냈다. 이 책으로 그녀는 순식간에 언론의 총아가 되었다. 진지한 신문의 문화면과 텔레비전 예술 프로그램에 단골로 나왔으며, 세계에서까지는 아니지만 미국에서 가장 유명한 학자가 되었다. 그녀가 페미니스트들의 화를 돋우면서 ─ "문명사회가 여성들 손에 맡겨졌었다면 우리는 지금도 움막살이를 면치 못했을 것이다" ─ 오히려 그녀의 유명세는 높아졌다.

파야를 눈여겨보고 있던 보위는 1995년 "We Prick You"를 녹음하면서 그녀의 목소리 샘플을 활용하고 싶었다. 그러나 답을 받지 못했다고 나중에 〈타임아웃〉에 밝혔다. "그녀는 조교를 통해 계속해서 메시지만 보냈어요. '정말 데이비드 보위예요? 그리고 그게 중요한 용건이에요?' 하고 묻더군요. 그래서 결국에는 계획을 접고 내 목소리로 대신했습니다."

이런 유감스러운 오해를 만회하기라도 하듯 파야는 빅토리아 앨버트 박물관 전시회 공식 책자에 '젠더의 극장'이라는 제목의 흥미진진한 에세이를 기고했다.

· 같이 들으면 좋은 노래: "We Prick You"
· 이어서 읽으면 좋은 책: 캐밀 파야의 《요부와 탕녀》

83

《미국식 죽음》

─제시카 미트포드(1963)

프랜시스 베이컨은 늘 죽음의 존재를 느낀다고 데이비드 실베스터(193쪽 참고)에게 말했다. 그러면서 그 이유를 설명하기를, 삶이 자신을 흥분시키기 때문이라고 했다. 삶이 짜릿하게 여겨질수록 반대되는 그림자에도 마찬가지로 흥분된다는 것이다.

데이비드 보위도 삶에 흥분을 느꼈으므로 미국 장례업계의 부패한 내막을 세심하게 조사하여 폭로한 제시카 미트포드의 블랙코미디 같은 이 책을 흥미롭게 읽었을 것이다. 출간된 지 50년이 지났지만 지금도 충격적이다.

제시카('데카')는 미트포드가家의 자매들 가운데 급진적 좌파였다. 열아홉 살에 스페인 내전에 참전하기 위해 집을 뛰쳐나왔고, 스페인으로 가기 전에 먼저 카메라부터 구입하고는 아버지 계좌로 청구했다. 나중에 그녀는 미국으로 갔고 사십 대 후반에 탐사보도 기자 생활을 시작했다. 《미국식 죽음》은 예의의 커튼을 들춰 거기서 찾아낸 것에 경악한다. 슬픔에 젖어 따져볼 겨를이 없는 사람들이 바가지를 쓰고 있었다. 어째서 그들은 18게이지 납 코팅 강철로 만들고 겹치기 용접으로 접합한 관에다 큰돈을 지불하고 싶어하는가? 어째서 특별한 디자이너에게 수의를 맡기는가? 어째서 고인(업계용어로 하자면 '사랑받은 사람loved one')을 방부처리하고, 등판이 조절되고 시신이 흘러내리지 않도록 견고하게 제작된 발포고무 침대에 눕히고, 마치 모텔이라도 되듯 가족에게 비용이 청구되는 '침실'에 두고 싶어하는가?

미트포드는 '추억용 사진'을 만드는 것이 심리적으로 위안이 된다고 강조하는 설명에 경멸을 퍼붓는다. 실상은 비인간적인 방부처리 기술에 내맡겨지고 화장품으로 범벅이 되어 누구인지 알아볼 수도 없게 된 사람을 눕혀놓고 관 뚜껑을 열고 벌이는 오싹한 쇼이기 때문이다. 이런 일은 당시 유럽에서는 벌어지지 않았다. 대체 미국에 무슨 일이 있었기에 50년 만에 장례식이 간소한 집안 행사에서 이토록 요란 떠는 그로테스크한 축제로 바뀐 것일까?

《미국식 죽음》이 나오기 전에는 장례식장에서 무슨 일이 벌어지는지 조금이라도 아는 사람이 거의 없었다. 그런 상황에서 미트포드가 주사바늘, 펌프, 그릇, 양동이를, 접합제, 스프레이, 기름, 크림을 이야기한 것이다. 덕분에 그녀의 책은 세계적인 베스트셀러가 되었고, 그녀는 가장 악착같은 기자라는 명성을 얻었다.

· 같이 들으면 좋은 노래: "My Death"(자크 브렐 노래 커버)
· 이어서 읽으면 좋은 책: 메리 로치의 《인체재활용》

84

《대홍수 이전》:
1920년대 베를린의 초상
─오토 프리드리히(1972)

바이마르 공화국 시기의 베를린의 삶을 다채롭게 설명하고 있는 프리드리히의 책은 보위와 팝이 1976년 LA를 떠나 베를린으로 가기 전에 꼭 읽어야 했던 책이었다. "약물로 인해 큰 곤란을 겪기 직전까지 간 게 한두 번이 아니었습니다. 어떤 식으로든 적극적인 행동을 취해야 했어요." 보위는 1999년 〈언컷〉 잡지에 이렇게 말했다. "오래전부터 나는 베를린을 피난처 같은 곳으로 눈여겨보고 있었습니다."

독일이 제1차 세계대전에서 패하고 황제가 퇴위하자 프리드리히 에베르트 총리는 새로운 민주 헌법을 제정했고, 그 결과로 바이마르 공화국이 탄생했다. 헌법은 모든 독일인에게 어떤 식으로든 자유로운 표현의 권리를 보장했으며,

보다 개방적이고 관용적인 사회로 나아가는 발판이 되는 듯 보였다. 그러나 헌법에는 심각한 결함이 있었다. 혁신적으로 보이는 비례대표제와 헌법 제48조에 명시된 비상 통치권은 독일이 혼란에 빠져드는 것을 막아내지 못했고, 결국 나치가 1933년 1월 30일에 권력을 장악하는 빌미가 되었다.

1920년대 베를린은 변화의 한복판에 있는 도시였다. 잇단 정치 위기와 경제 위기, 특히 초인플레이션―1923년 11월에는 빵 한 덩어리 가격이 2000억 마르크까지 치솟았다―으로 범죄와 성매매, 반유대주의가 급증했다. 한편으로 이런 위기는 문화와 학문이 활발하게 꽃피우게 했다. 베를린의 술집과 카바레로 대표되는 다양한 형태의 성적 욕망이 분출되는 사회 분위기가 이런 문화를 촉진한 것으로 보인다.

《대홍수 이전》은 조지프 폰 스턴버그Josef von Sternberg의 영화, 베르톨트 브레히트Bertolt Brecht의 희곡, 아르놀트 쇤베르크Arnold Schönberg의 거친 무조성 음악, 게오르게 그로츠George Grosz의 적나라한 캐리커처에 열광하는 사람들이 속성 과정으로 그 시대를 배울 수 있는 교본이다. 보위는 이 책을 읽으며 브레히트에게 베를린이 중요했음을 깨달았던 듯하다 (나중에 그는 브레히트의 1918년작 〈바알〉에 출연했다). 연극 연출가 에르빈 피스카토르Erwin Piscator와 바우하우스의 창시

자 발터 그로피우스Walter Gropius가 내세운 '종합극장'의 개념—무대와 좌석과 화면이 회전하여 360도 경험을 선사하고 합창단이 터널에서 등장하여 관객을 에워싼다—과 보위가 무대에서 구현하려고 했던 스펙터클한 효과가 연결되는 지점도 이 책일 것이다.

양차 대전 사이 기간에 베를린에는 프로이트와 아인슈타인이 살았고, 나보코프도 이곳에 살면서 '시린'이라는 필명으로 《어둠 속의 웃음소리》, 《절망》, 《재능》 등의 '베를린 소설들'을 썼다. 보위가 한참 뒤에 "I'd Rather Be High"라는 곡에서 사용하게 되는 나보코프의 이미지—그뤼네발트 숲의 호숫가에서 태양이 자신의 몸을 핥도록 내맡긴—는 프리드리히가 《재능》의 구절을 인용하면서 저도 모르게 그에게 제공했을 것이다. 소설의 주인공 표도르는 베를린 외곽의 아름다운 호숫가에서 일광욕을 즐기는 사람들 사이를 돌아다니며 노인들의 부어오른 다리를 바라본다. 그러다가 태양에 피부를 내맡기면 어떻게 되는지 느껴보려고 자신도 거기 눕는다. 보위의 노래에서 나보코프는 물론 몽트뢰의 호텔에서 은둔 생활을 하는 노인이 아니라(71쪽 참고) 멋진 몸을 드러낸 전성기의 모습이다. 인재들을 키워낸 베를린에 구릿빛 피부로 찬사를 바친 것이다.

· 같이 들으면 좋은 노래: "Neuköln"
· 이어서 읽으면 좋은 책: 멜 고든의 《관능적 공포: 바이마르 베를린의 에로틱한 세계》

85

〈프라이빗 아이〉(1961~현재)

군스Goons(영국 라디오 코미디 프로그램 〈군 쇼The Goon Show〉를
만든 인물들—옮긴이)의 열렬한 팬(412쪽 스파이크 밀리건 참고)
이던 보위는 1960년대 초 영국의 '풍자 코미디 대유행satire
boom'에 열광할 준비가 되어 있었다. 유행의 시작은 1960년
여름 에든버러 페스티벌에서 첫선을 보인 시사풍자극 〈비
욘드 더 프린지Beyond the Fringe〉였다. 대부분의 대본을 쓴 피
터 쿡은 같은 해 10월에 소호 그릭 스트리트에 '이스태블리
시먼트The Establishment'라는 클럽을 열었다. (쿡이 〈비욘드 더
프린지〉에서 함께 공연한 더들리 무어와 호흡을 맞춰 거침없는 입
담을 과시한 '데릭 앤 클라이브'는 영국의 록 거물들의 각별한 사랑
을 받았다. 당연히 보위도 포함해서 말이다.)

잡지 〈프라이빗 아이〉가 거의 같은 시기에 창간되었다는 것은 우연이 아니다. 시대 분위기가 그랬다. 고루하고 무능한 맥밀런 정부에 대한 환멸, 그리고 전쟁을 그리워하는 나이 든 세대를 더는 두고 볼 수 없다는 공감이 있었다. 아이러니하게도 〈프라이빗 아이〉의 창간자들—리처드 인그램스, 크리스토퍼 부커, 윌리 러쉬튼—은 계급을 넘어선 인습타파자들이 아니라 공립학교 교육을 받은 인간혐오자들이었다. 〈비욘드 더 프린지〉의 무리와는 대립 관계에 있었는데, 쿡이 돌연 사업 파트너와 함께 1962년 여름에 이 잡지를 인수했다.

초창기에는 아마추어 티가 났다. 켄싱턴의 집에서 노란색 인쇄지들을 스테이플러로 고정하여 유행에 밝은 사람들이 즐겨 찾는 웨스트런던의 식당과 카페(예컨대 트루바두어 Troubadour)에서 팔았다. 1962년이면 보위는 열다섯 살로 잡지를 보고 즐길 만한 나이가 되었는데, 이 무렵이면 〈프라이빗 아이〉는 매월 두 차례 발행할 때마다 46000부가 팔렸다. 순응적인 교외의 가치를 거부한 것이 인기의 주요 요인이었다. 역사학자 도미닉 샌드브룩Dominic Sandbrook이 지적하듯이 〈프라이빗 아이〉의 필자들은 하위중산층의 태도를 대단히 우습다고 여겼고 런던의 교외 니스던을 지루함과 저능함의 대명사로 활용했다.

보위의 가족은 이 정도로까지 따분하지는 않았다. 그의 아버지는 한때 소호에서 나이트클럽을 운영하기도 했을 만큼 보헤미안의 기질이 있었다(물론 나중에야 무뎌졌지만 말이다). 그렇다고 해서 브롬리가 니스던보다 나았다는 말은 아니다. 마찬가지로 브롬리에서 자란 《시골뜨기 부처》의 저자 하니프 쿠레이시는 그곳을 가리켜 "지겹도록 계속 출몰하는 좀비처럼 따분하고 한시도 가만있지 못하는" 곳이었다고 〈가디언〉에 썼다.

보위의 친구 조지 언더우드는 보위가 맨해튼에 살았을 때도 〈프라이빗 아이〉를 계속해서 구독하며 나이든 록스타 게리 블로크의 좌충우돌 모험을 그린 연재만화 '셀럽Celeb'을 재미있게 보았을 가능성이 "아주 크다"고 했다.

· 같이 들으면 좋은 노래: "Buddha of Suburbia"
· 이어서 읽으면 좋은 책: 피터 쿡의 《비극적이게도 나만 쌍둥이 가운데 살아남았어요》

86

《분열된 자기》

―R. D. 랭(1960)

"우리는 두 주마다 샌드위치와 사과를 바구니에 담아 들고 그를 찾았어요. 깨끗한 셔츠와 새로 나온 읽을거리도 가져 갔고, 그의 빨랫감을 가져왔죠. 그는 우리를 보면 항상 너무 도 좋아했지만 아무 말도 하지 않았습니다. 그냥 온종일 잔 디밭에 누워 하늘만 쳐다봤어요."

―병원에 있는 이부형 테리를 찾은 데이비드 보위

1960년대 영국에서 정신질환자를 치료하는 일반적인 방 법은 런던 남부의 케인 힐 같은 거대한 정신병원에 가둬 놓 고 약물을 투여하는 것이었다. 지금은 철거된 케인 힐의 모 습은 미국에서 발매된 보위의 앨범 〈The Man Who Sold

The World〉의 표지에 만화 형식으로 그려져서 길이 남았다. 조현병을 앓았던 보위의 이부형 테리는 짧은 생애의 상당한 기간을 케인 힐에서 보냈다.

스코틀랜드 정신과의사 로널드 랭이 보기에 이런 방법은 비인간적이기만 한 것이 아니라 완전히 잘못된 것이었다. 그는 사회적 맥락이 가장 중요하다고 믿었다. 특히 비정상적 가족 관계가 일부 아이들에게서 "존재론적 불안정"을, 허약한 자아감을 자극해서 결과적으로 정신병이 일어나게 할 수 있다고 믿었다. 보위는 자신의 어린 시절 환경이 과연 정상이었을까 우려했던 것 같다. "감정과 영혼을 훼손하는 일들이 집안에 끔찍하게도 많이 일어났다고 생각해요." 그는 〈인터뷰〉에서 이렇게 말했는데, 자기보다 열 살 많은 테리가 자신의 아버지(테리의 의붓아버지)로부터 위협을 받고 무시당했던 것을 떠올리는 듯했다. 1977년 잡지 〈크로대디〉와의 인터뷰에서 그는 테리가 "그러는 것은 어른답지 못하다고 생각하는 나이가 되어서도 엄청나게 많이 울었다"고 털어놓았다. 주류 생물정신의학은 조현병 환자와 소통하려고 시도하는 것이 무의미하다는 입장이었다. 랭은 그와 반대로 그들의 '말비빔word salad'(아무렇게 나열한 단어들로 이루어진 알쏭달쏭한 말)을 이해하려고 노력하는 것이 절대적으로 필요하다고 믿었다. 어쩌면 자신들이 처한 곤경의 '실상'에 대해

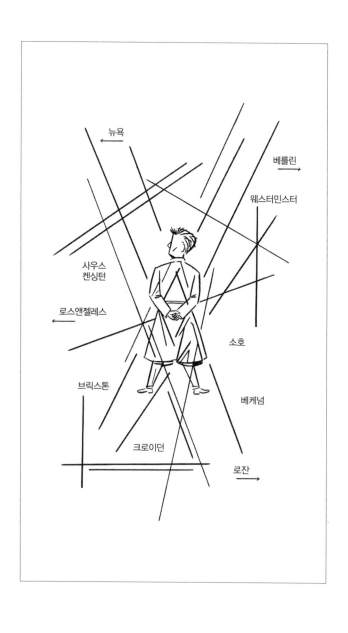

우리에게 말해주는 것이었을 수도 있기 때문이다.

1960년대가 되자 랭은 '반정신의학' 운동의 선봉에 선 인물이 되었다. 그는 학계가 합의한 정신질환의 견해를 바꾸고 질환자를 강제로 입원시키는 관행을 근절시키는 데 앞장섰다. 반문화에서 샤먼 같은 존재였던—두 쪽짜리 랭의 인터뷰가 실린 1969년 7월 4일자 〈인터내셔널 타임스〉는 믹 재거의 인터뷰가 실린 호보다 더 고가에 거래된다—그는 스트레스에 시달리는 숀 코너리를 치료하려고 LSD를 사용했으며, 런던 벨그라비아에 있는 세계 사이키델릭 센터에서 폴 매카트니와 어울렸다. 랭은 1967년 라운드하우스에서 '해방의 변증법Dialectics of Liberation'이라는 학회가 열렸을 때 연사로 나섰다. 한 기자가 능글맞게 표현하기를 "지구의 모든 문제를 해결하고자" 당대 내로라하는 최고 지성들이 모인 자리였다. 랭이 런던 동부의 킹슬리 홀에 치료공동체('안전한 피난처')를 열었을 때는 그곳에서 벌어지는 일을 보려고 명사들이 찾기도 했다.

보위가 대단히 존경했던 핑크 플로이드의 시드 배럿Syd Barrett은 LSD를 다량 복용한 바람에 잠복해 있던 그의 정신병이 촉발되었다. 매니저 피터 제너Peter Jenner가 그를 랭에게 데려가 치료하려고 했지만 결국 성공하지 못했다. 보위는 자유롭게 돌아다니는 지루한 사람들과 소멸하느니 차라리 '광인들'과 어울리는 편을 택하겠다고 했는데, 여기서 그는 '정상'의 상태란 황홀한 잠재력을 거부한 것이라는 랭의 믿음에 공감한 것이다. 랭은 조현병을 고지식한 일반인들은 이해하지 못하는 초월성의 상태로 본다. 이런 상태는 비틀스의 "Strawberry Fields Forever", 핑크 플로이드의 "See Emily Play"(보위는 〈Pin Ups〉 앨범에서 이 노래를 커버했다), 보위의 초기 곡들인 "When I'm Five"와 "There is a Happy Land" 같은 약물 기운 가득한 곡에서 찬양하는 몽상적인 상태와 연결되는 지류다. 이런 곡들은 향수를 자아내고, 어린 시절에 집착하고, 여름날이 계속 이어지는 분위기로 진행된다.

많은 사람은 보위의 지칠 줄 모르는 창조성이 그렇지 않았다면 광기로 표출되었을 수도 있는 조증을 슬기롭게 활용한 게 아닐까 하는 생각을 오래전부터 해왔는데, 보위는 중년에 이르렀을 때 이런 생각이 사실임을 확인시켜주었다. "사람은 광기에 집어 삼켜지지 않으려고 애쓰는 와중에 심리적으로 어마어마하게 망가집니다." 그는 1993년 BBC와의 인터뷰에서 이렇게 털어놓았다. "나는 (우리 가족 중에) 행운아였다고 생각합니다. 예술가이니까요. 나의 심리적 과잉을 모두 음악에 쏟아부을 수 있었고, 그런 다음에는 항상 떨쳐 버릴 수 있었습니다. 덕분에 그런 일이 내게는 결코 일어나지 않은 거죠."

· 같이 들으면 좋은 노래: "See Emily Play"(핑크 플로이드 노래 커버)
· 이어서 읽으면 좋은 책: R. D. 랭의 《경험의 정치학과 극락조》

87

《숨어 있는 설득자》

—밴스 패커드(1957)

1964년 소호. 짧은 머리를 한 남자아이들과 허연 얼굴의 여자아이들이 '더 씬 인 햄 야드The Scene in Ham Yard' 같은 클럽에 모여들었다. 최신 R&B를 듣고 블루스에 빠져들기 위해서였다. 그리고 그들이 밤새 춤추며 놀게 해줄 암페타민도 있었다. 열일곱 살의 데이비드 존스는 태동하는 모드 씬에서 중요한 몫을 했다. 당시 콘래즈, 킹 비스 같은 밴드들을 오가며 무대에 섰던 미래의 데이비드 보위는 그것 말고도 이탈리아제 쓰리버튼 정장과 폭 좁은 넥타이만큼이나 세련되게 들리는 직업을 갖고 있었다. 그는 소호의 뉴 본드 스트리트에 위치한 네빈 D. 허스트 광고회사의 하급 비주얼 라이저(스토리보드 만드는 일을 하는 사람—옮긴이)였다.

허스트는 큰 광고회사는 아니었고, 그들에게는 '에이즈 Ayds'라고 하는 다이어트용 비스킷을 만드는 업체가 가장 중요한 고객이었다. 나중에 보위는 허스트에서 잠깐 일했던 것을 '혐오'한다고 말했다. 하지만 이 경험은 물건 파는 기술을 배우게 해주는 집중강좌로서 매우 중요한 과정이었다. 특히 1985년 소호를 배경으로 하는 콜린 매킨스의 소설《철부지들의 꿈》(1958)을 원작으로 만든 줄리언 템플의 영화에서 그가 겉만 번드르한 광고회사 중역 벤디스 파트너스 역할을 맡았을 때 대단히 유용했다. 보위의 전기작가 폴 트린카Paul Trynka는 아울러 이런 경험이 그에게 "자칭 전문가로서 디자인, 마케팅, 심리 조작의 세계에 대해 발언할 수 있는" 자격을 주었다고 했다. 1975년 〈크림〉과의 인터뷰에서 보위는 자기 생각을 우울하게 털어놓았다. "예전에 광고회사에서 비주얼라이저로 일한 적이 있어요. 그래서 그들을 잘 알아요. 우리가 뭔가를 사게 만드는 광고회사는 살인자들입니다. 그들은 어떤 것도 누구에게도 팔 수 있어요. 물건들만이 아닙니다. 광고회사가 그저 물건을 팔기 위해 존재한다고 생각한다면 순진한 생각입니다. 그들이 막강한 것은 다른 이유예요. 그런 많은 회사는 자신들이 책임지지 않아도 되는 많은 것들을 맡고 있어요. 그들, 광고업자들은 사람 목숨을 다룹니다."

　매킨스의 '런던 3부작' 두 번째 책인《철부지들의 꿈》은
새롭게 등장한 두 개념인 십대와 다문화주의를 찬양한다.
젊은이들에게 컬트적 인기를 누렸음에도 웬일인지 보위는
이 책을 읽지 않았고 템플은 뜻밖이라며 놀라워했다. 그러
나 보위는 자신이 잘 아는 (어쩌면 허스트에서 근무했을 때 필
독서였는지도 모르는) 책의 저자와 똑같은 이니셜을 매킨스가
파트너스에게 의도적으로 주었음을 보고 흐뭇해했다. 광고
업자들의 기만적인 행태를 폭로하여 베스트셀러가 된 그 책
은 밴스 패커드의《숨어 있는 설득자》였다.

　세련된 뉴욕 잡지 기자였던 패커드는 변변찮은 집안 출
신으로 마케팅 산업을 증오했다. 혹독했던 1920년대에 펜실
베이니아 시골에서 자랐던 그는 감리교도 농부인 자신의 부
모처럼 평범한 사람들의 뿌리 깊은 공포와 허황한 꿈을 자

극하여 자동차, 담배, 세탁세제를 사게 만든 조직의 내막을 폭로하고 싶어 몸이 근질근질했다. 오늘날 우리가 보기에는 전혀 새삼스러울 것 없는 일이지만, 1957년에는 광고업자들이 순진하고 선량하지 않다는 폭로가 그야말로 충격이었다.

분간할 수 없는 제품을 구분하게 하려고 이른바 '심층 심리학'이 동원되었다. 그 결과 소비자들이 강력한 정서적 애착을 나타내는 브랜드라는 것이 만들어졌다. 일례로 말보로는 '마초적인 미국의 정수'라는 브랜드로 거듭나기 전에는 여성들을 위한 얌전한 담배였다. 관건은 사람들이 어째서 충동구매를 하는지 이해하는 것이었다. 패커드는 동기부여 연구소 소장 에른스트 디히터Ernest Dichter 같은 인물들에 주목했다. 보위가 영화에서 벤디스 파트너스 역을 맡아서 춤추며 노래하는 "That's Motivation"은 굳이 분석하지 않아도 된다.

팝계에 브랜딩은 보위 이전에도 오래전부터 있어왔다. 그러나 보위만큼 브랜드의 위력을 효율적으로 활용한 팝 가수는 없었다. 1960년대에 밴드 활동과 포크 싱어송라이터 활동으로 뚜렷한 인상을 남기는 데 실패한 보위는 록 저술가 피터 도겟Peter Doggett이 "모르고 넘어가기가 불가능할 정도로 막강한 브랜드"라고 한 지기 스타더스트를 창조해냈다. 그는 명성을 추구하기보다는 이미 유명한 사람처럼 굴었고,

가급적 많은 사람이 자신에게 관심을 표하게 하려고 온갖 대립 구도―남성과 여성, 동성애자와 이성애자, 인간과 외계인―를 무너뜨렸다.

패커드는 정치인들이 이런 심리적 기술을 선거에 활용하는 것을 크게 우려했다. 그는 2000년이면 마케터들이 '생체제어biocontrol'―전기신호를 이용하여 정신 작용, 감정 반응, 감각 인식을 통제하는 기술―같은 한층 정교한 도구를 손에 넣게 되리라고 내다보았다. 그의 예측이 완전히 엉터리는 아니었다.

· 같이 들으면 좋은 노래: "That's Motivation"
· 이어서 읽으면 좋은 책: 찰스 맥케이의 《대중의 미망과 광기》

88

《타락한 사람들》

—에벌린 워(1930)

1972년 12월, 지기 스타더스트 첫 미국 투어를 마친 데이비드 보위는 RHMS 엘리니스 호를 타고 영국으로 돌아오는 중이었다. 그는 바깥으로 트윈 바와 하와이를 주제로 꾸며놓은 와이키키 식당에서 휴식을 취하며 대단히 영국적인 소설을 읽기 시작했다.

《타락한 사람들》은 돈 많고 세련된 취향을 소유한 '빛나는 청춘들'이라고 하는 무리의 퇴폐적이고 소모적인 삶을 기록한 것이다. 1924년 7월 〈데일리 메일〉이 처음으로 보도한 이들의 멤버로는 여배우 털룰라 뱅크헤드Tallulah Bankhead, 귀족 다이애나 쿠퍼Diana Cooper(결혼 전 성은 매너스로, 보위의 앨범 〈The Next Day〉의 수록곡 "I'd Rather Be High"에서 입술에서 피가 나는 줄도 모르고 수다를 떠는 '매너스 부인'이 그녀다), 탐 미주의 시인 브라이언 하워드Brian Howard(1929년 '브루노 하트Bruno Hat'라는 가짜 예술가를 만들어 미술전을 열었는데, 보위와 윌리엄 보이드는 아마 여기서 냇 테이트의 아이디어를 얻었을 것이다)가 있다. 이 책에서 가장 잘 알려진 문단은 그들이 개최하고 참석한 기상천외한 파티들의 목록을 열거한 것이다. "가면 파티, 야만인 파티, 빅토리아시대 파티, 그리스 파티, 미국 서부시대 파티, 러시아 파티, 서커스 파티, 다른 사람처럼 차려입고 와야 하는 파티, 세인트존스 우드에서 거의 나체로 벌인 파티, 아파트·단칸방·저택·선박·호텔·나이트클럽에서 벌인 파티…." 목록은 계속 이어진다.

명목상 주인공은 약혼한 사이인 젊은 커플 애덤과 니나다. 그러나 P. G. 우드하우스Wodehouse(상류사회를 코믹하고 우아하게 풍자한 글로 유명한 영국 작가―옮긴이) 글에나 나올 법한 로티 크럼프, 애거사 런시블 같은 터무니없는 캐릭터들이 계속해서 끼어든다. 《타락한 사람들》은 영화와 T. S. 엘리엇에서 영향을 받아 뚝뚝 잘려나간 구조를 하고 있다. 여기에 귀에 거슬리고 논리적 비약이 난무하는 이상한 대화가 더해져서 초현실적인 효과를 낸다. 이런 대화는 코카인을 잔뜩 복용한 자들이 말하는 방식과 유사하다. 보위에게 이런 인물들은 그의 친구들, 애인들, 지인들처럼 들렸을 것이다. 그러나 무엇보다 보위 자신처럼 들렸을 것이다.

말미에 가까워질수록 어조가 어두워진다. 워는 이런 경박한 현장을 찬양하는 것이 아니라 비난하는 것임이 명백해진다. 전쟁의 먹구름이 바다 저편에서 밀려오고, 군대 소집 영장을 받은 애덤은 "세계사에서 가장 규모가 큰 전쟁터에서 쪼개진 나무 그루터기"에 자신이 앉아 있음을 깨닫는다.

보위는 아마도 이 대목에 착안하여 샴페인과 일출에 관한 노래를 구상했을 것이다. 돈 많은 무리가 임박한 재앙을, 세상이 바뀌리라는 것을 전혀 알아차리지 못하고 파티를 벌이는 노래 "Aladdin Sane"이 그것이다.

· 같이 들으면 좋은 노래: "Aladdin Sane(1913–1938–197?)"
· 이어서 읽으면 좋은 책: 에벌린 워의 《한 줌의 먼지》

89

《미국 민중사》
—하워드 진(1980)

데이비드 보위는 파시즘을 지지했을까? 이것은 끈질기게 계속 제기되는 질문이다. 우리는 그의 어머니 페기가 이십대 초반에 오스왈드 모슬리Oswald Mosley가 창당한 영국파시스트연합에 잠시 몸담았음을 알고 있다. 당의 공식 기관지 〈블랙셔츠〉에 정기적으로 기고한 한 칼럼니스트 이름이 알렉산더 보위였다는 것도 잘 알려져 있다. 지기 스타더스트의 '번개' 문양은 영국파시스트연합의 로고와 놀랄 만큼 비슷하다. 그러나 그것은 엘비스 프레슬리가 자신의 좌우명 '맡은 일을 잘 하자TCB: Taking Care of Business'를 나타내고자 디자인한 로고와도 닮았다. 믹 록의 《달 시대의 몽상》에서 보위는 번개 문양이 두꺼비집에서 '고압 전류' 표시를 보고 만든 것이라고 했다.

1976년에 보위는 런던 빅토리아 역에서 자신을 기다리는 팬들에게 나치식 인사처럼 보이는 동작을 취했다. 이보다 더 문제가 된 것은 같은 해에 〈플레이보이〉와의 인터뷰에서 그가 한 말들이었다. "나는 영국이 파시스트 지도자로부터 배울 점이 있었다고 생각해요." "아돌프 히틀러는 최초의 록스타였어요." 그러나 당시 그는 만성 코카인 중독이었다. 그리고 보위가 나치에, 특히 히틀러가 브랜드와 미디어를 사악하게 활용한 방식에 지적으로 관심을 가졌음은 부인할 수 없지만, 록스타와 대중 선동가를 비슷하게 여긴 것은 비단 〈Ziggy Stardust〉만이 아니라 더 후의 〈Tommy〉와 핑크 플로이드의 〈The Wall〉에서 볼 수 있듯 1970년대 아트록이 전반적으로 집착한 사항이기도 했다.

보위가 삶을 살아간 방식을 보면 너그럽고 포용적인 사람이었음이 분명하다. 그는 사회에서 소외되고 상처받은 사람들의 곤경에 누구보다 세심하게 반응했다. 그럼에도 의심이 가시지 않는다면 노예, 아메리카 원주민, 여성, 기타 소수자들의 관점에서 미국의 역사를 말하는 《미국 민중사》를 읽어보라. 최근까지도 목소리를 거의 내지 못했던 그들의 존재가 오늘날 좀 더 자주 부각된다면, 여기에는 이 책의 저자인 하워드 진의 공도 있다.

브루클린 출신의 진은 조선소에서 일하다가 제2차 세계 대전에 참전하여 유럽에서 폭격수로 복무했다. 미국으로 돌아와서는 덕분에 군 장학금으로 공부할 수 있었다. 그는 오랫동안 보스턴 대학에서 정치학을 가르쳤는데, 자신의 수업을 듣는 학생들이 가진 지식에서 불편함을 느꼈다. 아내의 독려로 진은 학교에서 가르치고 있는 정통 역사를 바로잡는 다른 시각의 역사서를 쓰기로 했다. 그가 보기에 지금까지 학생들이 배운 역사는 불편한 진실들을, 특히 인종과 관련한 진실들을 왜곡하거나 은폐하기 위해 고상하고 객관적인 태도를 취했다. 예를 들어 크리스토퍼 콜럼버스가 신대륙에 당도한 것은 대체로 경사스러운 일로 거론하지만, 실상은 히스파니올라 섬의 토착 주민들을 몰살하는 종족학살을 불러왔다. 모든 미국인은 어릴 때 학교에서 영국 군인들이 식민지 주민 다섯 명을 죽인 1770년의 보스턴 대학살을 배운다. 그러나 1637년에 코네티컷의 백인들이 피쿼트 족 마을을 습격하여 잿더미로 만든 사건은 과연 배우는지, 진은 묻는다.

《미국 민중사》는 1980년에 초판이 나오자마자 화제작이 되었다. 진은 2010년에 세상을 떠나기 전까지 그 책을 여러 차례 개정했으며, 마지막 개정판은 2005년에 나왔다. 지금도 매년 10만 부가량 팔린다. 진은 사람들에게 그들이 갖지 못한 정보를 일깨워서 그들이 무턱대고 믿는 것을 다시 생각하도록 독려해야 하는 책임감을 느껴 이 책을 썼다고 했다.

· 같이 들으면 좋은 노래: "Working Class Hero"(틴 머신이 부른 존 레논 노래 커버)
· 이어서 읽으면 좋은 책: 하워드 진의 《달리는 기차 위에 중립은 없다》

〈블래스트〉

—윈덤 루이스(편집)(1914-15)

"소용돌이파가 록 음악을 썼다면 이런 음악이 되지 않았을
까요."

―"'Tis a Pity She Was a Whore"에 대해 데이비드 보위가 한 말

2012년 9월, 보위는 오랜 공백을 깨고 새 앨범 〈The Next
Day〉를 발매할 준비를 하고 있었다. 앨범이 발매되면 충격
이 될 터였다. 싱글 "Where Are We Now?"가 그의 예순여섯
번째 생일인 2013년 1월 8일 아침에 BBC 프로그램 〈투데
이〉에서 공개되면 사람들은 앨범이 나온다는 것을 알게 될
터였다.

하지만 이것은 미래의 일이고, 지금 당장은 계획을 짜느

라 바빴다. 물리적 매체로서 앨범이라는 개념은 죽어가는 중이었지만—당시는 아이튠즈가 최고였다—그래도 보위는 〈The Next Day〉의 표지에 과거 앨범 표지들이 가졌던 힘을 싣고 싶었다. 이를 통해 자신의 복귀와 건재함을 과시하려는 것이었다.

그는 앞서 두 앨범에서 표지 작업을 한 바 있는 그래픽 디자이너 조너선 반브룩Jonathan Barnbrook에게 연락했다. 두 사람은 〈The Next Day〉의 표지를 보위의 예전 앨범 표지에서 얼굴을 지우는 식으로 만들기로 했다. 처음에는 〈Aladdin Sane〉으로 작업할까 생각하다가 〈Heroes〉로 마음을 정했다. 표현주의 화가 에곤 실레의 "양팔을 든 자화상"(1914)에 나오는 것과 유사한 포즈를 취한 보위를 스키타 마사요시가 흑백사진으로 찍은 것인데, 흰색 사각형을 그 위에다 덮고, 그 안에 반브룩이 개발한 '독트린'이라고 하는 산세리프 서체로 제목을 적어 표지로 만들었다.

단순하지만 급진적인 제스처이다. 〈블래스트〉를 떠올리게 하는 발상이다.

〈블래스트〉는 영국 최초의 아방가르드 운동이었고 작가·화가·비평가 윈덤 루이스(앞에 붙는 퍼시라는 이름은 버렸다)가 창안한 소용돌이파의 공식 선언문이었다. 소용돌이파는 순수한 형태, 장식적인 것을 모두 걷어낸 냉철하고 기하학적인 형태에 탐닉했다. 루이스의 설명대로 "소용돌이파는 물러지고 덧붙여지고 부차적으로 응용되기 이전의 예술이다." 지식인들이 '기계 시대'라고 부르는 현대 세계의 소음과 아우성을 반영하고자 한 것이었다. 포괄하는 범위가 넓으므로 이론적으로는 모든 예술에, 그러니까 회화와 조각뿐만 아니라 글쓰기와 음악에도 적용할 수 있었다.

〈블래스트〉는 두 호만 발행되었다. 창간호는 제1차 세계대전 발발 한 달 전인 1914년 7월 2일에 나왔다. 선연한 자홍색 표지에 제목이 굵직한 대문자로 비스듬하게 아래쪽으로 적혀 있다. 대략 스무 페이지 정도 되는 서두의 선언문에는 루이스와 공모자들(외국을 떠돌아다닌 미국 시인 에즈라 파운드를 포함하여)이 '떠받든bless' 것들(피마자유, 구세군)과 '깔아뭉갠blast' 것들(영국 날씨, 1837년부터 1900년까지)의 목록을 적어놓았다. 슬레이드 예술학교의 드로잉 교사 헨리 통크스는 이들이 떠받든 대상이면서 깔아뭉갠 대상이기도 했다. 선언문에 이름을 올린 사람 중에는 로저 프라이Roger Fry가 설립한 디자인 공방 '오메가 워크숍'에서 루이스와 함께 작업했던 에드워드 워즈워스Edward Wadsworth도 있었다. 보위는 루이스의 작품뿐만 아니라 워즈워스의 작품도 열성적으로 수집했다.

보위가 좋아한 또 한 명의 미술가 데이비드 봄버그(114쪽

참고)는 소용돌이파를 지지했지만 루이스를 신뢰하지 않아 〈블래스트〉에 이름을 올리지 않았다. 그 대신 1915년 6월 런던 뉴 본드 스트리트의 도어 갤러리에서 열린 소용돌이파의 유일한 전시회에는 작품을 출품했다. 1915년 7월 20일에 나온 〈블래스트〉 두 번째 호에는 T. S. 엘리엇의 "전주곡들" 과 "바람 부는 밤의 광시곡"이 수록되었다. 하지만 이 무렵이면 계속된 전쟁으로 인해 소용돌이파는 힘이 빠져 있었다.

그럼에도 소용돌이파는 잊히기는커녕 20세기 후반의 많은 팝 음악에 느슨한 이론적 틀을 제공하면서 생명력을 이어갔다. 보위가 '미래의 밴드'라고 불렀으며 데뷔 앨범에 공동 프로듀서로 참여하려고 했던 미국의 아트 로커 디보Devo에서 그들의 영향력을 느낄 수 있다. 프랭키 고스 투 할리우드Frankie Goes To Hollywood도 있는데, 리드 보컬인 홀리 존슨Holly Johnson은 솔로로 나서면서 데뷔 앨범 제목을 'Blast'라고 붙였다. 밴드 시절 자신들의 홍보를 맡았던 폴 몰리Paul Morley를 보고 영감을 받은 것이다(몰리가 설립한 ZTT(Zang Tumb Tumb) 레이블은 이탈리아 미래파 시인 마리네티의 소리 시 sound poem에서 이름을 따왔다).

보위에게 창조는 파괴나 적어도 단절과 긴밀하게 연관된 것이었다. "예술 운동을 일으키려면 뭔가를 세우고 나서는 파괴해야 합니다." 1976년 그는 〈NME〉의 리사 로빈슨Lisa Robinson에게 이렇게 말했다. "그러기 위한 유일한 방법은 다다이스트들, 초현실주의자들이 행한 것입니다. 지독하게 허세 부리는 아마추어들이 나서서 완전하게 망가뜨리는 거죠. 나쁜 감정, 불쾌한 감정을 가급적 많이 일으키는 겁니다. 그러면 운동이 생겨날 기회가 열립니다."

소용돌이파가 계속적으로 모색한 것은, 보위와 마찬가지로, 새로움이었다. 새로움 자체를 추구했던 것이 아니라, 갤러리를 찾는 대부분의 영국인이 프랑스 인상주의를 위험천만하게 신경질적인 것으로 보았던 시대에 예술이란 어떠해야 하는지를 두고 고민했다. 시인으로서 '새롭게 하라'라는 강령을 내세웠던 루이스와 파운드에게 좋은 예술은 미래를 내다보아야 하는 의무가 있었다. 그러려면 필연적으로 과거와 결별해야 했다. 여기서 우리는 다시 〈The Next Day〉 앨범 표지를 떠올리게 된다.

· 같이 들으면 좋은 노래: "'Tis a Pity She Was a Whore"
· 이어서 읽으면 좋은 책: 필리포 토마소 마리네티의 《미래주의 선언》

91

《시트 사이에서》

— 이언 매큐언(1978)

이언 매큐언은 《이런 사랑》과 《속죄》 같은 소설로 주류 문단에서 성공하기 전인 경력 초기에 몇몇 비평가들로부터 '이언 매커브러(잔혹한 이언)'라는 별명으로 불렸다. 당시 그가 주력했던 단편들이 근친상간, 수간, 소아성애 등등 도 저히 용납할 수 없는 충격적인 내용이었기 때문이다. 호평을 받은 첫 단편집 《첫사랑 마지막 의식》의 후속작으로 나온 《시트 사이에서》에는 그 요소들이 다 담겨 있다. 〈포르노 그래피〉라는 단편에서는 소호에서 섹스숍을 운영하는 사람이 양다리를 걸치고 만난 여자들에 의해 거세당한다. 〈사로잡힌 유인원의 성찰〉에서는 놀랍도록 언변이 좋은 영장류가 인간 애인 — 검고 질긴 그의 음경에 반한 여성 작가 — 과 함께 살면서 삶을 돌아본다. 롤링 스톤스의 노래 "Live With Me" 가사에서 제목을 가져온 〈시트 사이에서〉는 십대 딸에 대한 정욕과 그가 딸의 여자 친구라고 믿는 기이한 난쟁이에 대한 질투를 억누르려고 애쓰는 아버지가 주인공이다.

매큐언은 사람들이 이런 이야기에 호들갑 떠는 것을 도저히 이해하지 못하겠다면서 윌리엄 S. 버로스, 루이-페르디낭 셀린Louis-Ferdinand Céline, 장 주네 등, 마찬가지로 냉담하게 거리를 두고 신체의 세부를 상세하게 묘사한 작가들을 거론하여 자신을 방어했다. 보위는 이런 작가들을 잘 알았으며 그래서 매큐언이 어디서 왔는지 이해했다. 아울러 압축적이면서 심상이 풍부한 스토리텔링에 소요되는 기술도 알았다. 보위의 최고 노래들 중에도 단편소설에 못지않은 이야기를 담아낸 곡들이 있다(대표적으로 "Space Oddity", "Young Americans", "Repetition", 그리고 초창기 노래들인 "Please Mr. Gravedigger", "London Boys", "Little Bombardier").

그러나 보위는 항상 글을 조금씩 쓰고 있었고, 이야기가 어디로 흘러가거나 어떻게 끝날지 꼭 알지는 못했다. 〈지구에 떨어진 사나이〉 촬영장에서 그는 《씬 화이트 듀크의 귀환》이라고 하는 단편집을 쓰기 시작했다고 밝혔다. 아쉽게도 책은 1976년 〈플레이보이〉에 몇 줄 소개되는 것 말고는 진척되지 못했다. (이렇게 시작한다. "미국인 빈스는 영국에 왔고, 그러다가 프랑스로 가서 비가悲歌의 스타가 되었다.") 1994년 말에 보위는 잡지 〈Q〉에 〈네이선 애들러의 일기〉라는 기묘한 살인 추리물을 썼는데, 이것은 1995년 앨범 〈1. Outside〉의 기초가 되었다.

보위가 디스토피아 우화들에 매료된 데는 전후 브릭스톤에서 지낸 유년기에 대한 그리움도 작용했다. 폭격을 받아 폐허가 된 집들을 부들레아가 뒤덮고 있는 광경이 흐릿하지만 끈질긴 기억으로 남아 있었다. 매큐언의 이 단편집에서 가장 인상적인 작품은 노골적으로 오웰의 분위기를 띠는 〈두 개의 단편: 199-년 3월〉이다. 쓰레기로 뒤덮인 '미래'의 런던이 배경으로, 템스 강은 사실상 말라버렸고 사람들은 거리에서 고물을 팔아 살아간다. 〈Diamond Dogs〉에 나오는 퇴락한 헝거 시티와 흡사하다.

보위가 이 단편집에서 가장 마음에 들어 한 작품은 당연하게도 〈그들이 올 때 죽어 있는〉이었다. 말 많은 사업가가 '헬렌'에 대한 자신의 비정상적인 집착을 설명하는데, 헬렌은 그가 집으로 데려와서 요리도 해주고, 속마음을 털어놓고, 갈수록 폭력적인 섹스를 나누는 옷가게 마네킹이다. 보위의 영웅 피터 쿡의 독백처럼 무표정하게 잔혹하게 이야기가 전개된다.

· 같이 들으면 좋은 노래: "Repetition"
· 이어서 읽으면 좋은 책: 이언 매큐언의 《첫사랑 마지막 의식》

92

《모두가 황제의 말들》

—데이비드 키드(1961)

〈Lodger〉의 수록곡 "Move On"에서 보위는 유서 깊은 교토에서 다다미방에 묵으며 밤을 보낸 것을 노래한다. 그가 그곳에서 만나려 했던 사람은 친구 데이비드 키드였을 가능성이 있다. 키드는 한때 일본의 수도였고 황궁과 절로 유명한 교토에 살면서 오오모토 일본전통예술학원을 설립한 미국인이다. 일본 예술과 문화에 대한 이해가 깊었던 키드는 그곳에서 다도, 서예, 기타 전통문화를 호기심 많은 외국인뿐만 아니라 일본인에게도 가르쳤다. 사람들은 서머셋 몸을 연상시키는 그의 제왕 같은 태도로 인해 인상적인 하루를 보냈을 것이다.

1996년에 그가 죽었을 때 〈뉴욕 타임스〉는 이렇게 보도

했다. "키드 씨는 일종의 관광명소로 사람들을 실망시키지 않았다. 그의 옥좌 앞에 마련된 방석에 앉아서 그가 능숙하게 내뱉는 말소리를 듣고, 그가 항炕이라고 하는 중국식 소파에 책상다리를 하고 앉아 담배를 손에 쥐고 동작을 과하게 취할 때 그의 비단 가운이 출렁이는 것을 보면, 기품 있는 사람 면전에 있는 느낌이었다."

그는 어떻게 그곳에 가게 되었을까? 좋은 질문이다. 키드의 아버지는 미국 켄터키 주 코빈에서 탄광을 운영했다. 어린 데이비드는 스트라빈스키의 〈봄의 제전〉을 처음으로 듣는 순간 이곳을 도망쳐야겠다는 생각을 했다고 한다. 1948년 열아홉 살이던 그는 미시건 대학의 교환학생으로 중국어를 배우기 위해 페킹(지금의 베이징)에 갔다. 사람들 눈에 띄는 동성애자였지만 전직 중국 대법원장의 딸 에이미 유와 결혼했고, 가족의 궁궐 같은 저택에 들어가 살면서 옛 체제가 몰락하고 공산주의가 발흥하는 것을 목격했다. 그의 회고록 《모두가 황제의 말들》은 1955년에 잡지 〈뉴요커〉에 먼저 연재된 다음 1961년에 단행본으로 나왔다. 1988년에는 가슴 뭉클한 마지막 장이 추가되어 《북경 이야기: 옛 중국의 마지막 나날》이라는 제목으로 다시 출간되었다.

키드는 문화혁명이 일어나기 전에 북경에 살았던 몇 안되는 서양인이었다. 책에서 그는 역사학자들이 자신의 이런 특정한 처지에 관심을 보이지 않았다며 불평했다. "총명하고 젊은 학자들이 연구 보조금을 받아서 우리와 중국의 친구들에 대해, 너무 늦어서 다들 죽기 전에, 경이로웠던 우리의 삶이 망각 속에 사라지기 전에 글로 남겨주기를 얼마나 희망했는지 모른다." 하지만 아무도 그러지 않자 키드는 자신이 직접 그 일을 하기로 했다. 그의 글은 간결하고 깔끔했는데, 몇몇 사람들은 브루스 채트윈(339쪽 참고)처럼 그가 세부사항들을 지어냈다고 비판하기도 했다. 예컨대 책에 보면 유의 가족이 소유한 청동 향로에 대한 인상적인 이야기가 나온다. 향로는 광택을 유지하려면 누군가가 계속해서 불을 피워야 했다. 그들 가족이 소유하던 500년간 한 번도 향로가 식은 적이 없었다. 하지만 키드에 따르면, 공산주의에 물들어 "버릇없고 게을러진" 하인이 어느 날 고의로 불을 꺼트려서 돌이킬 수 없이 망가뜨리고 말았다. 향로brazier와 브래지어brassiere를 구별할 줄 알았던 미술사가 제임스 캐힐James Cahill은 이 일화가 완전히 날조된 것이라고 했다.

키드의 어조는 체념과 묘한 조급함 사이를 오고간다. 마치 옛 중국이 자신의 화를 북돋우려고 해체되는 것이기라도 하듯 말이다. 정서적으로 불안정한 그의 요리사 라오 페이가 긴 바늘을 닭의 머리에 쑤셔 넣어 죽이는 것을 보고 그를 해고했다는 일화에는 거만한 태도도 양념처럼 들어있다.

1950년에 공산당 당국은 특히 외국인과 관련하여 단속을 강화했다. 어느 날 밤, 유의 저택에 군인들이 들이닥쳤다. 키드는 우스꽝스러운 행동을 취하는 것으로 반응했다. 카빈 총을 든 군인 한 명이 그를 침실까지 쫓아오자 그는 에이미가 옛 황실 예복으로 만들어준 커다란 파란색 양단 실내복을 걸치고 뽐내며 걸었다. (2003년 재출간된 책 서문에서 존 랜체스터John Lanchester는 키드가 옷을, 특히 자신의 옷을 알아보는 안목이 대단했다고 말한다. 에이미와의 결혼식에서 그가 가장 신나했던 것은 티베트산 펠트로 만든 하늘색 가운을 입게 된다는 것이었다.) 이듬해 두 사람은 중국을 떠나 뉴욕으로 갔다. 키드는 아시아연구소에서 중국 미술사를 잠깐 가르쳤다가 일본으로 도망쳤다. 공산주의 국가에서 자발적으로 2년을 살았던 전력 때문에 비미활동위원회(비미국적 활동을 조사하고 처벌하기 위해 1938년 하원에 설치된 위원회—옮긴이)가 그를 주목했기 때문이다. 그는 에이미와 갈라섰지만, 둘은 평생 친구로 남았다.

스티븐 테넌트(315쪽 존 새비지 참고)와 마찬가지로 젊은 데이비드는 듀란 듀란에 있었어도 어울렸을 것이다. 그 시절 키드의 사진들을 보면 특이한 양성적 외모가 〈Young Americans〉 앨범 표지에 실린 보위와 놀랄 만큼 닮았다. 〈뉴욕 타임스〉에 따르면 키드는 나이가 들어 아쉬움을 표하기를, 보위가 "그의 생애를 묘사한 영화에서 자신을 북경의 금발 곱슬머리 댄디로 출연시킬 생각을 도무지 하지 않았다"고 했다. 완전히 옳은 얘기는 아니다. '시리어스 문라이트' 아시아 투어를 담은 1984년 다큐멘터리 〈리코셰〉가 그 증거다. 여기서 보위가 염색한 머리로 홍콩, 싱가포르, 방콕 거리를 돌아다닐 때 오리엔탈리스트 산책자flâneur의 모델로 삼은 것은 바로 키드였다.

· 같이 들으면 좋은 노래: "China Girl"
· 이어서 읽으면 좋은 책: 헨리 푸이의 《마지막 만주인: 중국의 마지막 황제 헨리 푸이의 자서전》

93

《집필 중인 작가》:
〈파리 리뷰〉 인터뷰, 제1권

—맬컴 카울리(편집)(1958)

인터뷰에 관해서라면 보위는 대체로 상대자를 잘 만난 편이었다. 물론 그가 매력적이고 자기 생각을 잘 표현하고 기자들 마음을 어떻게 얻을지 알았다는 것도 도움이 되었다. 오랜 세월에 걸쳐 그가 터득한 요령이 하나 있는데, 그것은 기자에게 45분의 시간을 주겠다고 말해놓고는 한 시간을 할애하는 것이다. 예정된 시간이 되어 기자를 데려가려고 홍보 직원이 나타나면 보위는 그에게 이렇게 말한다. "지금 이야기가 한창 잘 진행되고 있어서요. 요것만 마저 마무리하고 끝내면 안 될까요?" 그러면 기자는 뿌듯해한다.

심장마비로 쓰러지고 난 뒤로 보위는 되도록 말을 아꼈으며, 토니 비스콘티 같은 협업자에게 인터뷰를 대신 맡기는 편을 선호했다. 언론 매체에는 평생 할 말을 다 했으니 이제 작품으로만 말하고 싶었다. 아울러 록스타와의 인터뷰라는 것이 쓸데없는 소문이 나거나 신경전으로 치달을 가능성이 있고, 아무래도 뭔가를 홍보하려는 목적에서 만나다보니 시작부터가 불편한 만남이라는 것도 깨달았던 듯하다.

저명한 문예지 〈파리 리뷰〉의 공동 창간자 조지 플림턴 George Plimpton이 1953년에 케임브리지의 오랜 친구 E. M. 포스터Forster에게 부탁하여 시작된 '집필 중인 작가' 시리즈는 호텔에서 편안하게 만나 듣기 좋은 말만 쓰는 것과는 완전히 달랐다. 재능 말고 내세울 것이 없을 때는 순수주의자가 되는 것도 좋은 방법이다.

〈파리 리뷰〉의 인터뷰 진행은 일반적으로 대학을 막 졸업한 두 명이 짝을 지어서 맡았다. 녹음기가 없었던 초창기에는 각자 받아서 적고 둘이 적은 것을 비교하여 빠뜨린 것이 (혹은 지어낸 것이) 없는지 확인했다. 대화가 매끄럽게 진행되도록 편집하여 원고가 정리되면 저자에게 보내 승인을 구했다. 소란이 벌어지기 일쑤였고, 도로시 파커처럼 재치 있는 발언을 살리는 것이 중요한 경우에는 작가를 만족시키기가 만만치 않은 일이었다.

창작 과정을 엿보게 해준다는 점에서 '집필 중인 작가' 인터뷰는 단연 최고다. 배울 점이 많고 재미도 있으며 묘하게도 위안을 준다. 보위는 2008년 컴필레이션 앨범을 위해 "Time Will Crawl"을 다시 녹음하고 나서 원곡이 수록된 1987년 앨범 〈Never Let Me Down〉―가장 평가가 떨어지는 그의 앨범―의 나머지 곡들도 다시 녹음하고 싶다고 했다. 〈파리 리뷰〉 인터뷰에서 윌리엄 포크너는 고치고 싶다는 이런 욕망을 중요한 동기부여로 삼는다. 나아가 그는 자신의 모든 작품을 다시 쓰면 더 잘 쓸 수 있다고 확신하기도 했다. 한편 공인된 고전을 쓴 저자가 자신의 책을 마치 기술적인 실패작이라도 되듯 말하는 흥미로운 대목도 있다. E. M. 포스터는 《하워즈 엔드》의 플롯 구성이 억지스럽고 편지라는 장치에 지나치게 의존한다고 딱 잘라 말했다.

가끔은 행간을 읽는 재미도 있다. 우리는 그의 방대한 인터뷰를 소개하는 문단에서 윌리엄 스타이런이 살짝 창백한 인상임을 알게 된다. 《어둠 속에 눕다》의 저자 인터뷰를 맡은 두 사람은―스타이런은 아마도 이 시점에서 책 제목처럼 어둠 속에 눕고 싶었는지도 모른다―머뭇거리는 그를 보고는 언제부터 글을 쓰기 시작했는지 말해주려 했었다고 그에게 일깨워준다. 그러나 스타이런은 자신이 왜 그곳에 있는지 완전히 잊어버렸다(이게 다 점심식사가 길어진 결과다).

한 세대 최고 지성들이 더 높은 목표를 추구한다는 고매한 분위기를 생각하면 아이러니하게도, '집필 중인 작가' 시리즈는 잡지 판매를 끌어 올리기 위한 술책으로 시작했다. 새로운 이야기를 쓰지 않아도 되니, 큰돈 들이지 않고 유명인들을 잡지에 끌어들이는 방법이었다. 하지만 그게 중요한 것은 아니다. 덕분에 우리는 예술적 창조의 혼란과 희열에 대한 귀중한 기록을 얻게 되었으니 말이다. 이것은 신예 작가들은 물론 시대를 앞서가려고 노력하는 록 뮤지션에게도 적용되는 것이다.

· 같이 들으면 좋은 노래: "Time Will Crawl"(2008년 버전)
· 이어서 읽으면 좋은 책: 대니얼 레이첼의 《소음의 섬: 영국의 위대한 송라이터들과의 대화》

94

《크리스타 테를 생각하며》

― 크리스타 볼프(1968)

한 나라를 이해하는 가장 좋은 방법은 그 나라 문학을 읽는 것이다. 전쟁이 끝나고 나서 독일이 동독과 서독으로 나뉜 것은 이제 까마득한 옛날 일처럼 여겨지겠지만, 보위가 하우프트슈트라세의 아파트에서 지내면서 로스앤젤레스의 숙취를 날려버리던 1977년에도 독일은 분단되어 있었다. 그 무렵 서양의 많은 사람은 동독(독일민주공화국) 시민들을 대놓고 이국적인 소외의 은유로 여겼다. 그들은 어떻게 살고 생각하고 느꼈을까? 자신들 처지에 만족했을까, 아니면 '동독을 탈주하기Republikflucht'를 갈망했을까? 이를 알려면 동독의 탁월한 소설가 크리스타 볼프 같은 작가들을 읽어야 했다.

보위는 (적어도) 두 번은 볼프를 읽었으리라는 것이 내 추측이다. 동독의 반체제 싱어송라이터 볼프 비어만Wolf Biermann이 국외로 추방된 데 대해 비난하는 공개서한에 볼프 가 서명하여 뉴스에 오른 1976년 무렵, 그리고 보위가 베를린 시절에 대한 그리움을 상상으로 돌아보려 했던 2000년대에. 볼프의 영향은 보위의 복귀 싱글인 애절한 "Where Are We Now?" 곳곳에서 볼 수 있다. 죽은 사람처럼 걷는다는 구절, 시간 속에서 길 잃은 사람, 베를린 장벽이 무너지고 나서 보른홀머 거리에 있는 뵈제브뤼케로 몰려들어 국경을 넘으려는 군중이 등장한다. 마지막 역사적 사건에 대해 볼프는 몹시 양면적인 태도를 취했다. 동독인들에게 가만히 있으라면서 개방적이고 민주적인 사회를 자체적으로 건설하자고 청했다.

볼프는 1929년 나치에 우호적인 중산층 집안에서 태어났다. 란츠베르크(현재 폴란드 고주프 비엘코폴스키)에서 자랐고, 히틀러 소년단의 여성 분파인 독일소녀동맹 회원이었다. 전쟁 후 그녀의 가족은 진군하는 소련군을 피해 달아나다가 러시아가 통제하는 메클렌부르크에 가게 되었다. 나치의 잔혹한 만행이 밝혀지자 볼프는 비통해하면서 공산주의를 종교적 열의로 받아들였다. 잠시나마 슈타지(동독의 비밀경찰)에 동료 지식인들을 밀고하기도 했는데 정작 자신이 감시의 대상이었다는 것은 몰랐다. (사실 볼프는 흥미로운 정보를 제대로 넘겨주지 못했으며, 그녀의 파일은 1962년에 끝났다. 볼프는 오랜 세월이 흐른 뒤에 혹독한 자기비판의 회고록 《천사들의 도시 혹은 프로이트 박사의 외투》에서 이때의 경험을 술회했다.)

《크리스타 테를 생각하며》는 볼프의 가장 유명한 소설이다. 밀도가 높고 서정적인 작품으로 도전적인 대목이 많고 독자로 하여금 가슴이 미어지게 한다. 시인 크리스토퍼 미들턴Christopher Middleton의 세심한 영어 번역본이 독일어판이 나오고 2년 뒤인 1970년에 출간되었다. 기본적으로 인간적인 차원에서 보자면, 소설은 무명의 화자가 서른다섯 살에 백혈병으로 죽은 친구 크리스타를 애도하는 내용이다. 화자는 그토록 활력이 넘치고 개성이 뚜렷했던—학창 시절 신문지를 둘둘 말아 트럼펫 부는 흉내를 냈던 그녀의 모습을 기억한다—사람이 죽어서 갈매나무 덤불 아래 묘지에 묻혀 있다는 사실이 믿기지 않는다. 그래서 자신의 기억을 더듬고 크리스타가 남긴 편지, 일기, 기타 이런저런 글들을 조합하여 크리스타의 살아생전의 모습을 재구성한다.

우리는 그 여인에 대해 어느 정도 알게 된다. 교사였고, 수의사와 결혼했고, 호숫가에 집을 짓고 싶어했으며, 살짝 아웃사이더 기질이 있는 서툴고 예민한 사람이었다. 그러나 그녀의 이야기는 일관되지 않으며 결코 우리가 기대하는 대로 진행하지 않는다. 부분적으로는, 기억이라는 것이 믿을 수 없음을 보여주려는 볼프의 의도가 작용한 것이다. 그러나 볼프는 철학적 질문을 던진다. 그녀는 동독처럼 집단적으로 돌아가는 사회—볼프가 전체적으로 좋은 사회라고 믿는—에서 개인에게, 주관적인 자아에게 어떤 일이 벌어지는지 묻는다. '나'라는 것은 상황이 가장 좋을 때도 취약하기 그지없는 존재다.

크리스타는 자신이 동독에 맞지 않는다고 느낀다. 직설적이고 야심 있고 상상력이 떨어지는 사람들을 위한 사회인데, 그에 비해 그녀는 스펀지처럼 새로운 아이디어와 상황을 잘 받아들인다. 이것은 보위가 항상 염원해왔던 조건이다. 그가 베를린에 일차적으로 끌렸던 이유다. 그리고 읽기 까다롭고 복잡한《크리스타 테를 생각하며》가 보위에게 그토록 중요한 책이었던 이유이기도 하다.

· 같이 들으면 좋은 노래: "Subterraneans"
· 이어서 읽으면 좋은 책: 크리스타 볼프의《천사들의 도시 혹은 프로이트 박사의 외투》

95

《유토피아 해변》

—톰 스토파드(2002)

　　1960년대에 명성을 얻은 영국의 극작가 중에서 두툼한 입술과 게슴츠레한 눈매의 톰 스토파드는 록스타에 가장 가까운 인물이었다. 비평가 케네스 타이넌Kenneth Tynan은 〈옵저버〉에서 말하기를 "돈을 많이 들여 캐주얼하게 멋 부린 차림"이라고 했다. 믹 재거의 도플갱어이면서 친구이기도 했던 스토파드는 독재를 무너뜨리는 음악의 힘을 다룬《로큰롤》이라는 희곡을 나중에 쓰기도 했다. 여기서 독재란 그의 조국 체코슬로바키아의 상황을 말하는 것이다. 스토파드는 망명자였다. 그의 가족은 1939년 독일이 체코슬로바키아를 점령하기 직전에 나치를 피해 도망쳤다.

　　보위도 음악의 이런 힘을 몸소 체험한 바 있었다. 1987년

6월 7일, 그는 서베를린에서 공연을 했는데, 2년 뒤에 베를린 장벽이 무너지도록 길을 터놓은 것이 이 공연이었다고 믿는 사람도 있다. 많은 조롱을 받은 '글래스 스파이더Glass Spider' 유럽 투어 세 번째 공연이었다. 무대가 마련된 공화국 광장은 베를린 장벽과 가까운 곳이어서 동베를린 쪽에서도 음악을 들으려고 상당수의 군중이 모여 있었다. 어떤 상황인지 파악한 보위는 이런 '비공식적' 군중을 향해 돌아서서 "Heroes"를 노래하기 시작했다. 사람들이 "장벽을 철폐하자," "고르비, 우리를 나가게 해줘요" 하는 구호를 외치면서 폭동이 벌어졌다. 200명이 넘는 사람들이 체포되었다.

"내 평생 최고로 감동적인 공연이었습니다." 보위는 2003년에 〈롤링 스톤〉과의 인터뷰에서 이렇게 회상했다. "눈물이 흐르더군요. 반대편에서 수천 명의 사람이 장벽 가까이와 있었습니다. 장벽으로 나뉜 두 개의 공연이 동시에 벌어지고 있는 듯했어요. 반대편에서 사람들이 환호하고 노래를 따라 부르는 소리가 들렸습니다. 세상에, 지금도 감정에 북받쳐 목소리가 떨리네요. 정말 뭉클했어요. 내 평생 그런 공연은 처음이었고, 아마 다시는 없을 겁니다."

두 가지 주목할 점이 있다. 먼저 《유토피아 해변》은 보위의 목록에서 유일하게 선정된 희곡이다. 두 번째는 이례적인 선택이라는 것이다. 이것은 스토파드의 야심만만한 초

기의 냉정한 고전(《로젠크란츠와 길덴스턴은 죽었다》, 《점퍼스》, 《레닌, 제임스 조이스, 트리스탄 짜라와 대익살》)도, 그의 트레이드마크인 재치와 박식함을 동원하여 평범한 인간의 감정들을 논하는 중기 작품(불륜의 고통을 다룬 《진짜 사랑이란》)도 아니다. 트레버 넌Trevor Nunn이 연출을 맡은 오리지널 공연이 런던에서 막을 내리고 거의 5년이 지난 2007년에 잭 오브라이언Jack O'Brien이 연출한 브로드웨이 공연이 토니상 최우수 연극상을 수상했지만, 그럼에도 《유토피아 해변》은 일반적으로 대중의 사랑보다는 평단의 평가가 더 높다. 공연에 총 아홉 시간 넘게 소요되는 3부작으로 배우와 관객 모두에게 어마어마한 부담을 준다. 그렇다면 이 작품의 무엇이 보위를 그토록 사로잡았을까? 아마도 당돌함일 것이다. 그리고 까다로운 주제를 취해서 거기서 근사한 오락거리를 뽑아내는 스토파드의 솜씨도 빼놓을 수 없다.

《유토피아 해변》의 주요 주제는 이상주의의 필요성이다. 높은 이상을 꿈꾸지 않는다면 우리는 어떻게 될까? 스스로를 조직하고 다스리는 최고의 방법을 어떻게 배우게 될까? 스토파드는 19세기 러시아에서 살아간 몇몇 작가들과 정치 철학자들의 삶을 체호프의 자연주의 양식으로 따라간다. 이야기는 1833년 아나키스트 미하일 바쿠닌 가족이 소유한 시골 저택에서 시작하여 35년 뒤 스위스에서 끝난다. 바쿠닌, 문학 비평가 비사리온 벨린스키, 초기 사회주의 이론가 알렉산드르 헤르젠 같은 인물들은 유토피아를 꿈꾸며 잔혹한 억압을 두려워한다. 동시에 그들은 록스타 같은 혁명가라는 자신들의 지위를 마음껏 즐긴다.

차르 니콜라이 1세는 무자비한 전제군주였지만, 이런 급진파들은 사람들 관심을 갈구하는 욕망을 이기지 못했다는 것이 스토파드의 견해다. 헤르젠과 그의 무리는 스페인이나 프랑스로 달아나기보다는 차르의 지배하에 살면서 활동하는 편을 선호했는데, 러시아에는 그들의 한마디 한마디에 열광하는 젊은 팬들이 있었기 때문이다. 물론 극이 진행되면서 드러나듯 결국에는 많은 러시아 지식인들이 영국과 유럽의 여러 국가에서 망명객이 되었다. 화려한 망명 생활 중에 제네바 호수가 내다보이는 저택을 빌려 몸을 숨긴 헤르젠은 허무주의를 경고하는, 그리고 완벽한 사회를 추구하는 과정에서 사물과 사람을 파괴하려는 충동을 경고하는 열정적인 연설을 펼쳐 3부작 마지막인 '구조Salvage'를 멋지게 장식한다. 스토파드는 〈가디언〉에서 이것을 이렇게 정리했다. "'지도자'는 머릿속으로 생각하는 미래의 지상낙원을 위해 여러분 세대에 큰 희생을 요구할 권리가 있다. 다만 그러려면 여러분이 크리슈나의 수레바퀴 아래에 고분고분하게 누워야 한다…." 마르크스가 이 연설을 들었다면 좋아했겠지만 그는 이미 자리를 떠난 뒤였다.

· 같이 들으면 좋은 노래: "Weeping Wall"
· 이어서 읽으면 좋은 책: 톰 스토파드의 《진짜 사랑이란》

96

《지상의 권력》

—앤서니 버지스(1980)

버지스는 오웰과 더불어 보위의 목록에 두 권의 책을 올려놓은 유일한 저자다. 성격이 대조되는 책들로 저자들의 재능의 다른 일면을 보여준다. 《시계태엽 오렌지》(36쪽 참고)는 짧고 집중적이다. 자유의지에 관한 간명한 설교이며, 버지스가 탁월한 언어적 재능으로 만들어낸 나드샛이 힘을 불어넣는다. 《지상의 권력》은 20세기가 파노라마처럼 펼쳐지는 빅토리아 양식의 소설로 느슨한 구성의 대작이다. 연극조의 외향적인 특징과 버지스가 종종 거창하게 지식을 과시하는 것이 잘 어우러져서 이야기를 읽는 맛이 있다.

《지상의 권력》의 앤서니 버지스는 《시계태엽 오렌지》의 도덕적 논쟁자가 아니라 온갖 속임수를 준비해놓고 여러분을 현혹하려는 돌팔이-마술사이다. 일례로 《지상의 권력》은 '진짜' 역사적 사건들에 관한 이야기처럼 행세하지만, 여기에는 기억이 믿을 수 없는 것임을—그리고 어쨌든 우리가 읽는 것은 소설, 그러니까 공인된 거짓말임을—우리에게 일깨워주려고 일부러 저지른 실수들로 가득하다.

버지스에게는 결정적인 무기가 있었으니 바로 그가 공연자이자 멋쟁이였다는 점이다. 그는 니코틴이 들러붙은 머리카락에 포마드를 발라 넘기고 실크 손수건을 차고 텔레비전에 나와 거들먹거리며 자신의 의견을 말할 때보다(자주 그렇게 했다) 더 행복했던 순간은 없었다. 그는 난해함을 즐겼고 자신과 비슷한 무리의 존경을 갈구했다. 그러나 평범한 독자들과 연결되는 것도 갈구했으며 그는 장황함에도 불구하고 이를 이루어냈다. 그의 최고 작업들에는 따뜻한 인간미와 지혜의 정수가 담겨 있기 때문이다. 여기서 내가 '작업'이라고 말한 것은, 소설은 그의 활동의 일부에 지나지 않았기 때문이다. 버지스는 세상에서 이보다 쉬운 일은 없다는 듯 평생에 걸쳐 음악, 오페라 대본, 극 대본, 책 리뷰를 왕성하게 생산해냈다. 그리고 데이비드 존스처럼 그도 자신이 만들어낸 페르소나 뒤에 숨었다. '앤서니 버지스'는 1917년 맨체스터 교외 하퍼헤이에서 태어난 존 윌슨이었다.

버지스의 최고 성공작 가운데 하나인 《지상의 권력》은

윌리엄 골딩의《통과의례》에 아슬아슬하게 밀려 1980년 부커상을 놓쳤다. (버지스는 결과를 미리 알고는 화가 나서 디너재킷이 없다는 핑계를 대고 시상식에 참석하지 않았다.) 문학계는 소설의 주인공인 유명하지만 이류에 게이인 영국 작가 케네스 투미가 사람들을 들들 볶기로 유명했던 서머셋 몸을 바탕으로 하여 노엘 코워드Noël Coward, 알렉 워Alec Waugh, P. G. 우드하우스를 살짝 더해서 만든 인물이라는 사실에 열광했다. 유명한 첫 문장은 동성애 소년과 함께 침대에 누워 있는 여든한 살의 투미가 대주교의 방문 소식에 놀라는 장면이다. 플롯은 투미가 목격한 기적 같은 사건을 중심으로 돌아간다. 그는 시카고의 병원에서 불치병에 걸린 한 아이를 카를로 캄파나티 신부가 낫게 하는 것을 본다. 이 행동은 한참 뒤에 대단히 참혹한 결과로 이어진다. 그 아이는 나중에 살인을 일삼는 캘리포니아 사교邪敎 집단의 지도자가 된다.

투미가 1920년대 파리, 나치 독일, 황금기 할리우드를 오가며 유명인들을 만나고 다니는 대목은 엄청난 재미를 준다. 그러나《지상의 권력》에서 가장 흥미로운 점은, 그리고 내 생각에는 보위가 이 책에 매료된 이유이기도 할 텐데, 으스스하게도 세상만사는 악마의 힘에 지배된다는 확신이다. 평생 가톨릭 신자로 살았던 버지스는 이것을 뼈저리게 느꼈다. 〈옵저버〉에서 마틴 에이미스에게 이렇게 말했다. "나는 악의 힘이 존재한다고 믿습니다. 말라야(현재 말레이시아로, 버지스는 여기서 식민 정부의 공직에 복무한 적이 있다)에서 흑마술을 몸소 체험해보기도 했답니다. 예를 들어 나치 독일에서 벌어진 일에 대해 A. J. P. 테일러Taylor(근대 유럽의 외교를 전공한 영국 역사학자로 텔레비전 강의를 통해 사람들에게 친숙한 인물이다—옮긴이)식으로 설명하는 것은 불가능합니다. 대단히 악의적인 현실이 어딘가에 존재해요…."

마지막으로, 보위와 연결되는 단서가 궁금한 독자들을 위해 말하자면,《지상의 권력》에는 17세기에 존 포드가 쓴 복수의 비극《안타깝게도 그녀가 창녀라니》를 암시하는 구절들이 수없이 많다. 투미가 조각가인 자신의 여동생 호텐스에게 욕정을 느끼는 근친상간 관계를 강조하는 대목이다. 보위는 이 비극에서 제목을 가져와 (살짝 수정하여) 〈Blackstar〉 앨범에서 가장 떠들썩한 순간에 사용했다. 화자에게 구강섹스를 해주면서 그의 지갑을 훔치는 좀도둑-매춘부에 관한 노래다. 포드의 희곡에서 조반니는 여동생 안나벨라에게 욕정을 느끼는데, 맨 첫 장면에서 그는 보나벤투라 수사를 만나 이 문제를 상의한다. "그렇다면 내가 그녀의 오빠로 태어났다는 이유로/내 기쁨은 그녀의 침대에서 영영 추방되어야 합니까?"《지상의 권력》에서 투미는 호텐스에 대한 자신의 감정을 섹스연구가 해블록 엘리스Havelock Ellis

와 상의한다. 참으로 앤서니 버지스다운 농담이다.

· 같이 들으면 좋은 노래: "Tis a Pity She Was a Whore"
· 이어서 읽으면 좋은 책: 윌리엄 보이드의 《신 고백록》

97

《조류 예술가》

—하워드 노먼(1994)

코카인의 각성 효과로 충분하지 않았는지 보위는 스튜디오에서 집중력을 유지하기 위해 에스프레소를 연거푸 마시곤 했다. 오랫동안 그의 동료로 일했던 기타리스트 케빈 암스트롱Kevin Armstrong은 보위가 어디서 녹음하든 엄청난 양의 '쿠바 골드' 커피를 배달시켰다고 말한다.

하지만 그런 각성 효과가 창작에 도움을 준다고 모두가 느끼는 것은 아니다. 서늘한 재미를 주는 하워드 노먼의 소설《조류 예술가》에 화자로 나오는 패비언 바스는 카페인의 유해함에 대해 솔직하게 털어놓는다. 그는 커피를 마시면 손 떨림 없이 그림을 그릴 수가 없고, 불안을 잠재우지 못해 무엇이든 마무리하지 못한다. 이것은 매일같이 커피를 스무

잔에서 서른 잔씩 마셔온 결과다. 문제는 카페인 중독을, 혹은 이런 중독을 조장하는 길고 추운 겨울을 이해하는 사람이 거의 없다는 사실이다.

패비언이 사는 위틀리스 베이는 캐나다 뉴펀들랜드 동쪽 해안에 자리한 유별나고 배타적인 마을이다. 항상 소문이 떠돌고 모두가 곧 알게 될 것을 숨기려 해봐야 소용없다는 듯 부적절한 솔직함이 난무한다. 그렇다고 패비언이 뭔가 숨기는 것을 잘하거나 찾아내는 데 소질이 있다는 말은 아니다. 그는 아버지가 출장 나가 있는 동안 어머니가 등대지기 보토 어거스트와 바람을 피웠다는 것을 맨 나중에야 알았다. 소설 첫 문단에서 그는 보토를 살해했다고 우리에게 말한다. 그러고는 다른 것으로 넘어가 우리를 어리둥절하게 만든다. 뭔가가 잘못되었음이 틀림없지만 그게 뭔지 딱 꼬집어 말할 수 없다. 딱히 패비언의 성격만도 아니다. 물론 그는 속이 좁고 강박적이며, 엄청나게 다양한 지역의 조류들을 실물과 똑같이 그리는 것 말고는 관심을 두는 것이 거의 없지만 말이다.

그는 자주 요점을 에둘러서 말한다. 하지만 알코올 중독자인 여자 친구 마거릿이 그를 조롱하며 부르는 '시골뜨기 멍청이'와는 거리가 멀다. 오히려 석학에 가깝다. 그의 독특한 점은 《조류 예술가》의 독특한 점이기도 하다. 작품의 본질을 이루는 면이며, 우리가 '스노우볼 소설'이라고 부를 수도 있는 것의 완벽한 예가 된다. 이런 소설은 우리에게 축소된 크기의 세계를 보여주지만, 깨지기 쉬운 인위적 환경이 매력의 일부다(현실에서는 아무도 이런 식으로 말하거나 행동하지 않는다).

보위는 이 소설을 왜 좋아했을까? 아마도 천연덕스럽고 말쑥하고 왠지 1990년대에 컬트적 인기를 누린 영국 텔레비전 코미디 〈젠틀맨 리그〉를 생각나게 하기 때문일 것이다. 모든 페이지에 배를 잡고 웃게 만드는 구석이 넘쳐난다. 새 그림을 그리는 근엄한 동료 아이작 스프래그는 우편을 통해 패비언에게 조언을 하며 편지에 늘 "더 나아지기를 희망하며"라고 서명한다. 그의 부모님은 가련하게도 그를 한 번도 만난 적 없는 먼 친척인 코라 홀리와 결혼시키려고 한다. 결혼 선물로 패비언은 발구지라고 하는 희귀한 담수오리 그림을 그녀에게 그려 준다.

· 같이 들으면 좋은 노래: "The Loneliest Guy"
· 이어서 읽으면 좋은 책: 애니 프루의 《시핑 뉴스》

98

《퍼큰》

—스파이크 밀리건(1963)

1958년 월요일 저녁, 열한 살의 데이비드 존스는 라디오 옆에서 〈군 쇼〉가 시작하기를 기다렸다. 조바심에 지친 그는 이미 〈이글The Eagle〉(아동용 만화 잡지—옮긴이) 최근호를 세 번이나 읽었다. 이제 그가 원하는 것은 순수하고 전복적인 어리석음, 나중에 그가 좀 더 크면 '초현실적'이라고 인식하게 될 그런 종류의 유머였다. 그는 네디 시군, 에클스, 허큘리스 그라이트파이프 사인, 특히 피터 셀러스Peter Sellers가 연기하는 블루보틀 같은 캐릭터들에 대해 더 듣고 싶었다. 블루보틀은 돌리 믹스처 사탕을 주겠다는 꼬임에 넘어가 위험하고 멍청한 일을 벌이는 어린 학생으로, 그가 입에 달고 사는 캐치프레이즈는 "이런 빌어먹을 개자식아! 너 땜에 죽게 생겼잖아!"다.

보위는 방송이 어떻게 만들어지고 누가 만드는지에 진작부터 관심이 있었기에 〈군 쇼〉의 주요 작가가 런던 남동쪽 교외 브로클리에서 학교를 다닌 스파이크 밀리건임을 알았다(그는 쇼의 출연자이기도 했다). 아울러 밀리건이 쇼의 성공을 위해 어떤 대가—걸핏하면 스트레스로 인한 신경쇠약에 시달렸다—를 치렀는지도 알았을 것이다. 보위는 그를 보며 예술적 천재성과 사람들이 광기라고 부르는 것 사이에 어떤 관계가 있지 않을까 생각했는데, 이런 생각은 이번이 처음도 마지막도 아니었다. 군스 가운데 밀리건은 가장 특별했다. "아이들이 항상 흉내 내고 싶어 한 사람"이었다고, 어릴 때부터 보위의 친구이던 조지 언더우드가 내게 말했다.

이제 1963년이다. 데이비드는 열여섯 살로 관심사가 엄청나게 많아졌다. 여자애들, 재즈, 리틀 리처드, 밴드 결성 등 하고 싶은 것이 너무도 많지만, 스파이크 밀리건에 대한 신뢰를 계속 지켰고, 그의 첫 소설을 나오자마자 읽었다. 다행히도 모든 것이 그가 원하는 그대로이다. 퍼쿤은 아일랜드의 작은 마을인데, 경계위원회가 북아일랜드와 아일랜드 자유국을 나누는 새로운 국경을 그 마을을 통과하도록 정하는 바람에 둘로 나뉘게 된다. 소설에서 가장 기발한 순간은 국경으로 인해 술집이 두 나라로 나뉘어 결과적으로 한쪽이

다른 쪽보다 주세가 더 낮은 상황이 된 것이다. 소설에서 가장 웃긴 캐릭터인 게으름뱅이 댄 밀리건은 수시로 독자들을 향해 직접 말을 걸며 자신의 처지를 한탄한다.

보위를 아는 대대수 사람들은 그가 실로 대단히 바보처럼 굴 수 있는 사랑스러운 능력의 소유자라는 데 동의한다. 《퍼쿤》은 그가 이런 바보스러움을 배운 학교다.

· 같이 들으면 좋은 노래: "We Are Hungry Men"(〈군 쇼〉를 연상시키는 사운드 효과)
· 이어서 읽으면 좋은 책: 존 레논의 《작품 속의 스페인 사람》

99

《도시의 사운드》: 로큰롤의 탄생

—찰리 질레트(1970)

　　어떤 아티스트들은 비평가라면 아예 관심 없다는 태도를 보인다. 그러니 음악계에 몸담고 있는 종사자로서 보위가 음악 저널리스트들의 의견에 큰 관심을 보인 것은 주목할 만하다. 록 비평에 관한 한 보위의 취향은 학구적이며 심지어 웃음기도 거의 없다. 그의 목록에 오른 팝 관련 책들을 보면 재미로 보는 가십성 정보를 다룬 것이 없다. 사이먼 내피어-벨의 《나를 사랑한다고 말하지 않아도 돼요》나 자일스 스미스의 《음악에 빠져》 같은 책들 말이다.

　　그 대신에 그는 자신이 가장 많이 배운 책들, 십대 시절 자신이 빠져들었던 열정을 설명해주고 거기에 의미를 불어넣은 책들을 포함한 것 같다. 찰리 질레트는 랭커셔 출신의 저술가이자 DJ로 닉 콘(46쪽 참고)과 더불어 누구보다 앞서 록을 진지하게 받아들였다. 1965년에 영국을 떠나 뉴욕의 컬럼비아 대학에 가서 석사학위 과정을 밟았을 정도였다. 그곳에서 그가 공부한 것은 1970년에 출간된 그의 첫 번째 책《도시의 사운드》에 반영되었다. 보위는 이 책을 콘의《아 웝밥알루밥 알롭밤붐》처럼 교본으로 읽었을 것이다. 질레 트는 나중에 매니저와 인재 발굴자로도 일하여 이언 듀리Ian Dury, 엘비스 코스텔로, 다이어 스트레이츠 같은 미래의 여 러 스타를 발굴하고 홍보했으므로 그의 조언은 실질적 도움 이 되는 것이었다.

물론 안내 책자처럼 세세한 책의 내용은 오늘날 보기에 낡고 부적절한 면이 있다. 그러나 넓은 관점에서 바라보는 통찰력은 여전히 신선하다. 질레트가 특히 관심을 보인 것 은 1960년대 말에 이르러 로큰롤이 '냉소적인' 팝(몽키스) 과 '진지한' 록(더 밴드)으로 갈라서게 된 과정이었다(콘은 이 무렵에 로큰롤에 흥미를 잃기 시작했다). 보위는 한동안 자 신이 어느 쪽에 서고 싶은지 고민했던 듯하다. 가끔은 판을 새로 짜고 싶다는 생각도 했을 것이다. 하긴 "The Laughing Gnome"을 작곡한 사람이 〈Low〉 앨범도 만들었다는 사실 을 이해하기란 쉽지 않다. 게다가 둘 다 훌륭하니 말이다.

여기서 우리는 개성이라는 것은 일련의 성공적인 몸짓이

라는 피츠제럴드의 대사를 돌아보게 된다. 보위는 1940년
대 청중은 프랭크 시나트라의 이미지와 그의 개인적인 자아
를 구태여 구분하려 하지 않았으므로 그의 노래만큼이나 그
의 이미지도 중요했다는 질레트의 견해를 읽으며 고개를 끄
덕였을지도 모른다. 보위가 숱하게 흉내를 냈던 시나트라의
크루닝 창법은 각각의 청자에게 마치 그가 자신을 바라보며
노래한다는 기분을 느끼게 했다는 점에서 중요했다.

한편, 리틀 리처드의 과장된 감정 표현은 백인인 조니 레
이Johnny Ray에게서도 볼 수 있다. 그의 빌어먹을 노래들은
하나같이 그를 무너뜨리고 울게 만들 수 있었다. 감당하기
벅찰 정도로 흐느끼고 탄식하고 숨이 막혀서 그는 마음을
다잡기 위해 무대를 내려와야 했을 것이다. 보위는 그 정도
로 날것 상태의 감정을 느끼지는 않았지만, 무대 연출은 그
에게 늘 핵심적인 요소였다. 그래서 그는 지기 스타더스트

가 끝났음을 무대에서 공연 중에 알렸고, 2004년 6월 독일 쉐셸에서 열린 허리케인 페스티벌에서 '리얼리티Reality' 투어 막바지 공연을 하던 중 청중에 신경 쓰느라 극심한 통증이 이는 것도 느끼지 못했다.

· 같이 들으면 좋은 노래: "Rock 'n' Roll Suicide"
· 이어서 읽으면 좋은 책: 찰리 질레트의 《트랙 만들기: 애틀랜틱 레코드와 수십억 달러 산업의 성장》

100

《윌슨 씨의 경이로운 캐비닛》

—로런스 웨슐러(1995)

무심코 로스앤젤레스의 컬버시티에 들른 사람은 베니스 대로에서 '쥐라기 기술 박물관'이라는 간판을 달고 있는 평범한 건물이 다른 차원으로 이어지는 입구라는 것을 짐작도 못 할 것이다. 안으로 들어가면 다음과 같은 주제의 전시물들을 만나게 된다. 균류를 들이마시면 그것이 뇌 속에서 자라 머리에 붙어 있는 더듬이만 남기고 다 먹어치워 죽게 된다는 카메룬의 '악취 개미', 초창기 야뇨증 치료법(토스트 조각에 올려놓은 죽은 생쥐 두 마리가 포함된다), 잉어의 기억을 조사하다가 실패하여 신경쇠약으로 고생하고 나서 완전히 새로운 인간 기억의 이론 '소나벤드 망각 모델'을 만들어낸 신경생리학자 제프리 소나벤드(기억상실에 걸린 독일가곡 가수에게서 영감을 얻었다), 바늘귀에 들어갈 정도로 자그마한 조각품(털로 만든 요한 바오로 2세 교황의 조각이 포함된다), 1688년 메리 데이비스라는 여성의 머리에서 제거한 뿔 등등.

〈뉴요커〉에 글을 쓰는 로런스 웨슐러가 맨 처음 보인 반응은 틀림없이 거대한 농담이라는 것이었다. 그는 박물관이 기발한 예술적 장난이거나 로버트 윌슨Robert Wilson과 한스 페터 쿤Hans Peter Kuhn의 "HG" 같은 시간여행 설치미술이라고 생각했다. 그러나 세심하게 마련한 엄숙한 분위기, 그리고 박물관의 괴짜 소유주가 전에 실험영화를 만들었던 데이비드 윌슨David Wilson이라는 점이 뭔가 더 복잡한 의도를 시사했다. 여기에 매료된 웨슐러는 여러 차례 더 방문했고 그때마다 자신이 여러 겹의 아이러니에 걸려들었음을 느꼈다.

그런데 과연 그랬을까? 일단 웨슐러에게 놀랍게도 박물관의 모든 것이 다 '가짜'는 아니다. 적어도 우리가 일반적으로 이해하는 의미의 가짜는 아니다. 예컨대 메리 데이비스의 '뿔'은 과장된 맥락에서 전시되기는 했지만 진짜다. 요즘이라면 쉽게 제거되는 커다란 혹에 불과했다. 사실 이 박물관은 르네상스 시대 부유한 수집가들이 여행 중에 손에 넣은 이국적 물품들을 모아놓은 '경이로운 캐비닛'을 재현한 것이다. 어린아이와 같은 경이의 눈으로 세상의 낯선 모습을 보도록 하고, 과학적인 것, 사변적인 것, 마술적인 것의 경계를 흐리게 하고자 만든 것이다. 우리는 보위가 이런 점에 매료되었다는 것을 안다.《혹스무어》(148쪽 참고)에서《의식의 기원》(197쪽 참고),《이상한 사람들》(300쪽 참고),《송라인》(339쪽 참고)에 이르는 그의 목록의 여러 책이 이를 말해준다. 웨슐러가 강조하듯이 경제학자 존 메이너드 케인스의 말을 인용하자면, 뉴턴은 최초의 과학자였을 뿐만 아니라 최후의 연금술사였다. 마술적 사고는 하룻밤 사이에 과학적·합리적 사고로 바뀌지 않았다.

웨슐러는 고민에 고민을 거듭한 끝에 쥐라기 기술 박물관(지금도 존재하며, 덧붙여 말하자면 박물관에 바친 헌사로 퓰리처상 최종 후보에 오른 이 책의 덕을 조금도 보지 못했다)이 박물관이자, 세상 모든 박물관의 비판인 동시에 찬양이라는 결론을 내린다. 결국 중요한 것은 뭔가가 '진짜'냐 아니냐가 아니라 '진심'이 담겨 있느냐 여부다.

비슷한 예가 자연스럽게 떠오른다. 보위의 작품은 진짜가 아닐 수도 있다. 여기에는 아무런 문제가 없다. 브라이언 엡스타인Brian Epstein이 비틀스에게 캐번 클럽에서 즐겨 입었던 가죽 재킷 대신 수트를 입도록 했을 때부터 이런 특징은 팝 공연의 핵심으로 자리 잡았다. 그러나 보위의 작품이 진심이 아니었던 적은 극히 드물었다. 개인적 위기와 직업적 위기의 순간을 빼고는 말이다. 이것이 보위와 그의 노래가 계속해서 생명력을 발휘하는 이유다. 전 세계의 그토록 많은 사람이 그의 죽음에 비통해한 이유다. 그리고 그가 고른 100권의 책에 우리가 조금이나마 관심을 가지는 이유다.

· 같이 들으면 좋은 노래: "I Can't Give Everything Away"
· 이어서 읽으면 좋은 책: 로런스 웨슐러의 《실물 그대로: 데이비드 호크니와 나눈 25년의 대화》

부록

감사의 말

　누구보다 먼저 감사의 말을 전할 사람은 이 책의 아이디어를 내고 내게 프로젝트를 맡겨준 블래키 출판사의 편집자 잰 마티 세르베라이다. 영국 블룸스버리 출판사의 알렉시스 커시봄과 미국 갤러리 북스/사이먼 앤 슈스터의 라라 블랙맨, 후임자 레베카 스트로벨, 그리고 그린 앤 히튼의 에이전트 앤터니 토핑과 그곳의 모든 사람에게 고마움을 전한다. 꼼꼼한 교열교정을 해준 폴리 왓슨과 존 잉글리시에게 경의를 표한다. 그 밖에 로렌 와이브로, 안젤리크 트랜 밴 생, 헤티 투케, 시드니 모리스, 제니스타 테이트-알렉산더에게도 감사의 마음을 전하고 싶다.

　자료를 인용하도록 너그럽게 허락해준 분들이 있다. 파버 앤 파버는 T. S. 엘리엇의 "텅 빈 사람들"과 에세이집, 조지 스타이너의 《푸른 수염의 성에서》를, 부스-클리본 에디션은 《나는 이만이다》를, 제프 맥코맥은 《역에서 역으로: 보위와 함께 한 여행 1973~1976》을, 노 엑시트는 닉 콘의 《지금도 나는 최고야, 조니 앤젤로가 말했다》를, 카카넷은 프랭크 오하라의 "그들로부터 한 걸음 떨어져서"를, 아일린 아히언은 제임스 볼드윈의 《단지 흑인이라서, 다른 이유는 없다》를, 랜덤 하우스는 킹슬리 에이미스의 《회고록》을 인용하도록 해주었다.

이 책은 수년간 나와 함께 데이비드 보위에 대해 논의한 모든 사람 덕분에 나올 수 있었다. 무엇보다 내가 〈타임아웃〉에서 일할 때의 동료들, 그리고 내가 글을 쓰는 동안 물심양면으로 도와준 사람들도 있다. 그들의 이름을 열거하자면 다음과 같다. 제이크 아노트, 맷 베이커, 리처드 베이커, 사이먼 블렌디스, 사오코 블렌디스, 윌리엄 보이드, 데이비드 버클리, 폴 버스턴, 로라 리 데이비스, 피터 얼, 앨리스 피셔, 케이티 폴린, 레베카 그레이, 윌 그로브-화이트, 작고한 크리스 헴블레이드, 샬럿 히긴스, 앤터니아 호지슨, 매슈 호토프, 폴 호워스, 나이젤 켄달, 존 루이스, 토비 리트, 프리타 매컨, 조 맥그래스, 줄리아 뉴먼, 데이비드 뉴먼, 알렉스 오코넬, 브라이언 오코넬, 니콜라스 페그, 앨리스 로손, 엠마스테이플, 잰시 실베스터, 맷 손, 폴 트린카, 피트 와츠, 도미닉 웰스, 리 윌슨. 특별하게 따로 언급할 두 명이 있다. 조지 언더우드(www.georgeunderwood.com)는 내가 궁금하게 여긴 질문들에 흔쾌히 대답해주었고, 피트 파피데스는 초고를 읽고 귀중한 조언과 제안을 해주는 등 이루 말할 수 없는 여러 도움을 주었다.

마지막으로, 무한한 사랑과 인내와 친절을 베풀어준 내 아내 캐시 뉴먼, 내 딸 스칼렛(좋아하는 보위의 노래 "Life on Mars")과 몰리(좋아하는 보위의 노래 "Magic Dance")에게 고맙다는 말을 전한다.

참고로 말하자면, 보위의 두 번째 앨범은 1967년에 나온 첫 앨범과 똑같은 〈David Bowie〉라는 제목으로 1969년 영국에서 발매되었는데, 이 책에서는 혼란을 피하기 위해 1972년 RCA에서 재발매될 때의 제목을 따라 〈Space Oddity〉로 표기했다.

옮긴이의 말

　한때 좋아했던 팝스타의 죽음은 언제나 서글픈 법이지만 보위의 죽음만큼 충격을 안겨준 것도 없었다. 나는 그가 오랜 세월 투병 생활을 했다는 것을 까맣게 몰랐고, 죽기 며칠 전에 발표한 그의 앨범에 마치 자신의 죽음을 예감하기라도 한 듯 죽음의 그림자가 어른거리는 것을 보고는 소름이 끼쳤다. 며칠 뒤에 유튜브에 올라온 한 동영상을 보게 되었다. 마돈나가 공연 중에 보위를 추모하는 모습을 담은 영상이었다. 마돈나는 어렸을 때 디트로이트에서 본 보위의 공연이 남들과 달라도 괜찮다는 것을 알게 해주었다면서 "Rebel Rebel"을 그에게 바쳤다. 그 순간 나도 내 나름의 방식으로 그를 추모하고 싶었다. 보위의 책을 번역해야겠다고 생각했다.

고맙게도 관심을 보인 출판사들이 있어서 원서를 몇 권 검토했으나 인연이 아니었는지 계약으로 이어지지 않아 마음을 접어야만 했다. 그래서 몇 년 뒤에 존 오코넬의 이 책을 소개받았을 때 가슴이 뛰었다. 처음에 책에 관한 책이라는 설명을 들었을 때는 살짝 의구심이 들었고, 원서를 직접 보고는 처음 듣는 책이 너무 많아서 걱정도 되었다. 하지만 금세 이 책의 진가를 알아보았다. 보위가 어떤 사람이었는지 알고 싶다면 이 책 만한 것이 없으며, 페이지마다 저자의 애정이 묻어났다. 강박적으로 책에 탐닉했던 보위가 이 책을 읽었다면 틀림없이 감동했을 것이다.

번역을 하는 동안 보위를 알 만한 사람들에게 이 책에 관해 이야기하고 다녔다. 재밌을 것 같다며 다들 하는 말이 보위가 책을 그렇게 좋아한 줄 몰랐다고 했다. 하긴 나도 처음에는 그랬다. 그런데 우리만 몰랐던 게 아니다. 2013년 런던 빅토리아 앨버트 박물관에서 열린 〈데이비드 보위 이즈〉 전시회의 일환으로 이 책의 바탕이 된 목록, 그러니까 보위가 자신의 삶에 가장 주요한 영향을 미쳤다고 꼽은 100권의 책 목록이 공개되었을 때 그곳 사람들 반응도 그랬다고 한다. 그가 자신의 독서 취향을 오랫동안 드러냈음에도 그런 반응이었다니 아무래도 그의 이미지와 독서 사이에 괴리가 있었던 모양이다. 하지만 보위에게 독서는 취미 활동 이상이었다. 책은 그가 세상과 만나는 통로이자 세상으로부터 벗어나는 피난처였고, 그의 자아와 예술 세계의 바탕이었다.

이 책이 어떤 경위로 만들어졌고 여기서 다루는 책들이 어떤 것인지는 저자가 앞에서 상세히 설명했으므로 굳이 다시 언급할 필요가 없을 듯하다. 목록의 책과 보위의 연결점을 찾아서 근사한 이야기로 엮어낸 저자가 대단하다는 생각이 든다. 번역을 마치고 지금 봐도 보위의 책 목록은 참으로 놀랍다. 한 사람이 얼마나 방대한 세계와 연결될 수 있는지 생각해본다. 그의 관심사는 전방위로 뻗어 있다. 그의 이미지와 선뜻 연결되지 않는 책들도 제법 눈에 띈다. 사람을 안다는 것은 조심스럽고 어려운 일이다.

이 책은 보위의 팬들이 가장 반길 책이고 독서광들도 흥미를 느끼겠지만, 무엇보다 예술 하는 사람들이 꼭 읽어봤으면 한다. 예술가가 어디서 영감을 얻고 그것을 어떻게 자기 방식으로 소화하는지 보여주는 교본이기 때문이다. 비단 예술가로서 보위가 취한 전략이나 방법론에 관한 책들만 말하는 게 아니다. 그의 모든 호기심은 책과 연결되고 그것은 어떻게든 그의 예술에 반영된다. 이 책을 읽다 보면 우리 시대에 예술이란 무엇인지, 예술가란 어떤 사람인지에 대해 다시 생각하게 된다.

책은 그에게 호기심거리나 예술의 소재로만 그치지 않았

다. 존 오코넬은 이부형이 조현병으로 망가지는 것을 보며 자기도 언젠가 거기에 집어 삼켜질 수 있다는 공포에 평생 시달렸던 보위가 정신을 놓지 않고 버틸 수 있었던 원동력이 책이었다고 말한다. 보위가 야망과 명성에 짓눌리지 않고 냉혹한 음악업계에서 살아남을 수 있었던 비결도 책이었다고 말한다. 책 만드는 것을 업으로 삼고 있는 나로서는 이보다 더 뿌듯한 순간이 없다.

2021년 9월
장호연

참고 문헌

Brian Appleyard, The Pleasures of Peace: Art and Imagination in Post-war Britain (Faber, 1989)

Andy Beckett, When the Lights Went Out: Britain in the Seventies (Faber, 2009)

Harold Bloom, How to Read and Why (Fourth Estate, 2000)

Michael Bracewell, England Is Mine: Pop Life in Albion from Wilde to Goldie (Flamingo, 1998)

Victoria Broackes and Geoffrey Marsh (eds), David Bowie Is (V&A Publishing, 2013)

David Buckley, Strange Fascination: Bowie - The Definitive Story (Virgin Books, 2005)

Kevin Cann, Any Day Now: David Bowie - The London Years 1947 - 1974 (Channel, 2010)

John Carey, What Good are the Arts? (Faber, 2005)

Angela Carter, Nothing Sacred: Selected Writings (Virago, 1982)

Malcolm Cowley, A Second Flowering: Works and Days of the Lost Generation (Andre Deutsch, 1973)

Owen Davies, Grimoires: A History of Magic Books (Oxford University Press, 2009)

Eoin Devereux, Aileen Dillane and Martin J. Power, David Bowie: Critical Perspectives (Routledge, 2015)

Peter Doggett, The Man Who Sold the World: David Bowie and the 1970s (Bodley Head, 2011)

Bob Dylan, Chronicles: Volume One (Simon & Schuster, 2004)

Mick Farren, Give the Anarchist a Cigarette (Pimlico, 2002)

Simon Frith and Howard Horne, Art Into Pop (Routledge, 1987)

Peter Gay, Modernism: The Lure of Heresy from Baudelaire to Beckett and Beyond (Heinemann, 2007)

Peter and Leni Gillman, Alias David Bowie (New English Library, 1987)

Simon Goddard, Ziggyology: A Brief History of Ziggy Stardust (Ebury, 2013)

Jonathon Green, Days in the Life: Voices from the English Underground 1961 – 1971 (Minerva, 1989)

John Haffenden, Novelists in Interview (Methuen, 1985)

David Hepworth, 1971: Never a Dull Moment (Bantam, 2016)

Barney Hoskyns, Glam! Bowie, Bolan and the Glitter Rock Revolution (Faber, 1998)

Iman, I Am Iman (Booth-Clibborn Editions, 2001)

Dylan Jones, David Bowie: A Life (Preface, 2017)

Shawn Levy, Ready, Steady, Go! Swinging London and the Invention of Cool (Fourth Estate, 2002)

Geoff MacCormack, From Station to Station: Travels with Bowie 1973 – 1976 (Genesis, 2007)

Ian Macdonald, Revolution in the Head: The Beatles' Records and the Sixties (Fourth Estate, 1994)

———, The People's Music (Pimlico, 2003)

Neil Macgregor, Germany: Memories of a Nation (Allen Lane, 2014)

Barry Miles, In the Sixties (Cape, 2002)

Barry Miles and Chris Charlesworth, David Bowie Black Book (Omnibus, 1980)

Leslie George Mitchell, Bulwer-Lytton: The Rise and Fall of a Victorian Man of Letters (Continuum, 2003)

Paul Morley, The Age of Bowie (Simon & Schuster, 2016)

Charles Shaar Murray, Shots from the Hip (Penguin, 1991)

Charles Shaar Murray and Roy Carr, David Bowie: An Illustrated Record (Eel Pie Publishing, 1981)

Philip Norman, John Lennon (HarperCollins, 2008)

Mark Paytress, Bowie Style (Omnibus, 2000)

Nicholas Pegg, The Complete David Bowie (Titan, 2016)

Kenneth Pitt, Bowie: The Pitt Report (Omnibus, 1980)

Simon Reynolds, Rip It Up and Start Again: Postpunk 1978 – 1984 (Faber, 2005)

———, Shock and Awe: Glam Rock and Its Legacy (Faber, 2017)

Mick Rock/David Bowie, Moonage Daydream: The Life and Times of Ziggy Stardust (Genesis Publications, 2002)

Alexander Roob, The Hermetic Museum: Alchemy & Mysticism (Taschen, 2018)

Alex Ross, The Rest is Noise: Listening to the Twentieth Century (Fourth Estate, 2007)

Dominic Sandbrook, White Heat: A History of Britain in the Swinging Sixties (Abacus, 2009)

Jon Savage, Time Travel – From the Sex Pistols to Nirvana: Pop, Media and Sexuality 1977 – 96 (Vintage, 1997)

Bob Stanley, Yeah Yeah Yeah: The Story of Modern Pop (Faber, 2014)

David Toop, Ocean of Sound: Aether Talk, Ambient Sound and Imaginary Worlds (Serpent's Tail, 1995)

George Tremlett, David Bowie: Living on the Brink (Century, 1996)

Paul Trynka, Starman: David Bowie (Sphere, 2010)

D. J. Taylor, Orwell: The Life (Chatto & Windus, 2003)

———, Bright Young People: The Rise and Fall of a Generation 1918 – 1940 (Chatto & Windus, 2007)

Tony Visconti, Bowie, Bolan and the Brooklyn Boy: The Autobiography (HarperCollins, 2007)

Peter Washington, Madame Blavatsky's Baboon: Theosophy and the Emergence of the Western Guru (Secker & Warburg, 1993)

Rob Young, Electric Eden: Unearthing Britain's Visionary Music (Faber, 2010)

아울러 나는 로저 그리핀Roger Griffin의 웹사이트 〈Bowie Golden Years〉에 올라와 있는 예전 인터뷰들과 기사들을 적극적으로 활용했으며, 크리스 오리어리 Chris O'Leary의 탁월한 블로그 〈Pushing Ahead of the Dame〉으로부터 아이디어를 얻고 영감을 받았다. 그의 블로그는 현재 두 권의 책(《Rebel Rebel: All the Songs of David Bowie from '64 to '76》, 《Ashes to Ashes: The Songs of David Bowie, 1976~2016》)으로 나와 있는데, 한번 잡으면 계속해서 빠져들기 때문

에 잠깐씩만 읽으려고 한다. 시중에 나와 있는 데이비드 보위에 관한 좋은 책들이 워낙 많지만, 정기적으로 개정판이 나오는 니콜라스 페그의 《더 컴플리트 데이비드 보위》는 특별하게 언급할 가치가 있다. 놀랄 만큼 포괄적이면서 세세한 정보와 예리한 비판에도 소홀히 하지 않는다.

보위와 콜린 윌슨, 죽은 나치 심령체에 관한 게리 래치먼의 이야기는 그의 웹사이트(https://garylachman.co.uk/2016/01/11/the-david-bowie-colin-wilson-story/)에서 가져온 것이다.

본문에 소개된 책/앨범/노래

- 본문에서 중요하게 다뤄지는 책과 노래는 굵은 글씨로 표시했습니다.
- 국내에 발간된 책은 끝에 ## 표시를 했습니다.
- 단행본은 《 》, 단편소설이나 시는 " "로 표시하고, 국내에 소개된 경우에는 수록된 책 한국어판 제목을 (한국어판 〈 〉)라고 달았습니다.

• **책**

D. H. 로렌스, 《무지개》, D. H. Lawrence, *The Rainbow* , ##

D. H. 로렌스, 《채털리 부인의 연인》, D. H. Lawrence, *Lady Chatterley's Lover*, ##

E. M. 포스터, 《하워즈 엔드》, E. M. Forster, *Howards End*, ##

F. 스콧 피츠제럴드, 《마지막 거물》, F. Scott Fitzgerald, *The Last Tycoon*

F. 스콧 피츠제럴드, 《밤은 부드러워라》, F. Scott Fitzgerald, *Tender Is the Night*, ##

F. 스콧 피츠제럴드, 《위대한 개츠비》, F. Scott Fitzgerald, *The Great Gatsby*, ##

J. B. 프리스틀리, 《밤의 방문객》, J. B. Priestley, *An Inspector Calls*

J. B. 프리스틀리, 《잉글랜드 여행기》, J. B. Priestley, *English Journey*

J. R. R. 톨킨, 《반지의 제왕》, J. R. R. Tolkien, *The Lord of the Rings*, ##

R. D. 랭, 《경험의 정치학과 극락조》, R. D. Laing, *The Politics of Experience and the Bird of Paradise*

R. D. 랭, 《분열된 자기》, R. D. Laing, *The Divided Self*, ##

T. S. 엘리엇, "황무지", T. S. Eliot, *The Waste Land*, ##

T. S. 엘리엇, "바람 부는 밤의 광시곡", T. S. Eliot, *Rhapsody on a Windy Night*

T. S. 엘리엇, "전주곡들", T. S. Eliot, *Preludes*, ##, (한국어판 〈황무지〉)

T. S. 엘리엇, "텅 빈 사람들", T. S. Eliot, *The Hollow Men*, ##, (한국어판 〈사중주 네 편〉)

T. S. 엘리엇, "프루프록의 사랑 노래", T. S. Eliot, *The Love Song of J. Alfred Prufrock*, ##, (한국어판 〈황무지〉)

게리 허시, 《달아날 곳이 없어》: 소울 음악의 이야기, Gerri Hirshey, *Nowhere to Run: The Story of Soul Music*

귀스타브 플로베르, 《감정 교육》, Gustave Flaubert, *Sentimental Education*, ##

귀스타브 플로베르, 《보바리 부인》, Gustave Flaubert, *Madame Bovary*, ##

귀스타브 플로베르, "순박한 마음", Gustave Flaubert, *"A Simple Heart"*, ##, (한국 어판 〈순박한 마음〉)

그레이엄 그린, 《브라이턴 록》, Graham Greene, *Brighton Rock*, ##

그레일 마커스, 《립스틱 자국》, Greil Marcus, *Lipstick Traces*

그레일 마커스, 《미스터리 트레인》, Greil Marcus, *Mystery Train*

너새네이얼 웨스트, 《메뚜기의 날》, Nathanael West, *The Day of the Locust*, ##

넬라 라슨, 《패싱》, Nella Larsen, *Passing*, ##

닉 콘, 《록 드림스》, Nik Cohn, *Rock Dreams*

닉 콘, 《아윕밥알루밥 알롭밤붐》, Nik Cohn, *Awopbopaloobop Alopbamboom*

닉 콘, 《지금도 나는 최고야, 조니 앤젤로가 말했다》, Nik Cohn, *I Am Still the Greatest Says Johnny Angelo*

닐 게이먼, 《샌드맨》, Neil Gaiman, *Sandman*, ##

다이언 포춘, 《초자연적 자기방어》, Dion Fortune, *Psychic Self-Defense*

단테 알리기에리, 《신곡: 지옥》, Dante Alighieri, *Divine Comedy 'Inferno'*, ##

대니얼 레이첼, 《소음의 섬》: 영국의 위대한 송라이터들과의 대화, Daniel Rachel, *Isle of Noises: Conversations with Great British Songwriters*

더글라스 하딩, 《머리 없음에 대하여》, Douglas Harding, *On Having No Head*

데이비드 실베스터, 《프랜시스 베이컨과의 인터뷰》: 나는 왜 정육점의 고기가 아닌가, David Sylvester, *Interviews with Francis Bacon: The Brutality of Fact*, ##

데이비드 실베스터, 《미국 예술가들과의 인터뷰》, David Sylvester, *Interviews with American Artists*

데이비드 키드, 《모두가 황제의 말들》, David Kidd, *All the Emperor's Horses*

돈 드릴로, 《언더월드》, Don DeLillo, *Underworld*

돈 드릴로, 《화이트 노이즈》, Don DeLillo, *White Noise*, ##

레스터 뱅스, 《정신병 반응과 카뷰레터 찌꺼기》, Lester Bangs, *Psychotic Reactions and Carburetor Dung*

로런스 웨슐러, 《실물 그대로》: 데이비드 호크니와 나눈 25년의 대화, Lawrence Weschler, *True to Life: Twenty-Five Years of Conversations with David Hockney*

로런스 웨슐러, 《윌슨 씨의 경이로운 캐비닛》, Lawrence Weschler, *Mr Wilson's Cabinet of Wonder*

로버트 A. 하인라인, 《낯선 땅 이방인》, Robert A. Heinlein, *Stranger in a Strange*

Land, ##

로버트 A. 하인라인, 《스타맨 존스》, Robert A. Heinlein, *Starman Jones*

로버트 콘퀘스트, 《대공포: 30년대 스탈린의 숙청》, Robert Conquest, *The Great Terror: Stalin's Purge of the Thirties*

로트레아몽, 《말도로르의 노래》, Comte de Lautréamont, *Les Chants de Maldoror*, ##

롤랑 바르트, 《S/Z》, Roland Barthes, *S/Z*, ##

루이 포벨스와 자크 베르지에, 《마술사의 아침》, Louis Pauwels and Jacques Bergier, *The Morning of the Magicians*

루퍼트 톰슨, 《떠나는 꿈》, Rupert Thomson, *Dreams of Leaving*

루퍼트 톰슨, 《모욕》, Rupert Thomson, *The Insult*

리처드 라이트, 《깜둥이 소년》, Richard Wright, *Black Boy*, ##

리처드 라이트, 《미국의 아들》, Richard Wright, *Native Son*, ##

리처드 라이트, 《블랙 파워》: 비애의 나라에서 일어난 반동의 기록, Richard Wright, Black Power: *A Record of Reactions in a Land of Pathos*

리처드 코크, 《데이비드 봄버그》, Richard Cork, *David Bomberg*

마거릿 애트우드, 《시녀 이야기》, Margaret Atwood, *The Handmaid's Tale*, ##

마이클 셰이본, 《원더 보이스》, Michael Chabon, *Wonder Boys*

마이클 셰이본, 《캐벌리어와 클레이의 놀라운 모험》, Michael Chabon, *The Amazing Adventures of Kavalier & Clay*, ##

마크 샌드, 《스컬더거리》, Mark Shand, *Skulduggery*

마틴 에이미스, 《머니》, Martin Amis, *Money*, ##

매들린 밀러, 《아킬레우스의 노래》, Madeline Miller, *The Song of Achilles*, ##

맬컴 카울리(편집), 《집필 중인 작가》: 〈파리 리뷰〉 인터뷰, 제1권, Malcolm Cowley(ed.), *Writers At Work: The Paris Review Interviews, 1st Series*

메리 엘리자베스 브래든, 《오들리 부인의 비밀》, Mary Elizabeth Braddon, *Lady Audley's Secret*, ##

메리 로치, 《인체재활용》, Mary Roach, *Stiff: The Curious Lives of Human Cadavers*, ##

멜 고든, 《관능적 공포》: 바이마르 베를린의 에로틱한 세계, Mel Gordon, *Voluptuous Panic: The Erotic World of Weimar Berlin*

뮤리얼 스파크, 《가난한 소녀들》, Muriel Spark, *The Girls of Slender Means*

뮤리얼 스파크, 《진 브로디 선생의 전성기》, Muriel Spark, *The Prime of Miss Jean Brodie*, ##

미겔 데 세르반테스, 《돈키호테》, Miguel de Cervantes, *Don Quixote*, ##

미시마 유키오, 《가면의 고백》, Yukio Mishima, *Confessions of a Mask*, ##

미시마 유키오, 《금지된 색》, Yukio Mishima, *Forbidden Colours*

미시마 유키오, 《봄눈》, Yukio Mishima, *Spring Snow*, ##

미시마 유키오, 《오후의 예항》, Yukio Mishima, *The Sailor Who Fell from Grace with the Sea*

미시마 유키오, 《태양과 철》, Yukio Mishima, *Sun and Steel*

미하일 불가코프, 《개의 심장》, Mikhail Bulgakov, *Heart of a Dog*, ##

미하일 불가코프, 《거장과 마르가리타》, Mikhail Bulgakov, *The Master and Margarita*, ##

믹 록, 《달 시대의 몽상》, Mick Rock, *Moonage Daydream*

바니 호스킨스, 《글램!》, Barney Hoskyns, *Glam!*

밴스 패커드, 《숨어 있는 설득자》, Vance Packard, *The Hidden Persuaders*, ##, (한국어판 〈장미보다 사랑을 팔아라〉)

브루스 채트윈, 《송라인》, Bruce Chatwin, *The Songlines*, ##

브루스 채트윈, 《파타고니아》, Bruce Chatwin, *In Patagonia*, ##

블라디미르 나보코프, 《롤리타》, Vladimir Nabokov, *Lolita*, ##

블라디미르 나보코프, 《어둠 속의 웃음소리》, Vladimir Nabokov, *Laughter in the Dark*, ##

블라디미르 나보코프, 《재능》, Vladimir Nabokov, *The Gift*, ##

블라디미르 나보코프, 《절망》, Vladimir Nabokov, *Despair*, ##

블라디미르 나보코프, 《창백한 불꽃》, Vladimir Nabokov, *Pale Fire*, ##

빈센트 불리오시와 커트 젠트리, 《헬터 스켈터: 맨슨이 저지른 살해의 진실》, Vincent Bugliosi and Curt Gentry, *Helter Skelter: The True Story of the Manson Murders*

사이먼 내피어-벨, 《나를 사랑한다고 말하지 않아도 돼요》, Simon Napier-Bell, *You Don't Have to Say You Love Me*

샤를 보들레르, 《악의 꽃》, Charles Baudelaire, *The Flowers of Evil*, ##

세라 워터스, 《티핑 더 벨벳》, Sarah Waters, *Tipping the Velvet*, ##

세라 워터스, 《핑거스미스》, Sarah Waters, *Fingersmith*, ##

셰리던 르 파뉴, 《장미와 열쇠》, Sheridan Le Fanu, *The Rose and the Key*

솔 벨로우, 《오기 마치의 모험》, Saul Bellow, *The Adventures of Augie March*, ##

솔 벨로우, 《허조그》, Saul Bellow, *Herzog*, ##

앤 페트리, 《내로우스》, Ann Petry, *The Narrows*

앤서니 버지스, 《시계태엽 오렌지》, Anthony Burgess, *A Clockwork Orange*, ##

앤서니 버지스, 《지상의 권력》, Anthony Burgess, *Earthly Powers*

앤젤라 카터, 《불꽃놀이》: 아홉 편의 불경한 글, Angela Carter, *Fireworks: Nine Profane Pieces*

앤젤라 카터, 《서커스의 밤》, Angela Carter, *Nights at the Circus*, ##

앤젤라 카터, 《피로 물든 방》, Angela Carter, *The Bloody Chamber*, ##

앨런 긴즈버그, 《울부짖음》, Allen Ginsberg, *Howl*, ##

앨런 블룸, 《미국 정신의 종말》, Allan Bloom, *The Closing of the American Mind*, ##

앨런 실리토, 《장거리 주자의 고독》, Alan Sillitoe, *The Loneliness of the Long-Distance Runner*, ##

앨런 실리토, "짐 스카피데일의 치욕", Alan Sillitoe, *"The Disgrace of Jim Scarfedale"*, ##, (한국어판 〈장거리 주자의 고독〉)

앨런 와츠, 《선의 길》, Alan Watts, *The Way of Zen*

앨프리드 러셀 월리스, 《말레이 제도》, Alfred Russel Wallace, *The Malay Archipelago*, ##

앨프리드 러셀 월리스, 《화성에 생명체가 살 수 있는가?》, Alfred Russel Wallace, *Is Mars Habitable?*

에드 샌더스, 《비트족의 영광의 나날》, Ed Sanders, *Tales of Beatnik Glory*

에드 샌더스, 《퍼그 유》: 피스 아이 서점, 퍽 유 출판사, 퍼그스, 로어 이스트사이드의 반문화의 비공식적인 역사, Ed Sanders, *Fug You: An Informal History of the Peace Eye Bookstore, the Fuck You Press, The Fugs, and Counterculture in the Lower East Side*

에드 샌더스, 《피스 아이》, Ed Sanders, *Peace Eye*

에드워드 불워-리튼, 《다가올 종족》, Edward Bulwer-Lytton, *The Coming Race*

에드워드 불워-리튼, 《마법사 자노니》, Edward Bulwer-Lytton, *Zanoni*, ##

에드워드 불워-리튼, 《펠럼》, Edward Bulwer-Lytton, *Pelham*

에른스트 H. 곰브리치, 《서양미술사》, E.H. Gombrich, *The Story of Art*, ##

에리히 폰 데니켄, 《신들의 전차》, Erich von Däniken, *Chariots of the Gods*, ##

에벌린 워, 《사랑받은 사람》, Evelyn Waugh, *The Loved One*

에벌린 워, 《타락한 사람들》, Evelyn Waugh, *Vile Bodies*

에벌린 워, 《한 줌의 먼지》, Evelyn Waugh, *A Handful of Dust*, ##

엘리파스 레비, 《초월 마법》: 그 교리와 의식, Eliphas Levi, *Transcendental Magic: Its*

Doctrine and Ritual

엘리파스 레비, 《카발라의 신비》, Eliphas Levi, *The Mysteries of the Qabalah*

예브게니 자먀쩐, 《우리들》, Yevgeny Zamyatin, *We*, ##

예브게니아 긴즈부르크, 《소용돌이 속에서》, Eugenia Ginzburg, *Within the Whirlwind*

예브게니아 긴즈부르크, 《소용돌이 속으로》, Eugenia Ginzburg, *Journey Into the Whirlwind*

오스카 와일드, 《도리언 그레이의 초상》, Oscar Wilde, *The Picture of Dorian Gray*, ##

오토 프리드리히, 《대홍수 이전》: 1920년대 베를린의 초상, Otto Friedrich, *Before the Deluge: A Portrait of Berlin in the 1920s*

올라프 스태플든, 《이상한 존》, Olaf Stapledon, *Odd John*, ##

올랜도 파이지스, 《민중의 비극》: 러시아 혁명 1891~1924, Orlando Figes, *A People's Tragedy: the Russian Revolution 1891-1924*

올랜도 파이지스, 《속삭이는 사회》: 스탈린 시대 보통 사람들의 삶, 내면, 기억, Orlando Figes, *The Whisperers: Private Life in Stalin's Russia*, ##

올리버 색스, 《뮤지코필리아》: 뇌와 음악에 관한 이야기, Oliver Sacks, *Musicophilia: Tales of Music and the Brain*, ##

요코오 타다노리, 《요코오 타다노리》, Tadanoori Yokoo, *Tadanoori Yokoo*

움베르토 에코, 《포스트모던인가, 새로운 중세인가》, Umberto Eco, *Travels in Hyperreality*, ##

월러스 서먼, 《봄의 아이들》, Wallace Thurman, *Infants of the Spring*

월러스 서먼, 《블랙베리는 검을수록》, Wallace Thurman, *The Blacker the Berry*

월터, 《나의 비밀스러운 삶》, Walter, *My Secret Life*

월터 로스, 《불멸》, Walter Ross, *The Immortal*

윌리엄 골딩, 《통과의례》, William Golding, *Rites of Passage*

윌리엄 랭글런드, 《농부 피어스의 꿈》, William Langland, *Piers Plowman*, ##

윌리엄 보이드, 《냇 테이트: 미국의 미술가 1928~1960》, William Boyd, *Nat Tate: An American Artist 1928-1960*

윌리엄 보이드, 《신 고백록》, William Boyd, *The New Confessions*

윌리엄 셰익스피어, 《햄릿》, William Shakespeare, *Hamlet*, ##

윌리엄 스타이런, 《어둠 속에 눕다》, William Styron, *Lie Down In Darkness*

윌리엄 포크너, 《내가 죽어 누워 있을 때》, William Faulkner, *As I Lay Dying*, ##

윌리엄 포크너, 《소리와 분노》, William Faulkner, *The Sound and the Fury*, ##

윌리엄 포크너, "에밀리에게 바치는 한 송이 장미", William Faulkner, *"A Rose for Emily"*, ##, (한국어판 〈윌리엄 포크너〉)

윌키 콜린스, 《흰옷을 입은 여인》, Wilkie Collins, *The Woman in White*, ##

이만, 《나는 이만이다》, Iman, *I Am Iman*

이스라엘 레가디, 《황금새벽회》, Israel Regardie, *The Golden Dawn*

이언 매큐언, 《속죄》, Ian McEwan, *Atonement*, ##

이언 매큐언, 《시트 사이에서》, Ian McEwan, *In Between the Sheets*

이언 매큐언, 《이런 사랑》, Ian McEwan, *Enduring Love*, ##

이언 매큐언, 《첫사랑 마지막 의식》, Ian McEwan, *First Love, Last Rites*, ##

이언 매큐언, "그들이 올 때 죽어 있는", Ian McEwan, *"Dead as They Come"*

이언 매큐언, "두 개의 단편: 199-년 3월", Ian McEwan, *"Two Fragments: March 199-"*

이언 매큐언, "사로잡힌 유인원의 성찰", Ian McEwan, *"Reflections of a Kept Ape"*

이언 매큐언, "포르노그래피", Ian McEwan, *"Pornography"*

이언 싱클레어, 《루드 히트》, Iain Sinclair, *Lud Heat*

이언 싱클레어, 《영토를 찾아 나서다》, Iain Sinclair, *Lights Out for the Territory*

일레인 페이절스, 《계시록: 요한계시록에 나타나는 비전, 예언, 정치》, Elaine Pagels, *Revelations: Visions, Prophecy and Politics in the Book of Revelation*

일레인 페이절스, 《숨겨진 복음서, 영지주의》, Elaine Pagels, *The Gnostic Gospels*, ##

자일스 스미스, 《음악에 빠져》, Giles Smith, *Lost In Music*

장 보드리야르, 《걸프전은 일어나지 않았다》, Jean Baudrillard, *The Gulf War Did Not Take Place*

장 주네, 《도둑 일기》, Jean Genet, *The Thief's Journal*, ##

장-폴 사르트르, 《구토》, Jean-Paul Sartre, *Nausea*, ##

잭 케루악, 《길 위에서》, Jack Kerouac, *On the Road*, ##

잭 케루악, 《다르마 행려》, Jack Kerouac, *The Dharma Bums*, ##

제시카 미트포드, 《미국식 죽음》, Jessica Mitford, *The American Way of Death*

제이크 아노트, 《롱 펌》, Jake Arnott, *The Long Firm*

제이크 아노트, 《트루크라임》, Jake Arnott, *Truecrime*

제임스 볼드윈, 《단지 흑인이라서, 다른 이유는 없다》, James Baldwin, *The Fire Next Time*, ##

제임스 볼드윈, 《또 하나의 나라》, James Baldwin, *Another Country*, ##

제임스 볼드윈, 《아무도 내 이름을 모른다》, James Baldwin, *Nobody Knows My*

Name

제임스 조이스,《율리시스》, James Joyce, *Ulysses*, ##

제임스 홀,《미술의 주제와 상징 사전》, James Hall, **Hall's Dictionary of Subjects and Symbols in Art**

제임스 힐튼,《잃어버린 지평선》, James Hilton, *Lost Horizon*, ##

제프리 무어하우스,《60년대의 영국: 또 다른 잉글랜드》, Geoffrey Moorhouse, **Britain in the Sixties: The Other England**

제프리 유제니디스,《미들섹스》, Jeffrey Eugenides, **Middlesex**, ##

조 매케이브,《드림 킹과 함께한 시간: 닐 게이먼과의 대화》, Joe McCabe, *Hanging Out with the Dream King: Conversations with Neil Gaiman*

조너선 그린,《삶의 나날들: 영국 언더그라운드의 목소리 1961~1971》, Jonathon Green, *Days In The Life: Voices from the English Underground 1961-1971*

조지 스타이너,《푸른 수염의 성에서: 문화의 재정의에 관한 몇 가지 생각》, George Steiner, **In Bluebeard's Castle: Some Notes Towards the Redefinition of Culture**

조지 엘리엇,《미들마치》, George Eliot, *Middlemarch*, ##

조지 오웰,《1984》, George Orwell, **Nineteen Eighty-Four**, ##

조지 오웰,《고래 뱃속에서》, George Orwell, **Inside the Whale and Other Essays**

조지 오웰,《동물농장》, George Orwell, *Animal Farm*, ##

조지 오웰,《파리와 런던의 밑바닥 생활》, George Orwell, **Down and Out in Paris and London**, ##

조지 오웰, "고래 뱃속에서", George Orwell, *"Inside the Whale"*, ##, (한국어판 〈모든 예술은 프로파간다〉)

조지 오웰, "소년 주간지", George Orwell, *"Boys' Weeklies"*, ##, (한국어판 〈모든 예술은 프로파간다〉)

조지 오웰, "찰스 디킨스", George Orwell, *"Charles Dickens"*, ##, (한국어판 〈모든 예술은 프로파간다〉)

존 더스 패서스,《1919》, John Dos Passos, *Nineteen Nineteen*

존 더스 패서스,《거금》, John Dos Passos, *The Big Money*

존 더스 패서스,《맨해튼 트랜스퍼》, John Dos Passos, **Manhattan Transfer**, ##

존 더스 패서스,《북위 42도》 John Dos Passos, **The 42nd Parallel**

존 레논,《작품 속의 스페인 사람》, John Lennon, **A Spaniard in the Works**

존 레치,《밤의 도시》, John Rechy, **City of Night**

카를로 레비, 《그리스도는 에볼리에 머물렀다》, Carlo Levi, *Christ Stopped at Eboli*, ##

칼라 캐플런, 《할렘의 미스 앤: 흑인 르네상스의 백인 여성들》, Carla Kaplan, *Miss Anne in Harlem: The White Women of the Black Renaissance*

캐밀 파야, 《성의 페르소나》: 네페르티티로부터 에밀리 디킨슨까지의 예술과 퇴폐, Camille Paglia, *Sexual Personae: Art and Decadence from Nefertiti to Emily Dickinson*, ##

캐밀 파야, 《요부와 탕녀》, Camille Paglia, *Vamps & Tramps*

콜린 매킨스, 《철부지들의 꿈》, Colin MacInnes, *Absolute Beginners*

콜린 윌슨, 《아웃사이더》, Colin Wilson, *The Outsider*, ##

콜린 윌슨, 《오컬트의 역사》, Colin Wilson, *The Occult: A History*

콜린 윌슨, 《종교와 반항인》, Colin Wilson, *Religion and the Rebel*

크리스 웨어, 《지미 코리건: 세상에서 가장 똑똑한 아이》, Chris Ware, *Jimmy Corrigan: The Smartest Kid on Earth*, ##

크리스타 볼프, 《천사들의 도시 혹은 프로이트 박사의 외투》, Christa Wolf, *City of Angels: or, the Overcoat of Dr Freud*

크리스타 볼프, 《크리스타 테를 생각하며》, Christa Wolf, *The Quest for Christa T*

크리스토퍼 이셔우드, 《노리스 씨 기차를 갈아타다》, Christopher Isherwood, *Mr Norris Changes Trains*, ##

크리스토퍼 이셔우드, 《베를린이여 안녕》, Christopher Isherwood, *Goodbye to Berlin*, ##

크리스토퍼 이셔우드, 《싱글맨》, Christopher Isherwood, *A Single Man*, ##

크리스토퍼 히친스, 《키신저 재판》, Christopher Hitchens, *The Trial of Henry Kissinger*, ##

크리스토퍼 히친스, 《히치 - 22》, Christopher Hitchens, *Hitch-22*

키스 워터하우스, 《빌리 라이어》, Keith Waterhouse, *Billy Liar*

키스 워터하우스, 《행복한 나라가 있어요》, Keith Waterhouse, *There Is a Happy Land*

킹슬리 에이미스, 《럭키 짐》, Kingsley Amis, *Lucky Jim*, ##

테드 베리건, 《소네트》, Ted Berrigan, *The Sonnets*

톰 스토파드, 《레닌, 제임스 조이스, 트리스탄 짜라와 대익살》, Tom Stoppard, *Travesties*, ##

톰 스토파드, 《로젠크란츠와 길덴스턴은 죽었다》, Tom Stoppard, *Rosencrantz and*

Manifesto of Futurism

필립 라킨, "경이로운 해", Philip Larkin, *"Annus Mirabilis"*, ## (한국어판 〈필립 라킨 시 전집〉)

필립 라킨, "이런 것도 시", Philip Larkin, *"This Be the Verse"*, ## (한국어판 〈필립 라킨 시 전집〉)

하니프 쿠레이시, 《시골뜨기 부처》, Hanif Kureishi, *The Buddha of Suburbia*, ##

하워드 노먼, 《조류 예술가》, Howard Norman, *The Bird Artist*

하워드 진, 《달리는 기차 위에 중립은 없다》, Howard Zinn, *You Can't be Neutral on a Moving Train: A Personal History of Our Times*, ##

하워드 진, 《미국 민중사》, Howard Zinn, *A People's History of the United States*, ##

하인리히 하러, 《티베트에서의 7년》, Heinrich Harrer, *Seven Years in Tibet*, ##

하트 크레인, 《다리》, Hart Crane, *The Bridge*

하트 크레인, 《하얀 건물》, Hart Crane, *White Buildings*

하퍼 리, 《앵무새 죽이기》, Harper Lee, *To Kill a Mockingbird*, ##

허버트 리드, 《현대 영국 미술》, Herbert Read, *Contemporary British Art*

헤르만 헤세, 《싯다르타》, Hermann Hesse, *Siddhartha*, ##

헨리 밀러, 《북회귀선》, Henry Miller, *Tropic of Cancer*, ##

헨리 푸이, 《마지막 만주인》: 중국의 마지막 황제 헨리 푸이의 자서전, Henry Pu Yi, *The Last Manchu: The Autobiography of Henry Pu Yi, Last Emperor of China*

호메로스, 《일리아스》, Homer, *The Iliad*, ##

호메로스, 《오디세이아》, Homer, *The Odyssey*, ##

호세 알라니즈, 《코믹스》: 러시아의 만화 예술, José Alaniz, *Komiks: Comic Art in Russia*

휴버트 셸비 주니어, 《레퀴엠》, Hubert Selby Jnr, *Requiem for a Dream*, ##

휴버트 셸비 주니어, 《브루클린으로 가는 마지막 비상구》, Hubert Selby Jnr, *Last Exit to Brooklyn*, ##

힐러리 맨틀, 《울프 홀》, Hilary Mantel, *Wolf Hall*, ##

· 잡지

2000AD

댄디, The Dandy

로, RAW

블래스트, 윈덤 루이스(편집), Blast, Wyndham Lewis(ed.)

비노, The Beano

비즈, Viz

아케이드, Arcade

이글, The Eagle

프라이빗 아이, Private Eye

• 전시회

데이비드 보위 이즈, David Bowie Is

데이비드 보이드 헤이코크, 걸출함의 위기 1908~1922: 내시, 네빈슨, 스펜서, 거틀러,
   캐링턴, 봄버그, David Boyd Haycock, A Crisis of Brilliance 1908~1922:
   Nash, Nevinson, Spencer, Gertler, Carrington, Bomberg

• 영화

⟨2001: 스페이스 오디세이⟩, 2001: A Space Odyssey(감독: 스탠리 큐브릭Stanley
   Kubrick)

⟨닥터 스트레인지러브⟩, Dr Strangelove(감독: 스탠리 큐브릭Stanley Kubrick)

⟨바스키아⟩, Basquiat(감독: 줄리언 슈나벨Julian Schnabel)

⟨사랑하는 플레이보이⟩, Just A Gigolo(감독: 데이비드 헤밍스David Hemmings)

⟨새턴 3⟩, Saturn 3(감독: 스탠리 도넌Stanley Donen)

⟨시계태엽 오렌지⟩, A Clockwork Orange(감독: 스탠리 큐브릭Stanley Kubrick)

⟨악마의 키스⟩, The Hunger(감독: 토니 스콧Tony Scott)

⟨전장의 크리스마스⟩, Merry Christmas Mr Lawrence(감독: 오시마 나기사Nagisa
   Oshima)

⟨지구에 떨어진 사나이⟩, The Man Who Fell to Earth(감독: 니콜라스 뢰그
   Nicolas Roeg)

⟨토요일 밤의 열기⟩, Saturday Night Fever(감독: 존 바담John Badham)

⟨트윈 픽스⟩, Twin Peaks: Fire Walk with Me(감독: 데이비드 린치David Lynch)

⟨프릭스⟩, Freaks(감독: 토드 브라우닝Tod Browning)

• 다큐멘터리

⟨망가진 배우⟩, Cracked Actor

⟨타고난 외국인⟩, A Born Foreigner

〈리코셰〉, Ricochet

▪ 무대극

〈바알〉, Baal(대본: 베르톨트 브레히트Bertolt Brecht)(연극)

〈엘리펀트 맨〉, The Elephant Man(대본: 버나드 포머런스Bernard Pomerance)(연극)

〈비욘드 더 프린지〉, Beyond the Fringe(대본: 피터 쿡Peter Cook)(코미디)

〈카바레〉, Cabaret(대본: 크리스토퍼 이셔우드Christopher Isherwood)(뮤지컬)

▪ 방송 프로그램

〈블레이크스 7〉, Blake's 7(텔레비전 드라마)

〈젠틀맨 리그〉, The League of Gentlemen(텔레비전 드라마)

〈쿼터매스 실험〉, The Quatermass Experiment(텔레비전 드라마)

〈피키 블라인더스〉, Peaky Blinders(텔레비전 드라마)

〈군 쇼〉, The Goon Show(라디오 프로그램)

▪ 미술작품

데이비드 봄버그, "무어 론다, 안달루시아", David Bomberg, *Moorish Ronda, Andalucia*

데이비드 봄버그, "인 더 홀드", David Bomberg, *In the Hold*

데이비드 봄버그, "피코스 드 아스투리아스 산의 일출", David Bomberg, *Sunrise in the Mountains, Picos de Asturias*

로버트 윌슨과 한스 페터 쿤, "HG", Robert Wilson and Hans Peter Kuhn, *HG*

마르셀 뒤샹, "샘물", Marcel Duchamp, *Fountain*

바스키아, "에어 파워", Basquiat, *Air Power*

발튀스, "소녀와 고양이", Balthus, *Girl with Cat*

앤디 워홀, "브릴로 박스", Andy Warhol, *Brillo Boxes*

에곤 실레, "양팔을 든 자화상", Egon Schiele, *Self-portrait with Raised Arms*

트레이시 에민, "나의 침대", Tracey Emin, *My Bed*

프랜시스 베이컨, "십자가 책형", Francis Bacon, *Crucifixion*

피터 샤이어, "할리우드", Peter Shire, *Hollywood*

• **고전음악**

리게티 최르지, "악마의 계단", György Ligeti, *The Devil's Staircase*

스티브 라이히, "비가 내릴 것이다", Steve Reich, *It's Gonna Rain*

이고르 스트라빈스키, "봄의 제전", Igor Stravinsky, *The Rite of Spring*

존 케이지, "4분 33초", John Cage, *4'33"*

존 케이지, "변화의 음악", John Cage, *Music of Changes*

존 케이지, "피아노와 오케스트라를 위한 협주곡", John Cage, *Concert for Piano and Orchestra*

• **뮤직비디오**

"Ashes To Ashes"

"Blackstar"

"China Girl"

⟨Jazzin' for Blue Jean⟩

"Lazarus"

"Let's Dance"

• **앨범(데이비드 보위)**

⟨1. Outside⟩

⟨Aladdin Sane⟩

⟨Blackstar⟩

⟨David Bowie⟩

⟨Diamond Dogs⟩

⟨Earthling⟩

⟨Heathen⟩

⟨Heroes⟩

⟨Hunky Dory⟩

⟨Let's Dance⟩

⟨Lodger⟩

⟨Low⟩

⟨The Man Who Sold The World⟩

⟨Never Let Me Down⟩

⟨The Next Day⟩

〈Pin Ups〉

〈Reality〉

〈The Rise and Fall of Ziggy Stardust and the Spiders from Mars〉

〈Scary Monsters (and Super Creeps)〉

〈Space Oddity〉

〈Station to Station〉

〈Tonight〉

〈Young Americans〉

• 앨범(보위 외의 아티스트)

〈Achtung Baby〉(U2)

〈Beggars Banquet〉(The Rolling Stones)

〈Blast〉(Holly Johnson)

〈Blues Breakers with Eric Clapton〉(John Mayall & the Bluesbreakers)

〈The Idiot〉(Iggy Pop)

〈It Crawled Into My Hand, Honest〉(The Fugs)

〈It's Only Rock'n Roll〉(The Rolling Stones)

〈Live at the Apollo〉(James Brown)

〈King & Queen〉(Otis Redding & Carla Thomas)

〈Please Please Me〉(The Beatles)

〈Quadrophenia〉(The Who)

〈The Queen Is Dead〉(The Smiths)

〈There's A Riot Goin' On〉(Sly Stone)

〈Thriller〉(Michael Jackson)

〈The Times They Are a-Changin'〉(Bob Dylan)

〈To Pimp a Butterfly〉(Kendrick Lamar)

〈Tommy〉(The Who)

〈Transformer〉(Lou Reed)

〈The Velvet Underground And Nico〉(The Velvet Underground)

〈The Wall〉(Pink Floyd)

〈White Album〉(The Beatles)

- 노래(데이비드 보위)

"1984"

"Aladdin Sane(1913−1938−197?)"

"All The Madmen"

"Andy Warhol"

"Art Decade"

"Ashes To Ashes"

"A Better Future"

"The Bewlay Brothers"

"Big Brother"

"Black Tie, White Noise"

"Blackout"

"Blackstar"

"Born in a UFO"

"Boys Keep Swinging"

"Breaking Glass"

"Buddha of Suburbia"

"Can You Hear Me?"

"Changes"

"The Chant of the Ever Circling Skeletal Family"

"China Girl"

"Cracked Actor"

"Crystal Japan"

"Cygnet Committee"

"Day−In Day−Out"

"Diamond Dogs"

"Dirty Boys"

"Dirty Old Man"(The Riot Squad, 원곡: The Fugs)

"Eight Line Poem"

"Fame"

"Fascination"

"Girl Loves Me"

"Heat"

"Heathen (The Rays)"

"Heroes"

"I Can't Give Everything Away"

"I Have Not Been to Oxford Town"

"I'd Rather Be High"

"If You Can See Me"

"I'm Afraid of Americans"

"I'm Waiting for the Man"(원곡: The Velvet Underground)

"It's Hard to Be a Saint in the City"(원곡: Bruce Springsteen)

"Jean Genie"

"John, I'm Only Dancing"

"Knock On Wood"

"The Laughing Gnome"

"Lazarus"

"Let Me Sleep Beside You"

"Let's Dance"

"Let's Spend the Night Together"(원곡: The Rolling Stones)

"Life On Mars?"

"Little Bombardier"

"London Boys"

"The Loneliest Guy"

"Look Back in Anger"

"Love You Till Tuesday"

"Memory of a Free Festival"

"Move On"

"My Death"(원곡: Jacques Brel)

"Neuköln"

"A New Career in a New Town"

"New Killer Star"

"New York's In Love"

"The Next Day"

"Oh! You Pretty Things"

"Please Mr. Gravedigger"

"Quicksand"

"Reality"

"Rebel Rebel"

"Red Sails"

"Repetition"

"Ricochet"

"Right"

"Rock 'n' Roll Suicide"

"Scary Monsters (and Super Creeps)"

"Scream Like a Baby"

"See Emily Play"(원곡: Pink Floyd)

"(You Will) Set the World on Fire"

"Seven Years in Tibet"

"Silly Boy Blue"

"A Small Plot of Land"

"Something in the Air"

"Space Oddity"

"Starman"

"Station to Station"

"Subterraneans"

"Sue (Or in a Season of Crime)"

"Suffragette City"

"Sunday"

"The Supermen"

"Survive"

"Sweet Thing"

"Telling Lies"

"That's Motivation"

"There Is a Happy Land"

"This Is Not America"

"Thru' These Architect's Eyes"

"Time Will Crawl"(2018년 버전)

"'Tis a Pity She Was a Whore"

"Tonight"

"Uncle Arthur"

"Up the Hill Backwards"

"V-2 Schneider"

"Valentine's Day"

"The Voyeur of Utter Destruction (As Beauty)"

"Watch That Man"

"We Are Hungry Men"

"We Are The Dead"

"We Prick You"

"Weeping Wall"

"What in the World"

"When I'm Five"

"Where Are We Now?"

"Who Can I Be Now?"

"The Width of a Circle"

"Wild Eyed Boy from Freecloud"

"Win"

"Wishful Beginnings"

"Without You"

"Word on a Wing"

"Working Class Hero"(Tin Machine, 원곡: John Lennon)

"Young Americans"

"Ziggy Stardust"

• 노래(보위 외의 아티스트)

"All the Young Dudes"(Mott The Hoople)

"Black Star"(Elvis Presley)

"The Blacker The Berry"(Kendrick Lamar)

"Crying in the Chapel"(The Orioles)

"Dance To The Music"(Sly and the Family Stone)

"(Sitting On) The Dock of the Bay"(Otis Redding)

"Forbidden Colours"(David Sylvian, Sakamoto Ryuichi)

"Goodnight Ladies" (Lou Reed)

"I Heard It Through The Grapevine" (Marvin Gaye)

"I'm Not a Juvenile Delinquent" (Frankie Lymon & the Teenagers)

"I'm Waiting for the Man" (Lou Reed)

"Knock On Wood" (Otis Redding & Carla Thomas)

"Live With Me" (The Rolling Stones)

"Maxwell's Silver Hammer" (The Beatles)

"My Generation" (The Who)

"New York Telephone Conversation" (Lou Reed)

"Over the Rainbow" (Judy Garland)

"Over the Wall We Go (All Coppers Are Nanas)" (Paul Nicholas)

"Paperback Writer" (The Beatles)

"Pinball Wizard" (The Who)

"A Rose for Emily" (The Zombies)

"See Emily Play" (Pink Floyd)

"Strawberry Fields Forever" (The Beatles)

"Sympathy for the Devil" (The Rolling Stones)

"Tomorrow Never Knows" (The Beatles)

"Tutti Frutti" (Little Richard)

"Wide, Wide River" (The Fugs)

찾아보기

데이비드 보위의 삶을 바꾼 100권의 책

첫판 1쇄 펴낸날 2021년 10월 15일

지은이 | 존 오코넬
옮긴이 | 장호연
펴낸이 | 박남주

종이 | 화인페이퍼
인쇄·제본 | 한영문화사

펴낸곳 | (주)뮤진트리
출판등록 | 2007년 11월 28일 제2015-000059호
주소 | 서울시 마포구 토정로 135 (상수동) M빌딩
전화 | (02)2676-7117 팩스 | (02)2676-5261
전자우편 | geist6@hanmail.net
홈페이지 | www.mujintree.com

ⓒ 뮤진트리, 2021

ISBN 979-11-6111-076-9 03840